骑着自行车去取经

李后璁　李怡臻◎著

时代文艺出版社

图书在版编目（CIP）数据

骑着自行车去取经 / 李后璁，李怡臻著．—长春：时代文艺出版社，2015.11

ISBN 978-7-5387-4736-2

Ⅰ．①骑… Ⅱ．①李… ②李… Ⅲ．①游记－作品集－中国－当代 Ⅳ．①I267.4

中国版本图书馆CIP数据核字（2014）第305912号

出 品 人　陈　琛
产品总监　郭力家
责任编辑　方　伟
装帧设计　孙　利
排版制作　杨纪云
　　　　　尹　爽

骑着自行车去取经

李后璁　李怡臻 著

出版发行 / 时代文艺出版社
地址 / 长春市泰来街1825号　时代文艺出版社　邮编 / 130011
总编办 / 0431-86012927　发行部 / 0431-86012957　北京开发部 / 010-63108163
网址 / www.shidaicn.com　印刷 / 北京市梨园彩印厂
开本 / 710mm × 1000mm　1 / 16　字数 / 314千字　印张 / 23.75
版次 / 2015年11月第1版　印次 / 2015年11月第1次印刷　定价 / 58.00元

图书如有印装错误　请寄回印厂调换

前言一

梦想不是一个人可以完成的！

很喜欢保罗·科艾略所写《牧羊少年的奇幻之旅》中的一句话："当一个人全心全意地追逐梦想时，全宇宙都会联合起来帮助你。"

一开始，这个梦想计划只是两个孩子小时候的胡思乱想，但随着年纪增长，他们开始想一步步圆梦。但筑梦过程中，一帆风顺只存在于天真的幻想中，真正出发前，一次又一次的失败撞击着出发的意志。

大学第一次尝试：树德科技大学筑梦计划征选，决赛落败（评审说风险过高）。

退伍第二次尝试：云门流浪者计划征选，失败（评审说已赞助过类似行程）。

工作两年多后第三次尝试：客家委员会筑梦计划征选，落选（同一组征选者要骑行中东，被迫割爱）。

在一次次的失败中，到达了工作与生活角色变换的 30 岁临界点，现实的压力像是要你作出选择，放弃还是放手一搏？天平两端"现实"与"梦想"在摇晃着，一切都等着作出取舍的那一刻。

因为一个人，我作出了决定。那是一张在医院病床上紧绷着对生命愤恨不满的年轻面孔，那是一个与重病父亲相依为命未满 25 岁的年轻人，在父亲过世后几个月，因积劳成疾脑中风住院，瘫痪在床。几个月的时间，眼睁睁看着一个年轻生命慢慢萎缩直至凋谢，活生生的无常例子就在眼前，凭什么我们就可以永远健康？凭什么我们不是下一个？当意识到生老病死谁也躲不过时，突然顿悟所拥有的一切都是过眼烟云，牺牲一切所得到的功成名就真是你最深切的渴望吗？

比起好工作、高收入、舒服惬意的生活，我宁愿选择在丝路的烈日风沙中一步步前进；比起银行里不断累积的数字，我宁愿自行车秒表上的公里数一寸寸累积，顺应心里最深切的渴望，认真思考这一趟数千公里的旅程，究竟要怎样才能完成。

在医院工作的两年多，每天骑来回 80 分钟自行车上下班，省钱兼锻炼；四次自行车环岛长途旅行，一次徒步环岛训练；为了能处理路上的紧急事故而考取紧急救护员执照；一次又一次拆装自行车，自学维修技术；每年参加铁人三项比赛，强化体质与坚毅心志；下班后去小区大学进修，空闲时不间断锻炼……一切的一切都是为了一件事：“我要骑着自行车去取经！”

身体可以锻炼，知识可以学习，资金与装备可以想办法。没有人脉的两个人用最笨的方法，在自行车展与运动休闲展里，带着计划书一家家拜访厂商，一次次讨论计划与合作的可能。100 次的拜访只要有 10 家愿意回应就是对我们莫大的鼓舞。在半年时间里有 4 家厂商和我们谈定了合作方案，似乎一切就绪，2009 年 9 月就要正式出发，没想到真正的考验才将开始。

这一年，赞助商们纷纷以风险因素放弃赞助，一瞬间，所有的努力又回到了原点；同年 8 月，两位先行出发的母女档自行车骑士在甘肃发生几乎死亡的重大车祸。接二连三的事情让身边的反对声浪达到高峰，这一切似乎都在说着一句话：“放弃吧！”

离出发还有不到两个月，没有任何赞助，路途情况又艰险不明，说没有动摇是不可能的。正彷徨不安时，回想起这几年来不断努力累积的一切和那躺在床上愤恨不甘的面孔，忽然发觉这一切仿佛是上天安排好的考验出发决心的最终测试。你真的下定决心不论如何艰险也要穿越障碍吗？就算没有人支持也要坚持吗？所有这一切的反对，反而让我真切地下定了非去不可的决心：无论如何都要突破险阻，准时出发！

奇迹就在下定决心后发生了，就像是呼应我们的决心，短短两个月里谈定了五家赞助厂商，同时获得了网络征文比赛首奖五万元，身边的朋友们更是组成友援团出钱出力出点子，一件件困难的事情突然水到渠成般解决，计划更是在多方支持下益加完善。众人的祝福与支持让还未远走的行囊已然充满能量。此时，又回想起了那句话："当一个人全心全意地追逐梦想时，全宇宙都会联合起来帮助你。"

不觉间嘴角微笑，感谢那些曾帮助过我们的人们，没有你们，这个梦想将少了友情关爱的炫丽色彩；没有你们，旅程无法走到那未曾想象的遥远彼方。当我们归来，最重要的莫过于与你们分享这一趟"共同完成"的旅程。谨以此书，献给一路上与我们一同欢笑、一同哭泣与一同努力的朋友们，谢谢你们，这个梦想是我们共同完成的。

前言二

认真的儿时梦想

谁是横贯古今的超级冒险王？

现代的冒险传奇无论是前期训练还是后勤补给，皆配套完善。（前期训练＝尽义务似的甩手跑操场，以示两老“有在准备”的假象。）

过去的冒险者没有那么多的装备与经费，但身边少不了众多实用的部下。日本有一颗桃子带着鸡犬猴的打鬼传奇家喻户晓；好莱坞有如洋葱般有层次的史莱克带头单口相声驴子；而我们东方是否也有传奇冒险王？（你还真敢讲啊！）

要走过怎样的路途才能称之为“冒险”？

一趟仿佛要“往生（上西天）”才能抵达的距离够长吗？（不论是长长的隧道出口有道光还是一生回顾跑马灯，这次都给我们看到了。）

路边是雪山沙漠、百里戈壁、火焰山，当作风景够看吗？

皇室赞助外加神佛保佑是他的后勤补给，一路上结识的各路妖魔鬼怪是不大友善的新朋友，这位带着三个徒弟骑着白龙马穿越千山、克服万水的勇者是谁？

阿弥陀佛！恭迎当之无愧的中国冒险王——唐－三－藏（如有不识此人者，请翻阅中国四大奇书之《西游记》）。

是的，就是那位手下有无敌神猴、好色小猪、存在感薄弱河童，外加如来观音护佑的超级和尚（后台超硬啊）。

犹记在容易热血沸腾的天真孩提年代，和妹妹一起被催眠，咬定真有其事外，还认真规划小屁孩幻想式的“西游记”，多么天真无邪啊（不一定无邪，但肯定天真）！

升级成书包小鬼头后才发觉唐三藏的故事竟是历史课本里的一页传奇！《西游记》由真人真事《大唐西域记》改编！

原来“唐三藏”本名“玄奘”，出发时不仅没有皇家赞助商，还是偷渡客身份；没有满天神佛的护佑，也没有神级属下，仅有“赤瘦老马一匹”（相较之下，“铁马”真是勇健多了）。路过的风景依然是雪山沙漠、百里戈壁、火焰山，路上的新朋友换成强盗流氓，一样杀人不眨眼。

看看这一段：

入大流沙，沙则流漫，聚散随风，人行无迹，遂多迷路，是以往来聚遗骸以记之。乏水草，多热风，风起则人畜昏迷，因此成病。时闻啸歌，或闻号哭，视闻之间，恍然不知所至……[①]

① 摘自《大唐西域记》。

大意是说："走进流沙漫天的沙漠之中，沙子随着风聚散飞舞，前人走过的足迹经风沙一吹就难以辨认，因此有许多人就这样迷失在大漠里，只能用前人遗留下来的尸骨来标记路途。在沙漠之中很少看见绿洲，偶尔沙漠里会吹起一种热风，当这阵热风吹过人或牲畜时热病常常因此而生；而夜里风吹过的声音有时像长啸，有时像啼哭，恍惚之间就让人迷失了方向……"

只身走完一趟要"往生"才能抵达的"西天"，十万余里跋涉，十九年的奔波，穿越中国、中亚（今巴基斯坦与阿富汗境内），直达印度（古称"天竺"）的超级冒险王旅程，真的有人做到吗？这趟旅程竟真实存在！

两个好天真的小孩升级成好勇敢（好傻）的社会人士，昔日小屁孩幻想式的"西游记"仍在脑海里热血沸腾。

兄妹二人，怀着尚未失去的梦想，打算再闯西域（打小起，脑海里已闯过千百回）。少了白马坐骑，但两匹铁马外加满腔热血与几年工作的存款要去见证。（是的，让我们用热血去燃烧存款吧！）

路过的风景依然是雪山沙漠、百里戈壁、火焰山？

路上的新朋友应该已经改邪归正了吧？

马上出发！【其实是上马出发……冷（抖）。】

让我们一同见证这趟重回 1400 年前的"西游记"超级冒险王传说吧。

很喜欢穷和尚与富和尚的故事，坚信"千里之行，始于足下"绝非空穴来风、老师说说而已。

时间回到 2004 年那个洋溢着青春汗水的夏天，图书馆静谧的空气中混杂着西北雨的潮湿气息，缩在一角的我正绞尽脑汁地将梦想蓝图"铁马西游记"逐步建构成（自以为）一张张图文并茂的计划书……一回头，2009 年的日历已撕过半，处在红尘打滚与为了五斗米低头的日子中，青春小鸟也飞走了很久很久，总觉得，是时候翻出尘封已久的梦（幻）想计划书了，然后一如既往——还没准备好，但出发了。

前言三

重返“西游记”

话说兄妹两人想要实践那“儿时童话”，便摊开地图，手指沿着谜样的未知划过，由西安出发跨过秦岭，30 秒不到穿过了黄土高原和河西走廊，转眼间手指迷失在新疆的宽广中。（当时躺卧在地图上连绵千里的祁连山、埋藏在地理课本深处的乌峭岭、葡萄沟中不断飞旋起舞的维吾尔姑娘，还有那火焰山脚下吐鲁番，全显得超现实般的遥不可及。）

离开中国，过巴基斯坦与阿富汗，在三角形的印度顺时针走一圈。出发，再回来。

十万余公里与十七年的光阴，光是用手指头走一趟就快抽筋了啊！

古代中国一个出门还自带“唐朝牌滤水器”①的年轻僧侣，怎有办法走过这几近“往生”的路？也不是没人劝过，“从古至今，很少人能越过险恶多变的大漠、流沙和冰封雪埋的葱岭啊！您要珍惜自己的身躯，才能弘传佛法。”

结果呢？

“冒越宪章，私往天竺”，宁可犯法也要偷渡出关②。

忍饥寒，顶风雪，斗盗贼，虽九死其犹未悔，历天险而志愈慷慨，遭凶贼而神弥

---

① 唐朝时的僧侣在饮水时为了避免喝到水中的微生物而犯了戒律，会自行准备以层层特殊织物做成的滤网先行过滤后才饮用，玄奘在沙漠迷路时就曾因滤水时手不稳而失去所有的饮用水。

② 当时唐太宗李世民刚成为皇帝，因国家根基不稳而采取锁国政策，玄奘与同行者多次上奏请求出关（像是现在的申请护照）皆被退回，在同行者一一放弃下，只有玄奘宁愿犯法也要偷渡出关，私自出国前往古称天竺的印度求取经书。

厉勇，不至天竺，终不东归一步。

大意是说：“可以忍受饥饿与寒冷，顶着风雪前进也不退缩，和盗贼周旋也不退却，虽然经历九死，一生也不感到后悔，历经天险的考验反而让斗志更加高昂，就算遭遇凶狠的盗贼也不感到害怕，不到西方的天竺，决不往东走回家。”

宁可就西而死，岂归东而生！

大意是说：“宁可一路往西，死在求经的道路上，也不愿意放弃目标回到家乡而活下去。”已经说到“就算死也要去”的程度，就这样玄奘带着“坚定心念”与“虔诚信仰”（不当饭吃却很重要）混在饥荒难民中由长安（今陕西西安）出发，走向那“八千里路云和月”啊。

玄奘西游路线

玄奘这一路主要由中国的西安（古称长安）出发，一路穿越天山走进中亚，再由现今阿富汗与巴基斯坦的领土进入印度。

行程（中国）：

长安（陕西西安）> 秦州（甘肃天水）> 兰州 > 凉州（甘肃武威）> 瓜州（甘肃安西县东南）> 玉门关 > 伊吾（新疆哈密）> 高昌（新疆吐鲁番）> 阿耆尼国（新疆焉耆）> 屈支国（新疆库车）> 跋逯迦国（新疆阿克苏）> 凌山（天山穆苏尔岭）

行程（中亚）：

> 大清池（吉尔吉斯斯坦伊塞克湖）> 素叶城（即碎叶城，吉尔吉斯斯坦托克马克西南）> 昭武九姓七国（乌兹别克斯坦境内）> 铁门（乌兹别克斯坦南部兹嘎拉山口）> 阿富汗北境 > 大雪山（兴都库什山）> 阿富汗贝格拉姆 > 巴基斯坦白沙瓦城 > 印度

回程：

学成后经巴基斯坦翻过昆仑山（今红其拉甫口岸）> 中国（喀什）> 丝路南道 > 敦煌 > 唐朝首都长安（今西安）。

而现在到了 21 世纪，两个人骑着自行车就要出发，带着“儿时天真”与“所有积蓄”（一定要讲得很豪迈，但阔气之下其实也没多少银两），踩着自行车，由西安出发，心中再次响起了“八千里路云和月”。

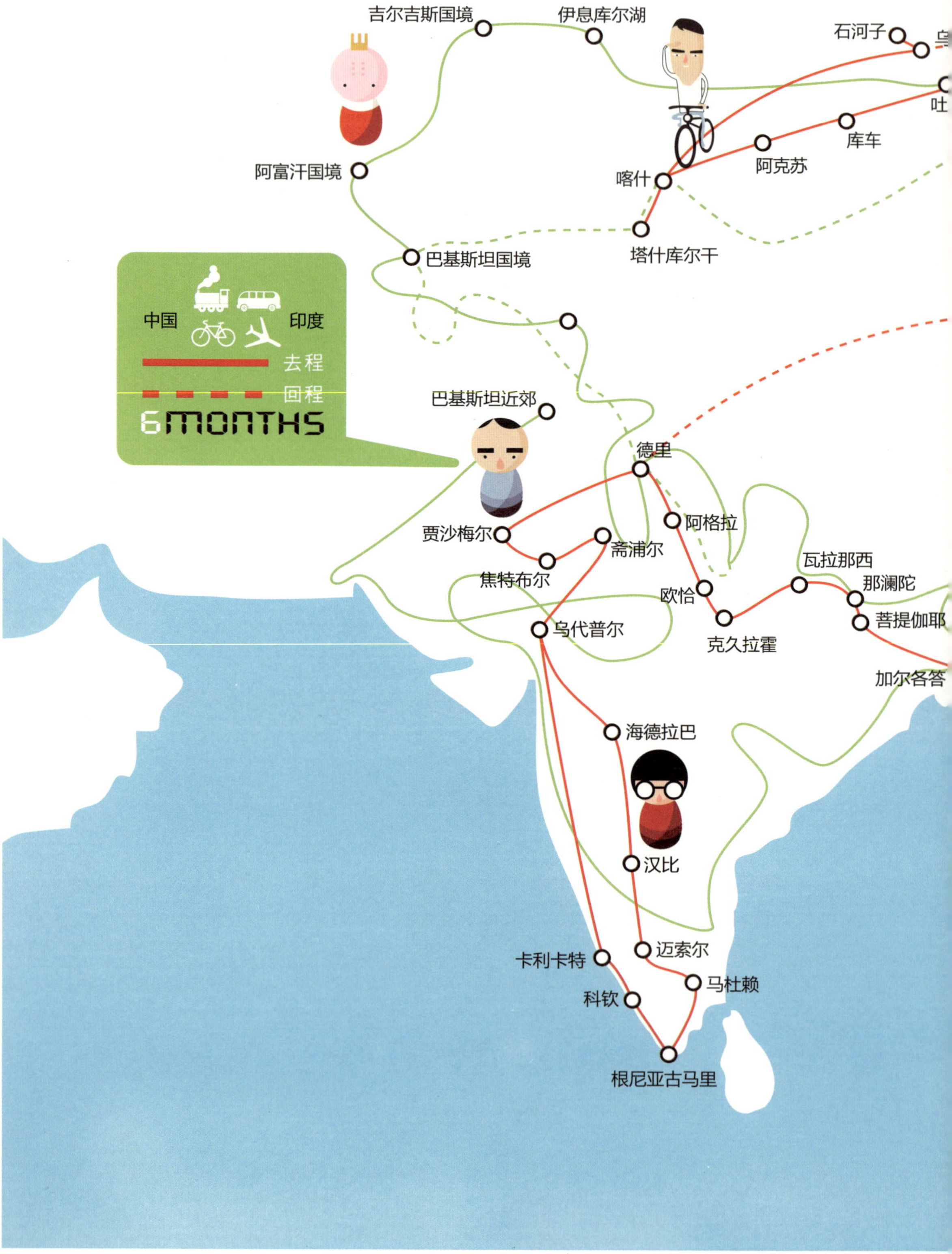

吉尔吉斯国境
伊息库尔湖
石河子
吐
库车
阿克苏
喀什
塔什库尔干
阿富汗国境
巴基斯坦国境
中国
印度
去程
回程
6MONTHS
巴基斯坦近郊
德里
阿格拉
贾沙梅尔
斋浦尔
焦特布尔
瓦拉那西
那澜陀
菩提伽耶
欧恰
克久拉霍
乌代普尔
加尔各答
海德拉巴
汉比
迈索尔
卡利卡特
马杜赖
科钦
根尼亚古马里

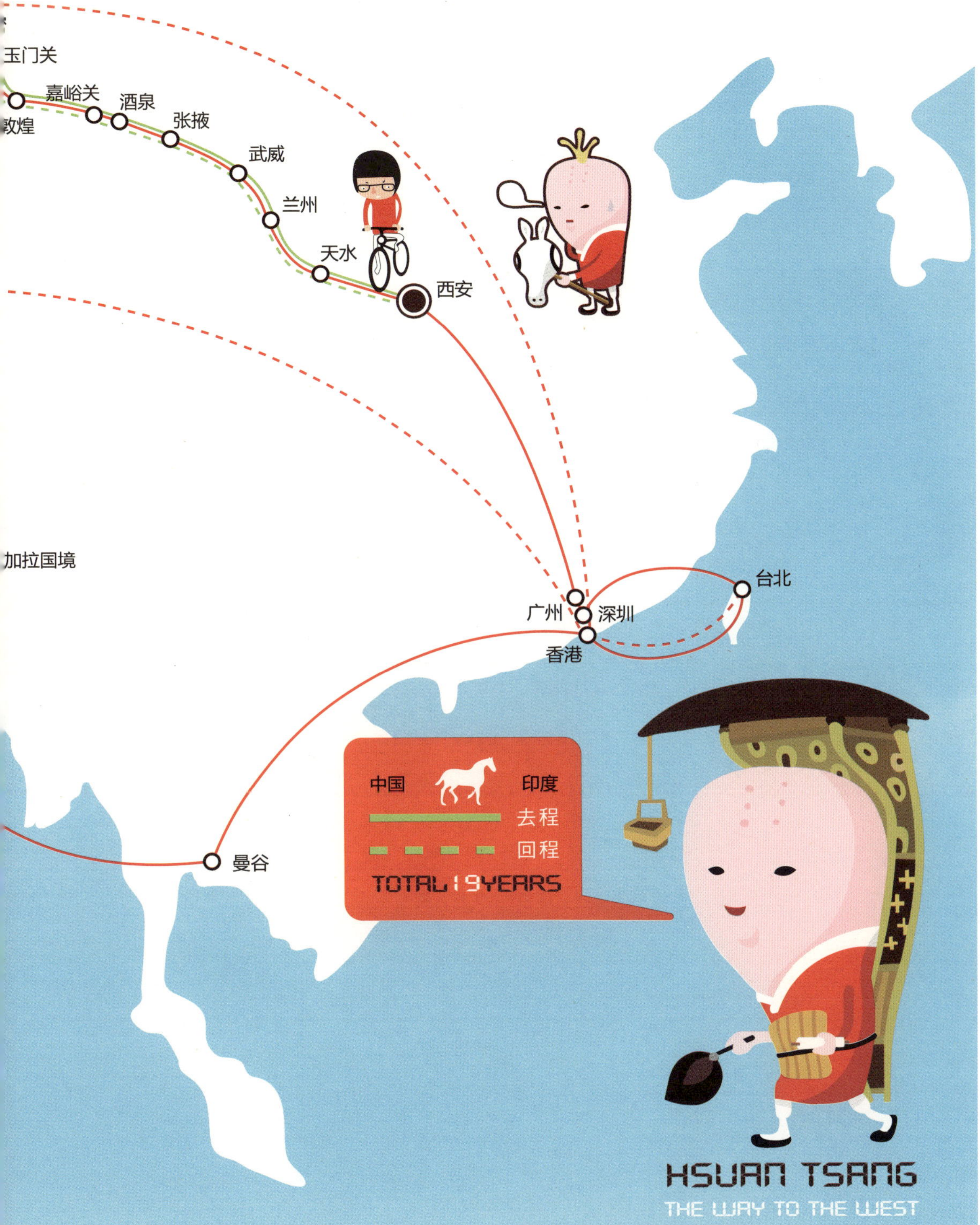
玉门关
嘉峪关
敦煌
酒泉
张掖
武威
兰州
天水
西安
加拉国境
广州
深圳
香港
台北
曼谷
中国
印度
去程
回程
TOTAL 19 YEARS
HSUAN TSANG
THE WAY TO THE WEST

目　录

白马换铁马

将白马换成铁马之后，天真两兄妹打算怎么重返“西游记”呢？我们原本计划全程骑乘自行车，起点为中国陕西省的西安，一路走过河西走廊穿越甘肃省，在新疆走汉唐时的丝路古道通过新疆抵达最西方的城市喀什，再挑战平均海拔高达 5000 米的喀什昆仑山脉抵达巴基斯坦，再由巴基斯坦入境印度，完成重访当年玄奘之路的愿望。

但计划赶不上变化，出发前，2009 年初巴基斯坦于预定行经地点（斯瓦特河谷）发生政府军与塔利班组织的内战，而另外一条翻过天山经吉尔吉斯的路线，需经过阿富汗，同样风险过高。

因此我们旅程的开始是先搭飞机抵达深圳，转公交车至广州，再搭乘火车由广州抵达西安，停留数天后取道河西走廊穿过甘肃进入新疆，沿路参考《大唐西域记》与《西游记》记述的探访路线与遗迹，经由敦煌至东疆的哈密与吐鲁番，走过高昌古城，骑在传说中的火焰山脉，再进到南疆的库车、阿克苏，抵达中国最西边的城市喀什，再骑行至世界海拔最高的国界红其拉甫口岸[①]返回喀什。

回到喀什后转火车至乌鲁木齐再搭机转飞至台湾，再乘飞机抵达印度，以火车加客运的方式环旅印度，除了玄奘当年取经目标“那澜陀寺”外，足迹更由东到西，最远到达印度最南端的科摩林角，深入寻访玄奘当年游学印度的路线与遗迹。

---

① 红其拉甫海口为中国与巴基斯坦两国的海关，因地处喀什昆仑山脉，海拔 4000 米以上，为世界最高的两国口岸。

400

TOTAL

中国篇

丝路千里行

0KM

0DAYS

喀什
番外篇-千里家书
乌鲁木齐
新疆
黄土高原
甘肃
西安
陕西
戈壁沙漠
火焰山
玉门关
GO
喀什
00KM
60DAYS
台北 2hrs 深圳
深圳 2hrs 广东
广东 27hrs 西安
TOTAL31HRS
台北
START

台湾到西安

菜鸟  出发啦！

出发前夕，嘴里总是念着“出发，就准备好了”。直到整理行李一夜没睡，到背着全身家当准备搭上前往深圳的飞机时，才发觉事实是“还没准备好，但要出发了”。不是“要”，是“已经”！

看着这计划由儿时空想→青少年漫谈→青年真正开始计划→到了现在（人都老了）上路，层层的超现实感包围了坐在深圳航空座位上的我，一个多小时，意识还不及跟上现实（太快啦）。

“各位旅客，深圳机场要到了，请各位旅客准备下机。”

一切努力过的不确定与未知都在离开机门口那一刻成了一种难以言状的感觉。首次踏足祖国大陆，在当地经商的郑师伯的帮助下，我们在深圳落了脚。航程延误加上海关碰到的麻烦，我们错过与郑师伯的会面，双方多等了近一小时才碰面相认（才第一晚就受了不少惊吓），若不是师伯的帮助，两个大陆菜鸟可能第一天晚上就不知所踪了啊。

在旅馆房间里组装好了车，感觉拥有了些许的踏实（只有一点点）。未来的旅程还是问号，而今天已经要结束，不到8小时，身边的一切已翻天覆地般地改变，从明天开始，两个人两辆车，千里之行始于足下，旅行就要开始了。

带着几天来昏天暗地的准备所带来的紧绷神经的松懈（都还没开始

踩，人就累了）和来不及说再见转眼间已身处异乡的不真实感，一转眼已坐在冷气充斥的昏暗的商务酒店里，呼吸着带有烟尘味的空气。但是，真实永远不像文字般写意，托运过磅时斤斤计较（靠着角度投机取巧成功过关）；登机前机场狂奔，好让无法通关的活动扳手（组车工具）随身入境时，“牛关”立即失血 200 元人民币，出境后却又四顾茫然——现在的宁静真是得来不易……第一天啊！

↑ 箱子有部分没在磅秤上，一定是我们太不小心了，一切都是意外啊！

好不容易坐上飞机，不到一个小时就抵达了深圳，原以为天下太平即将开始旅程，不料又过不了关，这次出问题竟是我们最重要的行李——自行车！要收取车价的 20% 作为关税，折算成台币将近 1000 元……

话说在机场，兄妹两人终于与“相见三不识”的郑师伯碰上了面，再历经一番辛

↓ 在中国大陆的第一夜，慢慢组装车子，似乎也整理了纷乱的心情。

苦将两辆自行车与配件塞进师伯的小轿车开往旅社。也许是担心我们人生地不熟，师伯在车上开始讲述旅途中应该注意的事项，以及可能出现的状况，毕竟随后我们每一处地方都是陌生的，意外可能随时出现。

过了心慌意乱的第一夜，我们带着闪亮自行车总算等到了巴士，旅程终于要开始了。

27 小时火车初体验

深圳到西安，公里数——1900 公里，移动时数——27 小时。在中秋节一票难求的铁路运输下真正见识了什么叫“民工潮”。

虽然每逢过年过节台北火车站也是人山人海，但是到了大陆，发觉这里就规模而言的，恐怕是世界第一。首先大陆火车站就已经大得不得了，好像有三座台北火车站大，月台等候区里明明只有近两百人的座位，人群却非常惊人地塞满所有的空间，而且挑扁担的、拉行李箱的、背着大麻布袋的……林林总总让人目不暇接。努力在人群汹涌的广州火车站游泳似的前进，在与口音陌生的工作人员奋战数小时才成功托运了车子，再三确认车子不会因中秋节而延迟送达的时间（因近中秋，托运量大增，会延迟约七天不等），才总算放下心头重担。一看车票，整整横跨了两天日期，需穿行 1900 公里，横跨大陆五个省份，从东南的沿海城市一路走到西北方的陕西省，仔细一算，这竟是一趟 27 小时的火车之旅！

在人满为患的等候区，随着时间流逝，身边的人大声地喧哗吵闹，有些人无视大厅广播里禁止吸烟的警告和贴在墙上的禁止吸烟的标志，大口大口地吞云吐雾，明明已经挤到没空气了，还有二手烟放送，虽然广播里不断播放吸烟与二手烟的危害，对于身陷烟阵的人来说，真是有满满的无奈。

也不知等了多久，人群开始蠢蠢欲动，原来开车时间近了！这时人海就像大涨潮般往月台的方向涌去，身陷“人海”的我们只能在一群手持扁担与巨大行李的旅客间奋力“游”向月台。在人潮涌动间我们终于上了车，这才发觉侧挂在行李旁边的自行车水壶已被“潮水”卷走了。好不容易找到了铺位，原以为能安顿下来，而这时的我们还没发觉，这其实是一次充满二手烟与汗味的硬卧之旅啊！

火车移动时，城市→乡镇→城市在快速前进的窗外切换景色，除了超级的火车长度（大于 20 节）外，我们更对超级的城市感到讶异，让人眼界大开。车子一路往西北方前进，在经过一些大型城市时（如长沙）都会用车内的广播播放城市的特色与特产，平常开车时也不定时地播放流行音乐或是相声段子（这很有趣）。最有意思的是，每到吃饭时间，总会连续广播各类菜名长达半个小时，念到后面连讲稿员都偷起懒来，像西红柿炒蛋，念得超快就变成“西一柿一蛋”，还蛮好笑的（可见我在车上有多无聊）。

从广州出发时是正中午，车上的乘客除了同月台上的表现一样大声喧闹无视禁烟通告，一进车厢就看到一群大汉将上衣脱个精光，开始大声吆喝，玩起扑克牌。在情绪高涨下，汗水与烟味交融，让密闭式的车厢陷入混浊的空气中，短短的 27 小时，我和妹妹至少吸了一年的二手烟……随着往北方走，天气也明显往干冷发展，赤裸上身的大汉们终于将衣服穿上了，窗外的风景也在不知觉间变了样，火车还没开到一半，我们就体会到这片大地上有那么多不同的风土人情。到了天黑，旅客们渐渐地都开始准备就寝，这是在火车上的第一夜，在关了灯的车厢里，第一次没有烟味与人声，总算在精神紧绷的一天后沉沉睡去。

过了一夜，经历 27．5 小时后终于到了西安。这陕西第一大城市的火车站扒手骗子不少，站内不断广播如何防范受骗，街上的公安、交警加上民间联防队员维持秩序。说好一起寄到的自行车还在 1900 公里路上的某一处慢慢前进，我们身上挂着原本要架在车上的行李，觉得自己活像是自行车的行李架，这让我们哭笑不得。晃悠悠地离开火车站，走进这千年古都，这是一座周围有古老城墙包围的城市，空气中老的新的旧的有趣的讨厌的种种味道与体验似乎都混杂在一起，在天渐渐变暗后慢慢混沌成一片。在预先订房的背包客栈里躺下，突然想到已经身处西安，这就是旅程即将开始的第一站啊！想着想着不知不觉夜深了，明天又会是怎么样的一天呢？

经过多番折腾和一路颠簸，误点时间不断延长，但托运自行车的火车终究还是到了，咬牙再挤过一次人山人海，前去领车，但……车还没到！我们只得先到青年旅社，公交车一趟路 1 元，非常实惠。卸货后前往回民街觅食，优势是一近，二便宜，三地道，从此回民街成了我们在西安的厨房。回民街的生态和价格，与台湾的夜市雷同，只是面孔不同，空气中的气息弥漫着截然不同的面食飨宴，街上载客载货的电动三轮车来回穿梭，喇叭声、吆喝声不曾断过。吃了个烤馕（0.5 元），再次出发前往火车站取车，循着路人指引，晃到骡马街（当初一直误以为是罗马街，心想真是气派……）里的沃尔玛超市，豪迈地买了 4 个包子，总价也不过 4 元人民币，带着满意的微笑继续前行，沿途购进参考书籍、数据线、大锁，也领到车了！可是，在西安市中心骑车不是冒冷汗可以解决的，公交车东杀西冲在台北不是没见识过，但除了面积与人口是好几倍之外，杀气值也不是用倍数可以衡量的……西安天深沉，人也累了，电视里成龙演着《醉拳 2》，说着绕舌的奇妙口音，催眠着我昏昏睡去……

→人体行李架。

中国火车移动初体验

◎硬式卧铺车厢

90% 男性光着膀子

95% 车内主食泡面

5% 乘客遵守车厢内不抽烟的纪律。

100% 汗流浃背

◎车内广播

1. 每到大站都有景点介绍与历史简介，非常用心，但火车行驶声音过大，基本上听不到。

2. 播歌→陶晶莹的《离开我》之山寨舞曲版，诸如此类……

3. 烟雾迷漫中的贴心广播“在室内不抽烟的人吸到密闭空间的二手烟等于抽烟人一年的量，请大家不要抽烟”，很好！！！可惜没人理！

在这小小的床铺待了 36 个小时。

上火车前托运的自行车。

西安的大夜市“回坊”，
如同台湾夜市般满是各式特色小吃，
五花八门又经济实惠！

台湾到西安

路程的起点

西安的第一天，在搭火车的疲惫与新环境的冲击下，我睡到很晚才起床，才醒来就听见外头传来滴嗒雨声。这雨一下就是三四天，如同梅雨般不停歇，挂在阳台的衣服与自行车全淋透了，自行车还没正式上路就先受了千里托运的折腾，外加淋了一夜雨。

在以时间换金钱的原则下，坐了飞机，上了小车，转了巴士搭上火车，一路颠簸，百般折腾也到了四大古都之一：西安。眼看柏油大路两旁充斥着高楼、古迹，高矮并列，街上型男靓妹和各色观光客有如浪潮般川流不息，低头看着身上为求低调而准备的全套民工装，两个城市乡巴佬在人车声鼎沸的摩登古城，意外显得极其高调。走着晃着，转身从大街转入小巷，一旁是个男孩顶着白帽烧烤，靠着小摊的招牌上用红笔写着“烤肉 30 串 /10 元”。人还来不及适应所谓新旧间的冲击，一手已拿着飘香的桂花糕，口中大嚼着骡马街上刚出炉的一元南瓜包，心里也踏实了起来。

在细雨漫漫的西安待了五天，走访了不可不去的秦始皇兵马俑，也爬上了华山看了看金庸小说里“华山论剑”的传说场景，最重要的是前往大雁塔，一睹偶像风采。

大雁塔

经过了几天休息准备，整装出发。此行的第一个朝圣地为大雁塔以及塔前的大慈恩寺，此处是玄奘回国后所住的寺院与译经所在。在正殿前为即将开始的旅程礼佛、供养，也祝福了在台湾的亲朋好友们。离开大雁塔后，雨势总算稍歇，灰沉沉的天空似乎也清爽了许多，午后斜阳照向身后的大雁塔，明天会是个适合出发的好天气吗？真是个好兆头呀。

西安在虚构的《西游记》和真实的《大唐西域记》里都有描述。在《西游记》里，玄奘出发取经前，唐太宗与其结拜兄弟，除了口里尊称“御弟圣僧”外，还在出行的黄道吉日办了一场盛大的送行会，礼物有御赐

↑ 传说中的玄奘，我们的偶像。

↓ 坐落在西安市区西侧，312 国道起点的“丝路群雕”，象征我们正式跨上铁马，踏上丝路。

紫金钵盂，还备有两个随从与一匹好马，带齐通关文牒，风风光光出发去取经。而在史实里发生了什么事呢？

幼时出家的玄奘随着年龄的增长，在博览宗论典籍时发现各宗所说彼此不一，于是发愿西行天竺求法取经，“唯有将原典精确地译出，以释众疑，佛法才能继续在东土弘传，利益世人！”

虽然立愿很好，但当年唐太宗刚刚登基，国内情势混乱，几次上奏请求朝廷同意，都未获得批准，就这样过了一天又一天，有几个当时一起立下取经宏愿的人纷纷退出，最后只剩玄奘一人。趁着那年长安发生饥荒，“乘危远迈，策杖孤征”，不仅没有皇家赞助，还独自一人偷渡出关，混在一群饥民中独身策杖离开长安，出发取经。

在 21 世纪的今天，我们兄妹俩也挑了个有便宜机位的良辰吉日，带着江东父老、亲朋好友、同学死党的点滴爱心出发了，随身所带除赞助商御赐的顶级铁马两匹外，还有专业药师调配的以应各式突发状况的十全七彩大药丸、由头包到手指头的超全面防晒装备，外加香醇可口、强健身心的奶粉随身包。每人 5 个车包、4 瓶水、2 个水袋，全部扛上了肩。

↑ 慈恩寺历代高僧的埋骨处，走在其间自有一种肃穆之气。

↑ 寺前的仿古铜像，平添了几分古意。

之后就是历经 19 年，从中国走到西域再到天竺取经的冒险故事了。当玄奘功德圆满带了经书在敦煌上奏朝廷请求回国时，当时的皇帝唐太宗除了赦免当年偷渡之罪，还举行盛大欢迎仪式。于是一个由公元 629 年（贞观三年）偷渡出关、饱受通缉的“罪犯”，到取得经书修成正果、震动全国、备受天子礼遇的一代宗师，一切都发生在西安。这里除了是玄奘一生最大的成就地，也是他译经事业的起点与人生的终点。现在的西安仍矗立着当年由玄奘亲自设计，甚至“亲负箕畚，担运砖石”（就是亲自下去施工）的大雁塔。大雁塔建成千余年来经历了多少过往遗风、多少历史痕迹，唯一不变的是一代伟人的风华的深刻印记。

兵马俑

在前往世界遗产兵马俑途中，会经过杨贵妃洗澡的华清池与最近人工搭建的秦王地宫。在占地广阔的兵马俑博物馆周围会有许多导游询问是否需要付费导览，在此我建议一个最实惠的方法，因为导游的素质良莠不齐，与其花钱碰运气（36 元人民币），还不如租一个电子导览器（10 元人民币），自由自在，想听啥就听啥，还可以随时看哪个导游讲得有趣就跟在旁边听（不过会被导游白眼，不要跟得太过

↑大慈恩寺前有亚洲最大的音乐喷泉，站在大雁塔上就可以一览无遗。

↑在此诚心祈愿一路平安。

到了华山才觉得原来武侠小说里描述的都是真的，好“金庸”的山啊！

分）。根据每个人不同的说法，再搭配电子导览补充，说不定是最完整的游览兵马俑的行程。

华山行

原本打算自行前往华山，但睡过头错过了开车时间，于是只好跟团前往。在这里和各位分享一下经验。若是自由行，每日在西安火车站前有公家开设的巴士来回华山，火车站为起点，开往华山游客中心，来回票价 44 元人民币。抵达游客中心后再花费 20 元转乘中型巴士至华山山脚下的缆车，乘坐缆车来回票价 105 元，可以由华山山脚直达华山北峰附近，除了省去至少六小时走路时间外，还可在缆车上饱览风

↑ 华山山顶不知为何而立的“华夏之根”。
嗯，果然好大一根。

光。全程车费加上门票150元，总共364元，而跟团价格一般为370元，努力比价（或杀价）后价格为320元（对方还会特别叮咛“不要和别人说哦”）。好像算起来省了一点钱，但是自由行，约早上10点就可以在华山自由自在地游览，若是跟团呢？一大早先在城里换了一台又一台的小巴中巴收集旅客，拖到9点才离开西安，中间还带你去卖药场所拿出中药拖时间，最后送到华山时已经下午1点了，而且6点准时开车回程，呃，5个小时能走遍华山吗？

虽然很不幸跟了团，而且受了一肚子气后到了华山，仍然被它的山景所震撼。多么壮丽的山形、多么奇险怪状的山路，连有趣的挑夫都很值得一看。由于时间有限，我们直接攻上最高的南峰（海拔2160米），正赞叹最高峰果然景色不凡，却在那儿看到了今日最好笑的奇观，山顶那儿为啥要立着一根约有三四层楼高的“华夏之根”？光是运送的难度就让人叹为观止，但外形也太不可思议了吧！虽然跟团有点闷，但华山真的值得一游！

↓ 成千上万的人将愿望刻于铁锁，长长链条上承载了多少愿望？也许在成真之前拿来晒棉被比较实在。

几乎每日三餐都在回民街上解决，
出外觅食的好地方啊！

黄土高原

黄土高原之无间隧道

从陕西和甘肃的交界处，就慢慢进入了黄土高原的区域，标准的学术位置在“中国北方太行山以西，乌鞘岭以东，秦岭以北，长城以南”，相信大家都把所学的地理知识还给地理老师了，简单来说就是进到甘肃省后，就会走在古称“河西走廊”之路途，放眼望去是一望无际的黄土高原，对我们来说，这代表的是骑之不尽的连绵上坡。路上的黄沙风尘解释了这里的贫瘠（中国倒数第二）与水土流失的严重（倒数第一）。而地理课本里的河西四郡就如同传说，它是在黄沙中闪耀的翠绿明珠吗？

绑着一身家当，铁马如蜗牛般向上爬行的当下，我不断思考到底是下车推快些还是在车上踩快些，此时车轮辗过的是在考试卷上才有实质

意义的黄土高原。层层叠叠的黄土梯田映入眼帘，耳里传入的是拉车的毛驴清脆的踢踏声。

自西安出发远离城市，宛如进入时光倒退般的中国农村，随着高度的提升，黄土高原的全景也慢慢出现在眼前，广大宽阔的峡谷高原让人骑行其间的感觉极其渺小。自行车背负着行囊，前方一座座黄土堆成的高山让人不禁“望之而弥高”，总令人生畏也让人腿软。在黄土高原的中心地带，是我们李姓家族的发源地。一个在甘肃境内称作陇西县的小县城，那里的土地虽然贫瘠，经济并不发达，却是孕育我祖先的发源地啊（最有名的祖先莫过于唐太祖李世民）。

乡间房舍上无一处不写着各式的标语，也是一绝，从“消除性别歧视，促进男女平等”“断指到协和医院”到“前无医院，请自行小心”等诸多警句一路常伴相随。

已经过世的阿公在生前身体仍然健朗时，曾用了一个多月的时间追溯先祖从内陆搬迁到沿海城市的路途，由台湾的祖宅一路追根溯源到发源地，那时走在黄土高原上的阿公的身影总让我在路上前进时遥想与怀念。从出发到现在，不仅环境远比台湾艰苦，食物更是挑战每一次的运气与肠胃，但神奇的是，身体没有出现任何水土不服。是身体深处的 DNA 还存留生活在对此地的回忆中吗？如果血缘里能保有对原生土地的记忆，那是否意味着比一般外乡人能更快地适应故土的风土气候？回想起阿公娓娓说着走在黄土高原时的语气，这就是阿公口里描述的“留存在血液里的根”吗？

高速公路传说

西部大开发，是中国大陆几年前开始的政策，为了开发西部的资源，需要交通支持，所以几年间一条条铁路与高速公路破山穿洞地在西部的高原、荒漠间穿越，连青藏高原都架了条铁路直达拉萨。远在台湾看到消息，十分惊叹，如今骑行在大西部，终于亲眼见证了“开山劈石、架桥造路”。

为了在群山间开出一条条高速公路，需要大量砂石来制作水泥，于是在路上，一条条河流都有机械挖运河沙，而一台接一台砂石车则不间断地运走砂石。每座经过的

↓ 在群山峻岭间开出的高速公路。

山都有开肠破肚的大洞，给眼前的美景加入了人工形成的痕迹。在路上各式各样的大型施工车辆来来回回将乡间小路弄得乌烟瘴气，到达一个城镇前，先看到的都是不间断排放废气的水泥加工厂，进入小镇后只有不见天日的灰头土脸。高速公路的建设带来工作机会并加速城镇发展，但是当高速公速落成后呢？被破坏的河床不会回来，高耸的群山也不会恢复，也许城镇进步了、繁荣了，但失去的再也追不回来了。骑着自行车在其间，除了看到无限制的开发是如损伤毁环境外，也让我们的旅程陷入了第一个难以克服的困境。

古代的丝路成了名副其实的砂石车路，毫不减速的巨大卡车擦身而过，刺耳的喇叭不断呼啸着唯我独尊的霸（杀）气，在高速挟带的气流冲击下，我们只有紧握车把，使摇晃的车身实时找回平衡点。不论是乡间小路还是断壁峡谷，各式地形丝毫不妨碍其冲刺，假如古代“西游记”的关卡是妖魔鬼怪，那当今的大魔王非砂石车莫属。

自出发后由陕西省终于要跨省到达甘肃省，而宝鸡（陕西）往天水（甘肃）的 316 国道为两地唯一通路。因为西部大开发让来来去去的工程车辆与一般往返的民众车辆困在这条狭窄的四车道泥巴路上，不但需要翻山越岭，且路上的大小孔洞仿佛奶酪般，更别提需要与各式大型车辆一起通过 13 条没有照明且狭窄的隧道，骑这条路简直是玩命！（恐怖程度约是 10 年前骑行在苏花公路的 5 倍……不夸张！）

最后在火车站无头苍蝇般问了不少当地人，才知道三天后宝鸡通往天水将开通高速公路，除此之外，火车？早早被人订满了！公共汽车？不好意思，三天后高速公路开通后再来！骑上 316 国道？很好，你家人很快就会收到寿险的理赔金。想旅程从头到尾都骑自行车却也不想放弃生命，左思右想总是没有头绪，到了最后也只能问当地人是否有什么门路。

想不到最后也是唯一的选择是一条未开通的宝天（宝鸡到天水）高速公路，与当地的摩托车司机讨价还价后，带我们偷走小路上未开通的高速公路。传说中那条路平整畅通好走，到天水就像郊游的崭新八线道。我们当时还没意识到，传说都是

说说而已……

果然，一路上人车稀少（还没通车嘛），一路上风景美好人自在（没有了老按喇叭的驾驶员，加上路宽到任你蛇行乱骑），在怡人早晨，在美丽的大山大水（中国的规模都超大）中快速前进，幻想着一天到达天水多令人得意，看着在桥下远处凹凸不平的316旧国道上排队前进的大卡车车阵与混乱的路况，暗自庆幸，总算脱离了那扰人的喇叭与可恶的大卡车啊！

抱着愉快的心情骑进了甘肃，事情也从此开始急转直下……直到令人不敢相信。

无间隧道

三天后开放的宝天高速公路有部分路段仍然在赶工建设，一些工人正挥汗抢着时间劳动。当我们两个骑车带一身装备“招摇”般出现在眼前的那一瞬间，几乎所有的工人都停下手边工作静静地看着我们，直到我们远去才从身后传来混杂着不同乡音的热烈讨论。其实我们特别怕被施工的工作人员活生生给赶回去啊！想到要骑回头路最后又回到原点就让人冷汗直冒，就这样硬着头皮闯过一关又一关，直到我们碰上了矗立在面前的“大魔王”！

就是这道光（泪奔）！前面是画道路标线的工人，涂料的味道很重。

那是在路上各个小工地未曾看到过的阵仗。一个庞大的隧道入口聚集着至少十台大型车辆与近百名工人，从远处还看到入口处立了一个牌子“施工中禁止通行”，让人倒抽一口冷气，难道到了非回头不可的时刻了吗？

利用一路上通过各个工地的苟且心态硬想闯关，没骑几米就被里面的工头挥赶出来，正无计可施时才发觉左边逆向车道的山洞入口有车子进出耶！

在怎样都不想回头的前提下，两个来自异地、胆大包天的兄妹就利用工作人员不注意的空当骑进了那隧道的黑暗之中。

没骑几米，洞口的光线已经消失了，想开自行车车前灯才发现居然有一具坏掉了！于是只能一人骑在前方，一人紧跟在后勉强前进，因为是偷偷摸摸进来，也没认真注意隧道路口的距离标示，心里想着“很快就到了”“出口就在前面了吧”等，希望撑过这一段在全然黑暗里的骑乘。

后来我们才知道，这就是亚洲第二长、贯通麦积山的麦积山隧道（全长 12268 米），目前只抢通了单线道，没有灯，没有抽风系统，到处充满了赶工的人员与车辆。空气之糟糕与路面之危险超出常人的想象（至少完全超过了我们的想象），只依靠一个前灯，进入这能见度极低（是全黑的好吗？）、路途极长的隧道，当时的我们

几乎无法顺畅呼吸，好似一直走下去会到达莫名的世界。黑暗中工人们的声音好似很远，而骑行好似完全没有尽头的恶梦漫游，慢慢地居然有了想睡的感觉（二氧化碳浓度过高），开始有了濒死经验的恐怖感（工作人员配有氧气罩），在这黑暗中摸索了不知多久（后来估算约一个半小时），仍然没任何尽头的迹象，开过的车辆尾灯由大变小消失在黑暗之中（代表还很远 = 绝望感）。心力交瘁之下，我们在里头摔倒了几次（损失车前袋一个），心里暗想，如果到达了出口一定要大字型躺在路上感受阳光与温暖（隧道内温度只有 10~12 摄氏度）。就如同恶梦终有醒来之时一样，总算，总算在不知过了多久后（约两个小时）看到了洞口的微光，欢呼呐！大叫："我们终于活着出去了！！！"

"好昏好沉好想睡啊""傻啦！电影上都教过，睡着就挂了"，抱着隧道开通后才被发现两具台湾人躺在隧道中会很糗的心态，我们在伸手不见五指、意识渐渐模糊的无间隧道中不知被多少施工暗器绊倒过，苦情兄妹轮流"犁田"，一路跌跌撞撞，终于让我们看见了前面的光。

↑ 我们终于活着出去了！

一点飞上天；黄河两道湾；
八字大张口；言字往进走；
你纽我也纽；你长我也长；
中间加个马大王；心字底 月字旁；
拿个刀刀挂麻糖；坐个车车回咸阳。

餐厅门前挂着一个字，
这、这……怎么念？

无间道前的小憩，吃根香蕉补
充体力，殊不知前方……

黄土高原
误入桃花源

从第一天骑进黄土高原过了快一个礼拜，总算慢慢习惯了那不断爬升的上下坡。算算，出发也快要两个礼拜了，两个人骑车的节奏也开始能互相配合，虽然骑车上路还是对旁人的眼光感到畏惧，但路仍然一直往前延伸，似乎也开始习惯每天骑车在路上的日子。走进甘肃省，贫瘠略带点酸性的土壤大范围地种植玉米，有些区域则是大片的苹果园。有时骑在大型车辆较少的县级道路上，一起前进的伙伴常常是早上骑自行车要去上学的小朋友，或是将农作物堆得老高的货车。每几十公里总会进到一个农村小镇，只要不是在建设高速公路的道路上，镇上的光景仍让人感觉像是走进了时光隧道，那是与过去的台湾极为相似的农家景象啊！

虽然已有大部分如此农村景象的村镇因大开发而改变，但也有许多原本安静的小镇被高速公路上施工车辆扬起的漫天尘沙掩盖，怒冲冲扬起的喇叭声更是在唯一的道路上几乎未曾消停过，当地居民脸上带着怒意与不耐烦。虽然我们仅是过客，但想到这一路上的一切是否已被大开发定了型，是否过往的宁静小镇再也不会存在，便也心里一阵难过。

直至某日，一大早我和妹妹就开始挑战一座座山区的起起伏伏，在几个上坡与下坡后突然发觉闯进了一处未曾开发过的地区，路上的车辆

渐行渐少，各式大型车辆少了，只有载运农作物的各式农车安静地从身边驶过。行进间，经过一个未经开发的小乡镇，里头的安静和安详让人震惊，没有尘沙，只有纯净的空气；没有喇叭声，只有鸟语花香，这和一路上经过的城镇是同一个区域吗？为什么这里那么安静，这里的人们的面孔看起来是那么知足而又快乐？

骑了近百公里，便停下脚步在此稍微休息片刻，吃点东西补充补充能量，顺便享受享受自然风光，正开心地闲聊时，村里走出一位可爱的阿公，除了有一副很潮的眼

↑ 迷失在桃花源。

↑ 桃花源指路仙人。

镜外，还带有一种自然亲切的纯真笑容，虽然三句里有两句都是浓浓的当地乡音，但仍然是一次愉快的交谈。最重要的是，聊到接下来我们的目的地时，阿公依然是亲切地笑了笑，然后不急不慢地说："啊！您两位走错路啦。"我们这才发觉原来早上

↑ 他们是要骑到哪儿啊？

出发时走错了方向！唉，那些已经爬过的一座座山，那些上上下下的起伏啊……虽然心里对即将回头这件事感到无奈，却是一次偶然地误入桃花源！

原来那些现在已是水泥工厂的乡村，原本的模样是如此安详。这些亮丽的美景在人的力量进入前可以展现出如此动人的景观。环境与开发原本就是个大课题，我们也没有足够的学问与知识去讨论，只能述说这一路上所看到、所感觉到的，希望有一天，发展与环境间取得平衡，毕竟有些东西得到太困难而破坏太容易。

多亏翻山越岭后的饥肠辘辘，在停下脚步的同时遇见好心人指路；也多亏这次阴错阳差走错路，意外看见滚滚沙尘以外的人间净土。

← 农村的青壮人口流失严重，最常见的总是老人与小孩。

苹果堆栈的红山丘。

小镇的蔬菜摊。

陕西十怪之一，手帕头上戴。

黄土高原

李家祖祠 溯本追源

走过河西走廊也过了几周时间，自行车一天一百多公里的速度让我们慢慢接近了位于甘肃省中央的陇西县，而我们李姓家族的发源地就在此。回想起阿公当年完成的他人生中最后一趟追本溯源的长途旅行，阿公回家后没有旅行后的疲劳，只有满满的什么在他的眼神里，虽然那时的我还无法理解隐藏在眼神背后的意义，但仍记得那时阿公问过我的一句话："你从哪里来？"

当时的我，无法回答。现在，一寸寸走在这块土地上，一天天感觉这里的风土人情，或许我仍然没有办法回答，但是我可以说出"我曾回来过"，感受过血脉的起源。走在阿公当年溯源走过的路上，觉得总算能对阿公当时的问题有了一些答案，至少，可以微笑着和阿公聊他所在

意、所认真看待的寻根之路。

追寻着阿公当年的寻根之路，慢慢地到了李姓的故乡陇西县，大年初一在台湾大溪老家的故居大厅上悬着的堂号仍高挂着“陇西堂”，而现在人到了此地，一步步沿着大街问着街坊，想要找到最初的祖先宗祠所在。随着指引，慢慢走入人少僻静的小巷，在泥土砌成的房舍里穿梭找寻，不知为何居民们都不见了踪影，而久未见到的阴郁天空像是配合心情般，突然风起云涌开始有了雷鸣之声，雨就快下来了。

大雨未正式落下时，在街巷的最里头找到了李氏宗祠，此时天空中累积的郁闷像是要尽情发泄般，就在门前叩下第一声时，如配合好一般，大雨哗啦啦地下来了。轰隆隆的雷声配合着闪电的亮光，映着宗祠的紧闭门扉，让人的心不禁揪紧了几分，我们就只能走到这里吗?

在门前的屋檐下躲雨，沮丧地试着拍门，望着一时间无法停止的雨，看着门檐前滑流的雨水，心想，天真是凉了。

这时门突然开了，竟是有人在管理的，门是因为下雨而紧闭。我们被请了进去，现在的李氏宗祠又名李氏龙宫，已经成为大陆两星级的观光景点，因此我们也必须买门票才能进门，这才回到了老家。

静静地看着一间间屋子陈列的历代先祖的生平事迹与历史，想象着阿公当年走到这里的情景与心情。雨仍在下着，天色也因雨水显得暗沉，只有偶尔掠过的闪电

“文革”时期，李氏龙宫差点遭到破坏，最后在许多人努力下将其转为国小教室才得以保存，也因此留下了许多上课用的遗迹与有趣传闻，据传曾在这间国小就读的李姓学生，表现都特别出色。

↑ 站在追本溯源的匾额下，心情复杂。

↑ 驴子在此地真的很重要，连死者都需要。

带来一丝惊心的强光，但走在这里感觉很安心，似乎闪电暴雨与此再没关系。大雨中没有其他游客，只有我和妹妹走在这偌大的厅堂与院子里，慢慢看着一草一木等着雨停。天晴了，雨后的天空带着一抹靛蓝，我们安静地在祖宗牌位前焚香静祷，诉说这一趟旅程的起源和路程，并祈求先祖们保佑接下来的路程平安顺利，结束后在心里说："阿公，我也回来了。"

到了甘肃陇西县这块土地，有位阿婆推着一车晒干的向日葵沿街叫卖，黄扑扑的土房子接着黄扑扑的小路，一排斜屋顶后的背景是大片阴郁的天，百转千回踏尽泥泞路，终于踏进了李氏宗祠。其实，没有返乡的激情，毕竟这段历史真的太远，放在柜上最右端那本沉甸甸的祖谱，井然有序写下列祖列宗的陈年往事，泛黄的书页和依旧饱满的墨迹诉说着的那些叱咤风云的丰功伟业，对我早已成了过去，如今因缘际会到了李氏宗祠，没有勾起悠悠的思古情怀，反倒遥想起了千里远的台湾。

木桩沾血肉淋漓，肉贩睡摊了。

黄土高原

天堂小镇与乌鞘岭

离开陇西县后，又经历了几次要人命的超级上坡和下坡，心里对于“黄土高原”这四个字的后两个字“高原”算是有了深切体会。骑自行车旅行的有趣之处也许就在于用自己的双脚走过眼前所看到的景色，当你回头一看那已然经过的绵延山区，会打心里出现一种感动。在车上也许是晃眼即过的景色，但是当你骑在自行车上，每一个爬坡都是一次挑战与流汗的过程，于是每一段路都留下了属于它的意义。啊，这个上坡我爬得好累，但上面的景色是如此动人，呼！这一段路正好有树荫能让我

这不是晨雾，是覆盖整座兰州市的空气污染。

们稍微休息……诸如此类的小小感动都会在路上留下一个个印记，累积起来，无论艰苦或欢愉都是回忆。果然啊，亲自走过在身体与汗水伴随下的一寸寸刻印下的心情，是最最鲜明的记忆！

过了甘肃省一半后，来到了中国母亲河流过的西部第一工业大城——兰州。那巨大的工业化城市让一路上已习惯小城镇的我们着实受了惊吓，也因为是河西走廊上工业化最主要的城市加上庞大的城市人口，严重的空气污染是对此地的第一印象。

离开兰州的早上，一大早我们为了避开上班的人潮车潮，早早出发，一出门就发现整座城市似乎被清晨特有的晨雾所围绕，凉凉的晨雾应该会让人精神一振，却怎么也没这种感觉，心里虽然纳闷，还是得继续上路。慢慢地快到十点了，在太阳高高挂起后，怎么所谓的晨雾还不散去，空气中的味道也越来越奇怪？到了城市近郊才恍然大悟，一排排不断排放黑烟白烟连红烟的工业区展现在我们眼前，工业污染的规模实在超出我的想象太多。

离开黄河流过的兰州大城后，（空气污染这么严重了，该不会污水都流进了俗称母亲河的黄河里了吧？）准备面对的是横在眼前的甘肃境内最高的挑战：海拔 3000 米的乌鞘岭！

从兰州开始，就要开始面对传说中长达 200 多公里无间断的上坡，中间只有景色无变化的片片黄土，少了植物遮荫，高原上的阳光会直直地在你身上留下温度的痕迹，漫长的上坡到了最后只有重重的呼吸声与沉沉的脚踏声让人感觉到前进。还记得在一天温度高达 39 摄氏度的中午，好不容易找到一户门前种有两棵大树的人家，顾不得一切，在路旁拉了纸板就在树荫下呼呼大睡。在大陆骑车久了，行为举止都随性了起来，稍事休息后来个当地特产的苹果，发着呆看着眼前的一路上坡，苦笑数声后开始下午的奋斗。大太阳下的枯燥上坡路为何总是令人无力？

天堂小镇

经过几天的努力，熬过了几百公里的上坡，这一天预定骑乘目标为 35 公里远的天祝，准备放松一下。说到天祝这个藏族自治区的县城，我们远在 100 公里以外时，路边的广告牌就大大地写着“天上有天堂，人间天堂在天祝”，从照片上看就是个如诗画般美丽的地方。除了独特的藏族民族风情外，它还拥有举世无双的特产——白牦牛。牦牛一般毛色皆为深色，如黑色或深褐色，但在天祝县城附近竟产有一种出生毛色就是白色的牦牛，据当地人说全世界只有此地有这品种，故极为珍贵有名，而且传说在市集就可以买到世界唯一的白牦牛牛奶耶！白牦牛的奶和一般奶会有何不同呢？而照片上的风光水秀会不会也让人惊艳？在又苦又长的枯燥上坡路里总幻想着这神奇的所在，可说已成了心理支柱！心里想着只需骑 35 公里，今天肯定是最轻松快乐的一天吧！

但是，“天算不如人算”！是的，实在是充满意外变故、惊吓不断的一段旅程。如此美好的地方我们肯定去了吧？

没有，连城区也没得进，更别说喝牛奶，还差点被人赶着走回头路！在台湾有警察临检，而大陆的民警也

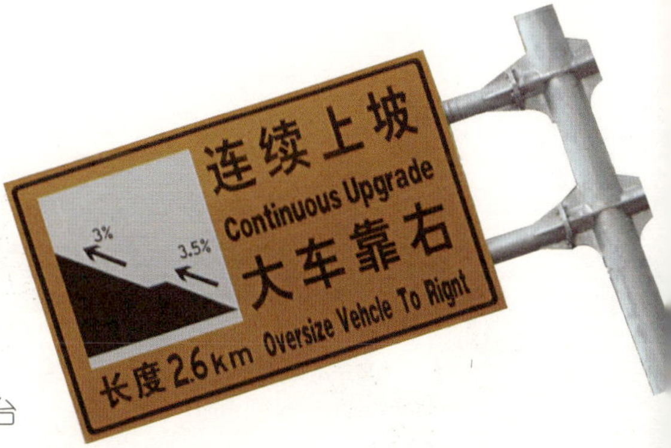

会在路边来上一下，未进城区前就被路边值勤的公安叫到路旁（紧张）开始调查身份，登记证件，盘问目的等，在台湾被临检就让人紧张了，何况是在人生地不熟的甘肃深山啊！一口乡音的民警表情严肃地检查我们的台胞证，从抵达大陆入境的时间到沿路经过的城镇等细节都不放过。越问民警大哥的表情越暗沉，连带着我们的心情也越紧张，最后过了几十分钟，公安大哥静静地将证件还给我们，就一句话："这儿不给过，回头下山吧！"

是要我们回头骑回西安吗？花了好几天才骑过的几百公里上坡路即将化为乌有了吗？心里不只凉了半截简直要吓傻了，只能发动求情模式，将重访玄奘取经路的壮举以悲壮的口吻重新描述了一次。好说歹说，这位铁面民警才勉为其难地说要请示上级，在打通电话后还频频回头看我们。呃，是打算怎样啊……心里着实紧张。讲电话的时间可能不过 15 分钟，在一旁的我们感觉时间却像过了一个小时般漫长。也体会到人在异乡有太多事是身不由己的。

最后铁面民警挂上电话，勉强同意我们通过。一听这消息，我俩连忙骑上"铁马"离开检查哨，骑了一段路后回头一看，远处的铁面民警像是抓老鼠的猫一般仍紧盯着我们。加速离开他的视线范围，我们才稍微安心。

经过这一事件后，我们也不能多作停留，唯一的选择就是直接挑战明天的预定目标：甘肃境内海拔最高（约 3014 米）的乌鞘岭！原本只要骑 35 公里的路程，突然拉高到海拔 3000 多米，拉远到 150 多公里；原本打算慢慢骑过今天的我们出门特别晚，这下子悠闲的行程变成了拼命赶路的行程。

两个人怕天黑了还在山里挣扎，只好闷着头快快骑车。随着高度提升，路边的景色益加壮阔动人，虽然无法在此落脚心有不甘，但"人间天堂在天祝"的形容并没有夸大。一眼望去，入秋后金黄色树叶以雪山做背景随风飘散；走得更远

你瞧，多嚣张的车队。

路边就是怡然自得的牛儿们。

羊群也是四处趴趴走，蹦蹦跳！

一些，树少了，草原开始在视野里无限延伸，原本在远处的群山慢慢地近在眼前；高山草原上的风毫无拘束地吹着路边的羊群，远望过去，移动中的羊群就像是被风吹动的白毛球，极是有趣！

虽然美景动人，但随着高度提升，我们越骑越冷，靠近山顶前有一段大风穿行的道路，人们称作“风口”。在近山顶时风口扬起了大风，10 摄氏度下的低温在强风助长下发挥出刺骨的威力，一阵阵强逆风像是在抗拒我们接近。硬撑着冷至发僵的双手，无视流鼻水好像坏掉的水龙头的鼻子，一路逆风而上，心想最黑暗的时刻总会过去，一寸寸地前进，总有一天会让我们爬到山顶！这里就是甘肃最高的乌鞘岭吗？我们真的做到了吗？

意识抵达的那一瞬间，心里的满足感压过了身体的疲劳，过去所谈论的计划与期望变成了当下活生生的现实。环顾四周骑行而过的一座座山岭，还记得在兰州出发时令人望而生畏的悸动吗？不论多远，只要方向正确，步步踏实，总有一天你会登上山巅！想起从努力筹划到今天的种种艰难，立在乌鞘岭之上，开心地大喊：“我们做到了！”（想起差点被赶下山，更显得格外珍贵与踏实啊！）

↑ 这就是甘肃最高点——乌鞘岭。

埋头顶风，盯着码表上的纬度慢慢上升与温度渐渐下降，一边听着自己的呼吸声伴着大红外套摩擦下产生的沙沙声，一边数着心跳，终于，上了乌鞘岭，这才发现岭上不是黑色的，是青黄的。

几天辛苦地不断上坡，终于也到了偿还爬坡的时刻啦！自行车界有一句爬山时安慰人的名言“有上就有下”，果然不错，一口气由海拔 3014 米直下到海拔 2000 米，无间断的下坡像是追着狂风在路上尽情滑翔般，好不畅快！一路上仿佛车上装着马达般，时速高达 40~50 公里，过去的枯燥上坡全部都在此刻得到回报，从高山草原的风景慢慢又下到了有森林与树木的区域，几经辛苦，总算在天黑前抵达山脚的城镇古浪。

也许是这城镇少见到骑着自行车的骑士，我们在路上特别引人注目，无论是大街还是小巷，人人都停下脚步行注目礼直到我们远去，胆子大一些的小孩还会在路旁大喊“hello”（我们都把脸整个包起来，看起来像外国人）。好不容易找到住宿的旅社，才停下车，身后突然有人喊了一声“hello”，还以为是小孩追了上来，转身一看竟是和我们一样骑着重装备旅行车的三位外国朋友！

正所谓兴趣相同自然臭味相投，相约晚上一起吃了顿旅行来最丰盛的大餐（苦情兄妹一直以来舍不得花钱吃大餐）。餐桌上除了久违的大碗米饭（西北多面食，米饭较贵）、几盘热炒，连顺口好喝的大陆啤酒都有哇（疲劳了一整天后来一口啤酒真是太赞啦）！

原来他们一行三个德国中年男子也碰上了和我们一样的难题，本来也是预定留宿天祝，结果需要一天赶下山，被迫在这山脚的小城镇落脚，却也因此成就了一顿愉快的晚餐，黑夜里一行五个人在酒后的微醺下看着远处乌鞘岭的山影，不禁想为这难以预料的一切再干上一杯！

沿途遇上了各路英雄好汉，不过请随时保持机警，避免那些借机搭讪以交换行程数据之名行“骗吃骗喝”之实的骗子。

路上遇到的两位德国老外，都是开公司的老板，
来骑自行车享受人生（外国人的养老方式和我们真是不同）。
遇到他们，吃了不少好料！

骑进河西走廊

自从离开了兰州，眼看就要正式进入河西四郡了。这片在黄河以西、狭长如走廊、被称之为“河西走廊”的地方，直到汉唐时期才正式纳入中国版图，当年虽然名义上是在版图之内，但已进入古时候“西域”的范围。我们心目中开始有了“丝绸之路”的形象。

丝绸之路，简单来说是东（汉唐）西方（罗马）贸易交流之路线。当时西方极为喜爱中国生产的丝绸，但由于山高水远，路途极长，加上当时仅有中国能生产，故在罗马丝绸极为值钱，因而促成了许多商人为了可观的利益而连接起这条“丝绸之路”。

这条路线极有特色，因为它横跨欧亚大陆，除了需要经过许多高山外，还需通过中国西部的广大沙漠地带，因而古时商旅行进沙漠时，各个补给水粮的绿洲就至为重要了。中国段过了黄河以西，水资源快速减少，因此进了河西走廊后，就开始了沙漠－绿洲－沙漠为主的前进模式，而我们也开始了体验当年丝绸之路里大漠风沙的第一堂课。

这堂课的主题是：一天之内在沙漠里前进 160 公里，附加在干旱酷热的戈壁中连续上坡 70 公里后看见绿洲的喜悦。怎么说会感到喜悦呢？因为在干旱难以生存又毫无树荫的高温戈壁下行进漫长时间后，当看见代表“安全、饮水、食物、休息”的绿洲后，你所感受到的是生命得以延续的欢乐，就像是出海的水手在长时间航海后靠岸休息的安全感。这沙漠一望无际，看不见尽头，只见地平线无尽延伸而去，人们便将这景象称为“戈壁海”。比起当年的商旅只能依着旧有的经验行走在荒凉无指向的路上，又得担心强盗的危害，今天我们在笔直的柏油路上骑着单车可以说是幸运多了。

一条笔直的柏油道路横躺在戈壁上纵横延伸，没了拔地耸起的大楼，多了遍地的碎石沙砾与无垠的辽阔，戈壁将一切化繁从简，直逼人返璞归真。凌晨时分，背着日出一路向西呼吸着零下 5 摄氏度的清冽；日正当中，艳阳顶头直逼 30 摄氏度的汗直流，直到眼看橘红夕阳一片完美落在前方地平线上，心中没有美丽的哀伤，只有找不到落脚处的忧愁。日出上马、日落而息的生活倒也简单，不能说轻松但也快活。

虽然比过去要幸运，但仍是一堂不易上的课，日正当中时骑在戈壁路上，太阳热辣辣直洒而下，没有停下休息的选择，只能低头忍受上坡与酷热的煎熬，除了道路左边的远方是顶着皑皑白云的祈连山之外，就是一望无尽、蓝得刺眼的天空接着戈壁的黄土颜色。我们稍微能体会当年商人们走进绿洲的心情：路途漫长，抵达城镇时只要有任何一丝树荫都让人愉快。远远地在地平线上出现了绿色的影子，那是代表休息与生命的绿色有水地带啊！开心地骑进绿洲，在一整天的太阳曝晒后体会到树荫是多么

可爱，也学到最重要的道理就是“下课最快乐”啊。

路再漫长、再荒芜人烟还是得吃喝拉撒，只是这回没了饭桌、厕所，地点全成了路边桥下。一望无际的戈壁绝非不毛之地，但是耐旱顽强的沙漠植物总是生得太过短小精干，连只兔了上厕所屁股都见光的状况下，陆桥下自然成了维护隐私、通风良好的公厕和中午时分提供遮荫的绝佳野餐地。顺便说一句，公厕、食堂两者合一绝无冲突，用餐时虽前人排泄物触手可及，但其实早已风干无味，只要不伸手碰，一切都很卫生啦。

热情小镇的国庆预演

武威（古称凉州），名称来自汉朝的霍去病，他在西域大破匈奴，汉武帝为了彰显其“武功军威”，而将此地命为“武威”，三国时代改称凉州。玄奘当年所处时代，此地也是个佛教胜地，因为翻译佛经而著名的鸠摩罗什大师的舌头就埋在这里的寺塔之下。罗什圆寂后焚，唯独舌头久焚不化，“三寸不烂之舌”即成经典。

当年玄奘出发后，曾在此地应邀讲解佛经而一举成名，在此地留下的名声后来传扬西域，也因此展开西域扬名的第一步。虽然现在城里没有玄奘讲经的遗址，但因讲经而种下的因缘，对未来的路程影响相当深远，所以仍可算是玄奘一路西去求法重要的开始地之一。

↑ 顺着阳光的方向前进。

↑ 日出前夕。牛群正好站在棱线之上。

相比玄奘，我们也在此地得到了一大突破。自西安出发至今，在路上总是小心翼翼，以不引人注目为最高原则，只要有人高声大喊“hello”什么的，几乎都是加速离开。但自从过了乌鞘岭与三位德国人组成了五人车队一起上路后，情况发生了变化。虽然俗话说“外国的月亮未见得更圆”，但是外国人的脚还真的比较长，一路上以每小时高达 30 公里以上的车速前进还有说有笑地并排骑车是怎么回事？为了不给中国人丢脸，我俩可是死命地踩不愿落后，就这样一行五辆车以“挡我者死”的气势，“非常引人注目”地在乡镇街道间穿梭。原本什么车都怕，但变成一行五个人的车队后，变成什么车都不怕了，连最为狂妄的沙石车都让着我们！整个就是嚣张啊！至此，就算之后与这群德国人因路线不同而分开骑车，但心理障碍打破后，骑起车来也会轻松多了！

身为中国人的骄傲，憋着气咬牙紧跟，还得装作若无其事地谈天练英文，几天下来，脚步快了，肺活量也着实扩张了不少。

在途经一座名叫谢河镇的小镇时，无意中看到居民在空地排演国庆（10 月 1 日为中国的国庆节）节目，国乐声与淳朴的歌声高扬，外国人一马当先停在旁边拿起相机就照了起来（连问一声都没有，非常直接），这让一直以来拍照谨慎的我们大吃一惊！二话不说，我们也当机立断跟着拍，而当地居民竟是热烈地回应，除了马上摆好姿势外，还全体换装，开始以我们为观众，表演准备已久的国庆节目！镇长还亲自出

↑ 日出时刻。骑着骑着，总能迎接这样的日出。

↑ 天还黑着就开始骑车上路，回首一看，天已微亮。

场担任指挥，场面热闹又精彩，那从未听过的甘肃民歌响彻广场，一场为我们演出的现场秀就此展开！我们不过是路人甲乙丙啊！

剧情虽然完全看不懂，歌词在唱什么也因为乡音太重听不懂几句，但重点是心意啊！只见那热情的大婶努力摇摆大羽扇，认真变换队形；一群人努力地在大太阳下的广场上又唱又跳，汗珠似乎未落地就被热情所蒸发，好一场当地味道浓厚的歌舞表演！

表演结束后，镇长热情地与我们闲聊，一听到我们来自台湾，眼神忽地闪闪发亮，紧紧拉住我的手，谈起了他对海峡两岸关系的认识与中国 60 年国庆感言，说话的时候双眼直勾勾地注视着我，炽热的眼神像是等着肯定，而我只能微笑以对，内心确实感受到他对国家的热爱。

说起爱家乡，兄妹俩绝不落人后，但一路西游总是尽量隐藏台湾身份，不得不啊！虽然现今已有许多台湾人在大陆，但越往内陆去，发觉里面的信息仍停留在十几年前没有更新，对于台湾人都有一个主观印象——“很有钱”“台湾的生活很好”，有时聊聊天说到我们来自台湾，总是会显露出羡慕神情或是一种莫可名状却让人心生警惕的神情，且很“奇妙”的，若听到是从台湾来的，物价总是莫名地上扬。我们直接问为何与先前讲好的价格不一样，竟得到一个回答：“反正你们那么有钱，不差这点吧！”无论在哪儿，这样的人总是少数，但出门在外平安就是一切，于是慢慢练就了

↓ 为我们特别演出的镇民，中间的是导演兼镇长。

一口大陆口音，被听出有异也发展出一套保身招术，截至完成旅行，竟也无人戳破我们的三重回答……

行走大陆，与人萍水相逢时他们劈头总是问：“你从哪儿来呀？”第一重回答：“我们从西安来的（的确是从西安开始骑，也没骗人）。”有些西安人或阅历较丰富的人会发觉不对，问：“可是听您的口音不像啊！”这就到了我们的第二重了！强压心中的惊慌，我们不急不慢地说：“咱老家在广东啊，我们从西安骑过来的呀（由祖谱看我们家族起源的确在广东没错，没骗人，口气最真实）。”大部分的人都在这里打住，毕竟见过世面能辨别南部沿海与台湾口音的人已经不多了。但是，还是有人爱装熟，会接上：“广东那儿我去过呀！在广东哪儿呀？”此时只能启动第三重的最后防线回答：“咱们老家在广东绍安呀（这也考证过祖谱，保证百分百真实）。”

其实都是为了路上的平安，一开始多听少说，了解哪些口语是当地常用的，尽量记下，再配合一口卷舌音就差不多可以蒙混过关了。

实在不是有心欺瞒社会大众，或是羞于表示台湾人的身份，而是当人们知道是从对岸来的，总是眼露羡慕神情，接着问“台湾生活很富裕吧”，然后不知怎么着，价钱就开始向上飞扬或天知道有什么下一步……

百塔寺

说来有趣，那天中午还经过一个景点白塔寺，这里纪念的是一位元朝时西藏的宗教领袖。当年他受邀到凉州白塔寺进行一场有名的“凉州会谈”并发表了“萨迦班智达致蕃人书”，文件内容大意是，此后西藏正式纳入中国的版图，而该宗教领袖最后没有回到西藏而在此地过世，死后凉州修建了高 35.28 米的大白塔，周围是有 99 个小白塔的墓区（刚好一百座白塔）。今日，此地就成了中国宣告西藏归属中国版图的

历史见证地。

走在百塔寺里，看着广场上大大的红字“白塔寺现为省级爱国主义教育基地”，而今日正逢中国 60 年国庆，在墓区行走时，麦克风不断播放进行中的阅兵典礼，语气慷慨激昂、热血沸腾，不禁想起那一群在广场上跳着国庆舞的大婶们和镇长热切的眼神，配合此时此景，好一个爱国气氛满满的一天哪！

↑ 许多城市都有这样一座钟鼓楼，这会儿都装饰上庆祝国家庆典的字样。

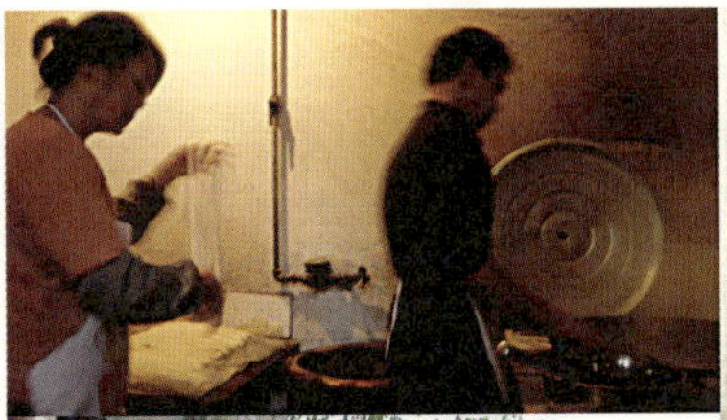

陕西面条像条小裤带!

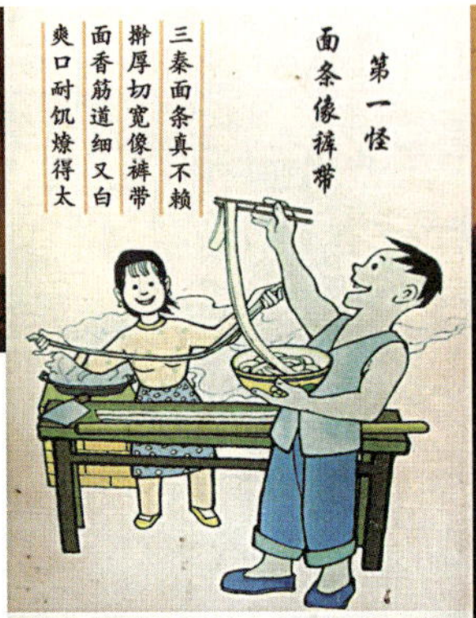
第一怪
面条像裤带
三秦面条真不赖
擀厚切宽像裤带
面香筋道细又白
爽口耐饥燎得太

第三怪
辣子是主菜
虽说湘川能吃辣
老陕吃辣让人怕
辣面拌盐热油泼
调面夹馍把饭下

第四怪
碗盆难分开
老陕饭碗特别大
面条菜肴全盛下
一碗能把肚填饱
老碗会上把话拉

小小一碗呛辣有劲。

河西走廊

英勇猪八戒？

河西走廊里有四个最重要的绿洲，合称“河西四郡”，分别为武威、张掖、酒泉、敦煌，其中最大也最肥沃的绿洲为张掖，古称金张掖或甘洲。因来自祈连山的中国第二大内陆河“黑河”的滋润，这片盆地转变为沙漠戈壁里的绿色奇迹，也因此成为血染黄沙的兵家必争之地，当年霍去病占领此地，汉武帝称此地“断匈奴之臂，张汉朝之掖”，故称张掖。除了多产的农作物与水果外，这里还盛产水产，其丰饶程度又名“小江南”，为西北方的农作第一大城，城里甚至还有座森林公园！

↓ 大佛寺里的藏书之一：《大唐西域记》。

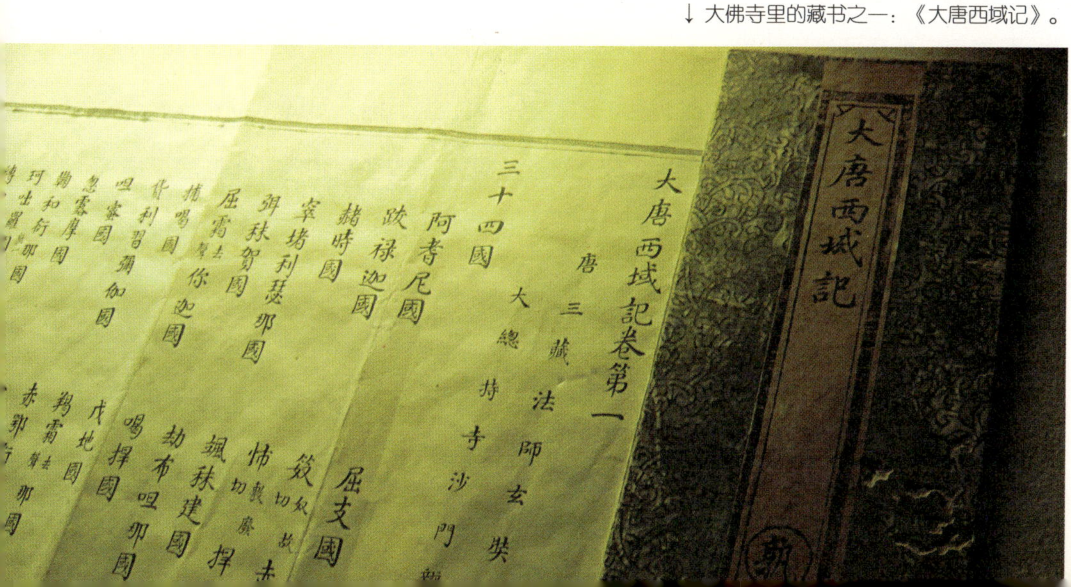

↑ 大佛寺八景之一：木塔晨钟。

↑ 五塔之一的土塔。

眼前的绿洲景象恍然一变，由成群的树荫围着水湖成了高楼绕着圆环，树荫下骆驼驴子的位置成了各式路边摊，城市绿洲里车水马龙，人潮依旧。四处打转时遇上一个好心的本地人领路。

骑久了干旱地区，此时确切感受到此地的神奇与重要，离开张掖，很快就要到达那春风不度的玉门关，那漫漫长路与满天风沙的塞外风情啊！背景音乐——《出塞曲》：那只有长城外才有的清香，谁说出塞歌的调子太悲凉，如果你不爱听，那是因为歌中没有你的渴望……

大佛寺与英勇猪八戒

张掖有座拥有亚洲室内第一大卧佛的寺庙一大佛寺，始建于西夏，汇集藏传与中土佛教两者特色，在寺庙完整时有金、木、水、火、土五塔，但现今金塔遭人盗走，而水、火两塔在“文革”中毁掉，仅存木、土两塔，皆各有特色。此地除了是古时佛教重镇外，更因地处丝路的咽喉之处，无论是经由北、中、南道都需经过张掖，也因此自古繁华，文化昌盛，也是佛法东传与东西文化交流融合的根据地。

大佛寺内除了最为有名的卧佛外，还是个藏经宝库，当年明朝皇帝曾将全套三藏佛经抄录（近千卷佛经）运送千里至张掖，而这套佛经就在此雪藏千年，有许多人为

↑ 张掖大佛寺。

其付出大量心血甚至生命，才让这些经卷躲过了岁月的摧残与“文革”的破坏。

寺内记录，当年“文化大革命”开始时，庙方将经卷藏至设有暗门的墙壁内，安排了一位女尼守护经书，这位女尼在此地一守就是 22 年，其间守口如瓶，没有任何人知道这壁内藏有佛门至宝。直至一年冬天夜里，女尼炕上的火星烧着了僧衣，竟引起一场大火将女尼活活烧死，后人收拾其遗物时才发现墙壁里竟藏有天大的秘密——藏经库，而那时“文革”已结束，且此处所藏的经书是中国仅有的完整佛经，一时轰动天下，众皆感佩。

虽然故事是以佛经得以完整保存并重见天日为结尾，但听到这结局时仍令人感慨，为何这可怕意外竟是促成佛经重现的因素之一？这又是怎样的人生与宿命？

大佛殿内除了卧佛外，四面还安置了 108 罗汉的雕塑，四面的墙壁更绘有各式佛教故事的壁画，很有趣的是，其中一幅正是描绘“西游记”

的，但内容和我们常听到的版本却有了点不同。

话说猪八戒高老庄抢亲、孙悟空化作假新娘的故事，大部分人都知道，而现实生活中，张掖附近可真有一个地方就叫高老庄！壁画绘制时，居民以有猪八戒这姻亲深感荣幸，于是壁画的内容里，沙悟净爱偷懒，孙悟空老闯祸，而自家人的八戒却是集英勇、勤劳、孝顺师父各种美德于一身。只能说有关系没关系胳膊肘全往内拐啦！

这里有个乡下地方（名字给忘了），传说玄奘当年取经时曾在此地过溪，将随身的经书弄湿了，就在某块石头上晒经。虽然是乡野传说，但也并非全无可信之处。当年玄奘也确实从此地经过，虽然没有留下特别的故事（除了晒经），但此地因文化交流鼎盛且为佛教昌盛之地，所以它对丝路文化的研究也有着不可取代的地位。

话说就是在张掖，可能是一时不察或许是使劲过猛，有如法国薄饼般薄的马桶盖被一屁股坐破后，兄妹俩随即陷入需高价赔偿的被害妄想中，决心采取自以为天衣无缝的拼图式大补救。合力完工后，瞥见楼梯间一沓崭新发亮的马桶盖，更是想来个狸猫换太子，虽然邪念被闪着红眼的监视器成功吓阻，最终也敌不过良心的煎熬自个儿招了，赔了。想必是张掖大佛要教训我们曾心怀不轨，在拥有平坦大道的张掖，竟辗破了开工以来的第一个车胎。

木塔广场上的鸽子。

五塔之一的土塔。

沙漠中的绿洲张掖。

在城市遇到一位好心的老师带着我们认识张掖。

盒饭
鸡带鱼虾批发
我们真的省，固定一道菜两碗饭打发。

天下第一雄关

骑过了张掖，代表河西四郡已走过一半，接下来的两郡就是酒泉与敦煌。酒泉，又是一个因霍去病而得名的城市，当年霍将军攻下此地后，汉武帝特别赏赐美酒以奖赏他的军功，但这霍将军认为功劳属于全军共有，将皇帝赏赐的美酒倒入当地的一口甘泉之中，让全军一起共享御赐美酒，因为这传说，此地后来就命名为“酒泉”。而这个以美酒为名的绿洲城市，在我们骑经的路上只看到一片片正立起大楼的工地，整齐划一的大量水泥建筑群矗立眼前，还未到城区，四周已是车流不息的高架快速道路。酒泉给我们的第一印象就是，水泥色彩竟盖过本应绿意盎然的“绿洲”。在骑自行车旅行时，高度发展的城市同时代表大量的人群与车潮，虽然吃住便利，但怎么也无法喜欢这种水泥丛林的气味，最后决定放弃在酒泉一试当地好酒的机会，直接前往距离不到 50 公里远的嘉

峪关市。从这座城市以古时关口命名来看，就可以推知这关口绝非一般。是的，它就是名闻天下、中国保存最好的军事建筑，也是万里长城西边的尽头，传说中的天下第一雄关——嘉峪关！

嘉峪关的历史和丝路其实并无太大关联。嘉峪关始建于明朝，而丝路畅行的时代在汉唐。两者代表的意义也不同，大体可以说是长城＝圈地自守，丝路＝开放畅通。丝路文化因东方汉唐与西方罗马两方皆强盛到足以保证路线的畅通，才可能连接起两者的贸易与交流，当其中一方的势力弱小了，中间的利益联系被各种势力垄断后，丝路也就不复存在了。而类似嘉峪关的建筑正是证明已无足够力量维持路线，只能圈地自守而无力西进了。丝路原本就是因时代意义而形成的路线，未来更被海上丝路取代，不过那是后话。

这天下第一雄关与一路上延伸的古长城连接，凭着山势造起了一座雄伟的关城。那凭山而起远眺大漠的气势已是不凡，走在城墙边抚着墙面，更会想起多少英雄干戈、多少传说往事，但时过境迁，今日又留下了什么？不过戈壁滩上的一座荒城、一段轶事罢了。

随着夕阳西下，光影照着城门，倒映着牵着骆驼的小贩，好似古时商贾或是行旅要进城了。风一吹，天开始凉了，天半黑的嘉峪关带着浓厚的苍凉。我们赶在关门前匆匆离去，搭乘公交车回到集市吃了一碗地道的拉面，竟是出发至今吃过的最美味的食物，慢慢走回旅舍，明日就要西出嘉峪关，往更里边的大漠里去了。

天下第一雄关嘉峪关

嘉峪关的骆驼的确让人难忘，话说那豪情千里的塞外风光怎可少了关外的骆驼与堆叠起伏的沙丘夕阳？拿着相机逐步逼近脑中不断建构的最佳取景目标的那一瞬间，不知是骆驼夫警告太迟还是人老反应慢，当下被那墨绿黏稠味道浓重的口水吐了一身，旁边的人们笑了，我，臭了好久。原来骆驼爱吐口水，是真的。

离开嘉峪关，大漠里一条312国道直直往前。近来西部大开发将旧有的国道系统修筑成高速公路，也因此旧有的道路除了残破不堪外，还变成了羊肠小道（仅剩一台沙石车的宽度）。总有大卡车为了省过路费走旧国道，只要车子从身旁经过，除了喇叭震天响，还将我们挤至路旁碎石坡边，好不危险。我们本来就处于道路破碎、步步惊心的地步，于是决定不与天赌命，想方设法怎样都要上高速公路骑车（其实也是在赌命，只是危险比较小）！

能不能钻上去也要看天时（交警不在身边转），看地利（高墙铁网找破口），看技术（双手举铁马，两肩扛车包再往对面冲）。

几经辛苦，但见一条平整宽大的康庄大道于眼前展开（但是违法，曾被交警“请”下去过，请小心），当然高速公路车速快，但至少不是从身边贴身而过，总算能顺利前进。

骑行时妹妹笑称："这才算是丝绸之路嘛！"果不其然，在刚开通不久、路面仍然平滑如丝绸的高速公路上，骑行的速度也快了起来。几年前开始的西部大开发，至今到处仍能看到高速公路的建设，每座山下都是日夜赶工的水泥厂。山洞、高速公路贯穿所有想象得到的路线，不是说建设与发展不好，它自有其意义，但骑行其上享受便利时，想到环境所付出的代价，看到山水被破坏的痕迹，心情不由得复杂与沉重。是非本没有绝对之分，但骑在高速公路上望着路肩之外的苍苍戈壁，突然觉得它离我们好远，好似有种不真实的感觉。

↑ 硬上丝绸之路。

夕阳照映城门下带着骆驼的小贩，仿古时商贾或是行旅要进城了。

一看就知道是当 DJ 的人才。
店名是“真诚牛大王”，
面量给的很感人！
牛大王
大肉汤面 炒面 各种

河西走廊

沙漠传奇

从西安骑着自行车出发后，一路上经过了祈连山、乌鞘岭、黄土高原等在历史、地理课本中见到却未曾亲眼得见，只能通过照片或《大陆寻奇》电视节目遥想的地方，我们一直试着以全部的感官去感受与体会。没有一个地方没有历史，未曾有地区没有传说，读万卷书行万里路后，我们更能深刻了解其内涵。今天终于到了最期待的重头戏，那令人神往的神秘“丝路”！

代表文化交流汇集之处的名字“敦煌”、传说中充满历史与文化能量的“国家艺廊”莫高窟，还有那沙漠中千古不干涸的传奇“鸣沙山月牙

终于看到的骆驼队伍。

泉”，骑了那么久的自行车，今天终于能亲眼目睹和亲身感受了！

大陆各观光景点的票价可轻易地由评价几颗星招指推算，敦煌可谓众星云集，闪闪星光下更显得囊中羞涩，但话说人也不是天天有机会看流星雨的，饭可以改天吃，星光票却不可不买！

莫高窟

话说丝路与敦煌两者有着极为紧密的关系：丝路存敦煌盛，丝路亡敦煌败。曾经辉煌的城市，在明代建起嘉峪关后，中国对其掌握也失去（放弃）了，失去商业的利益连结让这条曾经因丝绸交易而兴盛的道路没落。当敦煌不再商贾云集，这座古称“沙洲”的历史名城也在广大戈壁中失去了光芒，过去的一切历史在风沙中被掩埋、遗忘，敦煌成了一座破败苍凉的城镇。

“第二次世界大战”后，大批的各国考古学家进入了这块地方，虽然唤起了近代著名的“丝路热潮”“敦煌热”，但代价是大量国宝被人为乱损、盗窃。最令人叹息的是，当中国官方发觉文物珍贵后，民间兴起了更为严重的破坏、盗取行为，其破坏程度之重、伤害之深，竟远超外国人所造成的损失！多令人难堪！在指责外国人窃宝之

敦煌莫高窟里面禁止拍照，仅能在外尽量留下她的身影

非常有成就感地爬上了山。

时，更无法原谅自己造成的破坏。有人曾说敦煌是中国文化的一个伤心地，或许应该这么说，在丝路沿线所痛失的无价文化珍宝（十几个大大小小佛窟皆被盗取、破坏），早已不是伤心痛心所能负荷的了。

说来也有一些小故事，当年大陆很多文物在“文革”中被破坏，敦煌因地处偏远反而受到的侵害要少得多，据说一些红卫兵到了这里，有感于此处的文化艺术魅力，反而下不了手破坏。“文革”过后，政府经过数十年的努力经营与维护，现在的莫高窟已是大陆五星级的观光景点，收费自然也是最高等级的 160 元人民币，以维持庞大的修缮与维护费用。虽然最高等级的票价大伤荷包，但到了敦煌怎能不进莫高窟?

进入莫高窟，导游提到历代关心爱护此地的民众与学者付出的努力，无论是玻璃围墙还是铝门关锁都是想将它保存得长长久久。虽然过去融合自然景色的美景已不再看到，但为了今日仍能让人们亲眼目睹这些瑰宝，多少工作人员为保护文物而献出了自己的一生!

购票后，按照规定只能跟着导游走固定路线、参观固定洞窟，虽然因此无法看尽

每个洞窟，品尝感动，但跟着导游观赏佛窟也收获颇丰。每个佛窟皆有故事，都有其文化与能量，看着古人一千多年前的艺术杰作，我们深受感动。那是多少工匠的生命、多少人的付出，才成就了这座惊人的艺术历史文化宝库？

入内后可携带手电筒跟着不同的导游（各导游分配不同路线、洞窟）参访不同的洞窟！但需当天游客不多、管制不严，才可实现一票多看（曾有人连跟五团，连看六个多小时，真是幸福啊）。

鸣沙山

看过莫高窟后，接下来就是千年不干涸的鸣沙山月牙泉了。出发前，在台湾总幻想未来骑在戈壁时会如同电影里的画面一样，看到一座座金黄色的沙丘卷着漫天黄沙的苍凉景象，但直到我们买了不便宜的门票（120 元人民币，敦煌真是个伤荷包的钱坑啊）后，才看到幻想中的沙漠景色。

入口处有许多骆驼和吉普车正等着带游客进入鸣沙山，看着轻到不行的荷包，我们决定徒步进去。一支支载着游客的骆驼队晃悠悠地走进去，走在驼队一边踩

着一路上满满骆驼粪便的我们，有一种成了骆驼夫的奇妙感觉；而步行在黄沙上，脚步深沉沉的，只要站着不动就有被引力往下吸的错觉，有种恐惧与兴奋交织的奇妙感受，这就是所谓的沙漠吗？

在如同一弯月牙的泉水旁，有一座东方古典式的庙宇建筑，四周围绕着一座座高耸的沙山，让人不禁想象，站在那沙山的顶端风景会是如何壮丽。四周的沙山早已为游客铺设好步道（但是需付费）。我们想，没路走就自己找路走，于是向没有步道的沙山爬去，只听身后步道的老板大喊“不走步道绝对上不去啦”诸如此类的冷嘲热讽，听了着实令人不爽。为了争那一口气，也为了山顶的风光，两人手脚并用，努力挣扎着想爬上山顶，越往上爬，角度越陡，沙子也滑落得越多，难度也就越大，也许今天最贴近鸣沙山的就是这两个笨蛋兄妹吧（四肢都埋进去了）！

爬得一身臭汗、正想着自己在干什么时，突然一阵狂风吹过，鸣沙山的沙子从手边像是河流般流过，整座山在沙砾摩擦间似乎鸣叫了起来（不愧是“鸣”沙山啊，果然有鸣叫的声音），风沙滑过身侧越过山顶向天空流去，如同黄金色的河流在阳光下发亮。我们索性躺在沙山的斜坡之上，尽情享受金黄色的沙子从身上轻轻流过的难得体验（也因为太累了要休息一下）。

鼓足余力继续往上，在还未意识到前，竟已成功登上了峰顶！从高处往下望，月牙泉更是一泉清亮映黄沙，好一处沙山与月牙相映成趣的景色啊！和着夹杂沙砾的风放声大呼：好过瘾哪！

中国豆花有咸有甜，叫“豆腐脑”。
连小老板都嫌弃我们买的很穷酸（叹）。

河西走廊

星星峡之夜

过了敦煌，路上苍凉的气息越来越浓，离甘肃、新疆的交界越近似乎也越荒凉，路依然直挺挺地往戈壁处无尽头般延伸，侧风以 4~5 级的风速吹过，让车子禁不住往路中间偏移，只能沉着气，稳稳骑着，忍受戈壁上的狂风吹袭。过了几个小时，进入甘肃、新疆交界的北山，只见一片荒芜，唯有深黑与褐色相间的岩石山脉，路的前方绵延不断的只是荒凉和萧瑟，只差一座末日火山就是《魔戒》里的魔域场景了。狂风呼啸中，只感觉到此地的了无生机与寂寥，过去这里是丝路的北、中道必经之地，古时商贾走在其中是否也对毫无生机的岩山感到恐惧呢？在黑山行旅之间想必强盗频生，在过去的时光里，这儿肯定不是一个容易通行的山口。

进了山，随着海拔渐高，温度也降下来了。一路养了在天微亮时就开始骑车的习惯，可今日清晨觉得特别冷，一看高度表，海拔已超过 1700 米，温度更是首次降到了 1 摄氏度，果然是更冷了啊。

在绵延的山脉间上下骑行，路边就是戈壁与些许的沙漠植物。我们很幸运地在路上碰见了野生的骆驼群！它们比起之前人工饲养的要高壮肥硕，走起路来，驼峰一颠一颠的，很有趣。我们从旁边骑过时，它们一同转过头来看我们，像是看着新奇的事物，嘴里还吃着路边丢弃的卫

哈密电力宾馆欢迎您
0902-2259581

312
3333

生纸（是的，是用过的）。不过当我们试图拍照时，它们便转身往戈壁深处跑去，嗯，至少看起来挺健康，没有吃坏肚子。

几经努力，翻过末日火山般的黑色山脉后，骑到了一处名为马莲井的小地方。正所谓有井就有水，竟在戈壁滩中形成一片片的芒草地，远远看去竟神似照片中看过但未曾亲眼见识的非洲大草原！认真细看，草原深处居然还可以看到动物群落的影子在其中漫游，一阵劲风吹过，神秘的动物终于现身，原来是一大群放牧的驴群，长得肥肥壮壮、健健康康的样子，没看过“风吹草低见牛羊”，但“风吹草低见驴子”也是一个新鲜的体验。

当路上越来越荒凉，村镇间的距离开始以 50 或 100 公里计算，自出发后，路上最大的敌人——大货车喇叭声开始慢慢由催促让路的声音转为加油的声音（当连续几十天每天听喇叭声后，会发觉那是一种货车沟通用的“语言”），也开始有人招手给我们加油或是大喊为我们打气，无论是哪种形式，都给予了我们再努力往前的些许动力。

终于，在黄昏前抵达甘肃境内的最后小城镇——星星峡，该处是甘肃至新疆的必

经关口，是一个还看得到已化为遗迹的碉堡或古烽火台的兵家重地，究竟此地曾发生多少血染黄沙的战争？

现在的星星峡仅是个数百人居住的小村镇，以供应长途货车的维修补给为经济命脉，因地处荒山，资源皆靠外地运输，水电等都极为欠缺。我们在简陋的招待所里听到老板娘回答其他住客：“这儿有电就不错了，还电视咧！”若要使用水洗漱，得使用水缸里储存的疑似清水（没水龙头）。在供电断断续续的房间里，想象着明天就要一探新疆的神秘，体会现代版的“西出阳关无故人”了，新疆啊新疆，我们总算是骑

到这里了！

一路缓缓向上爬行，终于成功地用时间换取了距离，登上了星星峡，一条街尘土飞扬地坐落山间，似乎误入了美国西部片中破败萧条的边疆小镇，只是牛仔枪战的场景成了卡车对峙的画面。果然现实不如名字美丽浪漫，那儿的厕所更让人难以忘记，一个没有墙与门的便池就处在人来人往的走廊尽头。虽然这着实考验了人在毫无选择时的豪迈指数，但在荒野间有饭吃、有床躺的情况下，这似乎也没什么好抱怨的了。

小房早点
油条 豆浆 菜盒子 稀
啤酒
BEER
住宿
这烟筒有必要搞这么大吗?

西域传说

春风不度玉门关

明月出天山，

苍茫云海间。

长风几万里，

吹度玉门关。

——唐·李白

这是唐朝诗仙李白流传千古的诗句，时至今日，走在新疆仍能体会当年李白为何如此有感而发。虽然在唐朝时，玉门关已成荒凉戈壁中的一个破落土堆，但仍让人遥想起当年车马人往的古时关口和有关玉门关的千古流传的诗句。虽然没有骑到荒漠中的玉门关古迹看一看，但准备骑进新疆，就像是正式走向另一个未知的领域，就像回到第一天出发般，未知与神秘在眼前展开。

骑到了甘肃与新疆的交界，那处于山与山之间的小小关口村庄——星星峡镇，似乎就代表了现在的“玉门关”。山的那一头是新疆维吾尔自治区，接下的文化冲击与景色的感受将与汉族居住区截然不同吧？带着期待与仿佛第一天出发的些许紧张，兄妹俩将于凌晨时分，明月还高挂天上时，沿着天山山脉，迎着那吹拂几万里的长风离开甘肃，进入新疆。那时也许能稍微感受感受古人离开代表中原的玉门关，走进西域时诗里所描述的“春风不度玉门关”的心境吧。

“杀”车群

天未亮，在昨夜客满的旅舍中醒来，才发觉偌大的旅舍中仅剩我们还未出门。为了赶时间，送货长途司机们都起得极早，外面的星星峡门关排满了各式大卡车等候检查通过。天空仍是一片漆黑，在黑暗里闪着车灯的货车带着诡谲的气势，像是要进行秘密行动似的，一长排卡车车龙沉默地停在那儿。骑自行车不必检查，我们绕过门关后慢慢往前骑。似乎是过了一个时间点般，虽然天还没亮，但身后已通了关的大货车开始逐渐下山，我突然理解了那诡谲气势的由来，看着明明都以“吨”来计量的大货车，个个都以小轿车般灵活的身段往山下冲，那弯道甩尾般的技巧让我们冷汗直冒，这儿的货车都这么神，还是都这么不要命呢？

面对可预见的漫漫长路，本想赢在起跑线上先赚些里程数，才骑到山峡口，就见那下边一片黑压压的，货车群一路紧贴，卡位兼蛇行，两匹小铁马说什么也没胆往里

进入新疆境内。

冲，只好枯站山头看日出。

为了安全，耐着性子在路边慢慢等着天亮，在寒风中总算熬到天大亮，才敢继续骑。虽然天亮了，但车阵的数量未见减少，反而有越来越多的趋势，下坡时身旁的货车群带起一阵阵狂猛的旋风，在山区断崖边最糟糕的伙伴莫过于货车啊！在小命随时可能不保的险况中，战战兢兢下了山。山下又见未完全修好的高速公路与破烂的国道，看着大货车在国道上扬长而去的身影，路旁未开通的高速公路对骑在钢索上的我们来说真是保命的救赎。

找到缺口上了高速公路后，又是段仿佛丝绸铺成的道路，路上少了货车，骑起车来像是在台湾的自行车专用道上。骑过高海拔的甘肃省，几个礼拜所积存的海拔数有2000 多米，今天零存整付，眼前是由 2000 米直接下降到海拔 900 多米的往地平线延伸出去毫无阻碍的下坡路！加上老天爷赏脸地吹起了顺风，便成了一段仿佛骑摩托车般踩都不用踩，一口气下滑 100 公里的梦幻下坡路啊！

不过一个早上的时间，就顺利走完 150 多公里，虽然已经到了需要休息的时间，但在诸事顺利的心理作用下，看着距离哈密仅 48 公里的路牌，想着城市的便利

↑ 在一百里的下坡路上奋勇往前冲！

与补给，我们忽略了骑行的疲劳，一咬牙，决心一拼！

但不是天天有好日子过，下午 4 点后，风向突然改变，原本的顺风突然变成要人命的逆风，更糟的是，下坡也在此时到了尽头，开始有下就有上，上坡与逆风开始折磨着疲劳的身躯，但也只能顶着逆境拼命坚持。速度很慢，路突然变得好远，疲惫的我们只能以最单纯的意志力完成最后几十公里。一整天没吃正餐、仅以饼干充饥的我们在黄昏时刻还在路上奋斗，虽然天色美好，夕阳动人，但已无力欣赏。慢慢磨到天黑后才骑进市区开始寻找合适的住所，快 9 点才安顿下来。躺在床上，只感觉饥饿与疲劳，而今日超过 200 公里的骑行终告结束。新疆啊新疆，第一印象就如此深刻。

↑ 气势非常凶猛……下坡都不用刹车的吗？

超出肉体极限，只好边拉筋边一寸寸往前。

最后50公里时，一踏一转间伴随着难以忍受的脚抽筋，我告诫自己怎么都不能停，只好灌上一口水外加每10公里进行一次强拉筋，断断续续地骑了下来。

哈密回王墓

天黑后才抵达哈密，黄昏时城郊的工厂散发着浓烟，异味和下班车潮让人难以忍受。步入新疆第一个城市的印象是疲劳，正在大街上骑车找旅馆住宿时，一位当地青年前来搭讪，最后留下一句"祝好运"就走了。

到了城市繁华地带，投宿反而更难了，街巷穿插交错，总是让人迷失方向，总在百转千回后才寻得避风港，只是规矩多了，人情淡了，价格也激升了。

进入新疆的第一个大城市——哈密，这儿过去是维吾尔族的都府，号称"西域襟喉、中华拱卫"，在地形上为古丝路北道与中道的重镇，汉代开始在此设郡屯田，唐设伊州，明设哈密厅。到了清代，哈密王与朝廷间关系紧密，因多次协助清代平定与管理边疆事务而受封"回王"，历传九代200多年，曾建有号称"天下第一城"的回王王宫与富有文化融合特色的回王墓，但前者毁于清代一场起义，大火焚烧44天，一切烟消云散；后者在"文革"期间破坏近半，而王室也在民国后失去了政权。至此，历传九代的王权成了过往云烟，仅留有历史文化的些许沉积。

↑ 哈密的回王寺，是哈密最负盛名的建筑群，融合蒙古、汉族、回族风味，饶有特色。中间这座则是东疆最大的清真寺，伊斯兰风格十足。

↑ 维吾尔族居民区。

↑ 清真寺内部间有 108 根大柱，每根都是数百年生成的大树砍削而成，每一根都深入地底两米深。柱顶做莲花状。共 108 根的原因，据导游称是当时建寺时此地仍盛行佛教，为了宗教和谐而建成此样式。

经过连日的拼搏与昨日超过 200 公里的骑行，我、妹妹及两辆车都受到了创伤，于是决定利用一天时间在哈密休养身体，保养自行车。

参观历史悠久的回王墓时，整个园区只有我和妹妹两个人，走在静寂的墓园听着导游讲解此地的历史，漫游其中，可容纳 5000 人的东疆最大清真寺里只有脚步的回音。108 根大柱所形成的空间让人难以想象数千人在此朝拜的情景，逝去的王族在修建时怎会想到墓园竟成了任人走进的观光地。

三道岭与红山口

自 9 月从西安出发已过了一个多月，终于在哈密碰上了今年第一股寒流，宣告新疆告别秋天开始进入冬季。早上一出门不见习以为常的蓝天，只看到灰云满布，街上行人打招呼时总念着“变天啦，冷啦”“冷啰，多小心呀”。温度在 0~2 摄氏度徘徊，这意味着，未来的路上除了晒与热外，还需注意骤降的气温。

虽然不喜欢在嘈杂的城市久留，但城市的最大好处就是拥有能让旅人吃得便宜又开心的市场。在当地大市场的早餐店里，类似台湾紫米粥的大碗黑米粥一碗只要 1 元，而各类东北大饼或是口味繁多的包子（中国最普及的食物说不定是包子啊，到处都吃得到），一份也就 4 到 6 毛之间。在荒野小镇里长时间骑行总难吃个饱，这次在哈密可是狠狠地吃到肚子撑了，懒洋洋地早上 9 点多才正式上路。

↑ 积着雪的山头就是一路相伴的天山山脉。

过了哈密绿洲的范围，通过拥挤城市再进到安静郊区后，接下来就是熟悉的大片戈壁，寒流过后重现的蓝天配上远方绵延的天山山脉，是一路上最常见的风景。眼前依然是仅有地平线与马路交界的场景，每每在天高地阔的景色中骑车总让人感叹，只有亲身到此，才能体会“辽阔”一词是形容什么样的景象。

自出发以来，路上总有一些小惊喜，那就是各式货车掉落的农作物。随着地区不同，从玉米到洋葱，到了新疆，地上最常看到的竟是一地小葡萄！跟随我们一路向前的好伙伴除了碎石与玻璃，还有能让我们尝一尝地道新疆风味的各式水果。

出了哈密之后，下个目的地为三道岭与红山

↑ 天天看日出的旅行里，三道岭的日出让我们最为震撼。

口，地名已透露了未来的路况。在戈壁里看着远方横亘眼前的山区越骑越近，路开始由“岭”到“山”连续上坡，爬升超过海拔 1000 米（骑进新疆后，我和妹妹还为了之后没有上坡而大肆庆祝，果然是太天真了啊）。有时用了一个早上还前进不到 40 公里，一路上的“大风区”标志让人体会到荡气回肠的惊人逆风，配合兴建高速公路的后遗症。国道常意外消失或是连上未通车的高速公路，只能用“状况不断”来形容。远处的红山随着时间流逝而不断接近，最后竟直直骑了进去。爬上高处的过程中，每个转角都是惊艳，奇岩异石布满视线，破裂的山丘间会瞧见野生骆驼漫步走过，或是无人看管的山羊群在山脊间移动。壮丽的场景回荡豪侠之气，仿佛骑进电影《卧虎藏龙》的场景之中，好一幅广阔的山水画！过去曾看过的广阔都为之逊色，无怪乎人说西北人豪爽好义，如此天地怎能让胸怀不开阔！风景的广度与爬升的高度成绝对正比，骑得越狼狈无力，看到的大山广漠越美丽！

本地保护色

进入新疆，在中国的旅行已经过了一个多月，也慢慢积累了一些旅行经验，比如

↑ 自行车轮胎也要换新口味。

在寻找住宿时，都是妹妹在安全的角落看车，而我去办理住宿，在确定住宿价钱之前，绝不透露正在骑自行车旅行，或许会有人好奇，为何如此麻烦？

首先，在大陆骑自行车旅行就代表你“悠闲、有钱、不用工作”，更别提我们的自行车，外形就有别于大陆生产的，特别的长途旅行的蝴蝶把更是显眼，专业的银色自行车袋在太阳下闪闪发光，简直有个“肥羊”标签贴在头上。几次“招摇”吃了闷亏后，我们学习到，住宿的事还是由一个看起来落魄、没油水的人去问最好！

为了塑造落魄和老气成熟的形象，我从西安开始不刮胡子，刻意不修边幅的策略与艰苦旅程，让外形慢慢有了改变，到了新疆红山口找寻住宿时，意外地被多家旅店拒收，问到最后原因竟误认为来此打工的民工（怕没有钱付账或工作做不久不给住）。

认真地打量了一下自己，发现常常被汗湿透的帽子上有一层白色结晶，卡其色防晒外套早已脏污，再加上很久未刮的胡子，还真是落魄！经过时间积累，不知不觉间“保护色”策略意外地大获成功。我又认真地看了看自己，还真好笑又无奈。

↑ 让人一见皱眉的“大风区”标志。

好客的招待所女主人

今天总算在日落前找到能入住的招待所，虽然没水没电没厕所，但女主人好客热情，相谈甚欢下，用餐时除了少算钱还赠送两个刚出炉的花卷，受宠若惊的我们愉快地吃了一顿温馨的晚餐，让我们对新疆有了很好的印象。

晚饭后，天际边，夕阳余晖映着红山口的山头，昏黄的光线让红色的山岭更显鲜艳。因没供电本打算准备早早休息，但也许是进入新疆就意味着中国旅程已去一半，想起走过的一切，话头一起，聊了数小时才沉沉睡去，梦里竟是骑行的种种片段。天未亮时，半梦半醒间竟有不知身在何方的迷惘。寒冷中起身到室外，呵着热气搓着手，红山口上群星闪耀，远处山中开过的货车车灯闪过天际像是一道道流星，原来现在的我在这里啊！天未亮，旅行还能继续，这如梦如幻般的旅程不用清醒。未来会如何，过去又怎样，当下已不需思考，只要去体会感受现在。这全然陌生又新奇的世界已给予太多，不论痛苦、快乐、新奇、有趣……实践最深切的梦想，这件事难道还不够奢侈，还不需要全心全意去享受吗？天亮后又将是一段未知的开始，我们的冒险还未完结。

↑ 简陋但干净的房间。

↑ 一盆水，包办两人刷牙、洗脸、擦身体……

↑ 在镜中打量自己，越来越有当地人的味道呀！

为什么戈壁里要放袋鼠？至今仍是个谜。

一大群骆驼让人惊艳。

戈壁袋鼠

汗水换距离的戈壁爬坡，经常感到辛苦，但大陆人特别的幽默感有时真能令人哈哈大笑，忘记烦忧。有次在漫长的前进中发觉路边有只神奇的动物！它的身影看似灵敏，双腿有力，身边还带个小的，正举头远望，竟在新疆发现“袋鼠”的雕像！啥人这么有心把它俩安在这呀？而且一路上除了袋鼠还出现长颈鹿，让人在骑车过程中不禁期待接下来还会出现什么神奇的物种……（后来居然出现暴龙的雕像，超妙的啊！）

有羊不稀奇。

有马也正常。

创意料理葡萄？多汁带劲。

爱心老板娘与手做花卷。

戈壁上常吃不到热食，以干粮居多。

在奇怪的雕像后面躲风躲太阳，
在阴影处苟延残喘。

西域传说

富庶 丰饶之地

离开红山口没多久，又骑进大片的戈壁，从山下一路下滑，由海拔1000米一路下到低于海拔50米，旅程中第一次骑到海平面以下啊！在这低海拔地区里，延伸超过100公里的火焰山山脉闯进了视线，一片寸草不生、岩层裸露的红山一座座横在眼前。在山脚间盘旋骑行往前，顶着峡谷里的风在山间道路穿梭。近午时分，气温高达30多摄氏度，阳光反射下红山濯濯，虽然与盛夏时的高温相差甚远，像是刚被芭蕉扇扇过，少了点霸气，微红色调里竟带些柔和，初冬时节，中国最炎热的"火洲"似乎带点亲切。一路下来，那"火洲"风光，是沿路的晒房和沿路的瓜，回头则是遍地的面朝夕阳的墓地。

过了火焰山，就抵达了吐鲁番，突厥语中的"富庶丰饶之地"。这儿有许多"中国第一"。

★最热：地表温度曾高达82.3摄氏度，一年有150天气温皆超过35摄氏度（10月中旬气温还有30摄氏度）。

★最干旱：古称"火洲"，曾创下299天无降雨纪录，其雨量少于塔克拉玛干沙漠。当地人称，下雨时，雨还没滴到身上就蒸发了（真夸张）。

★最低：艾丁湖低于海平面 154 米，仅次于死海（记录旅程的海拔高度表直接跌落到底，“破表”转成负数）。

★最甜：当地的哈密瓜有多甜？甜到当地人请吃瓜时，问：“为何你们不吃？”答：“这瓜太甜了，不想吃。”啧啧，原来真有人会嫌水果太甜啊。

除了是高温“火洲”，还是连刮 150 天的“风洲”（可刮翻火车），也是“沙洲”与“绿洲”。曾听说此地保留了绿洲文化的原形，浓缩了新疆的风土特色与文化，能略见当年沙漠商队的驼铃风情。

城市的外围，光是由卖水果与提供司机食宿的阵式就可估计规模比哈密大了数倍，而绿荫处处的城区仿佛和那酷热的风沙区隔开来，加上限制排放废气与禁用煤矿的政策改善了环境，在几乎无喇叭声下，骑在两侧覆满林荫的自行车道上，好不自在。路旁除了住宅就是一片片葡萄沟，好一个绿色为主的绿洲城市！

神秘小招待所

旅游城市对小招待所的管理也严格把关，为了安全起见，几乎所有的招待所都拒绝接待国外与台湾旅客，而价格高昂的宾馆，我们一向不考虑。

在巷内找到一家隐秘的招待所，与老板娘议价时聊到竟有不少外国背包客住于此，如美国人、意大利人等，可说这是家“背包客栈”。四人间一天要价 30 元果然便宜，于是在此安顿落脚。一住进去才发觉各个房间里都是聚赌的吆喝声，老板娘提到的外国背包客呢？看样子这次不是住到了背包客栈，而是住到了一间地下赌场啊！无论如何，城市里总是有满足各类型人们所需求的角落（前提是你找得到才行）。

高昌古城

经过了火焰山，就不能不提到《西游记》里的牛魔王了，而现实中的玄奘在此又碰上了什么劫难？话说当年玄奘历经苦难穿越戈壁后，越过今称火焰山的赤色山脉，来到今日已成荒城的高昌古城，在此受到出国以来的最高礼遇。当时的高昌国王以软禁甚至强硬手段要求玄奘留在此地宣扬佛法，但玄奘绝食抗议，协调后，最后国王让步。两人相约取经后再次于此地说法。临行前，高昌国王除了与玄奘结为兄弟，派人员随行，还修书请沿途国王关照。此故事在《西游记》中转化为高昌国王与唐太宗李世民结为兄弟，但史实发生的地点其实在古称“火洲”附近的高昌古城。

这座以当年长安城为设计模板的城市后来毁于蒙古军队之手，现在仅留下尚称完整的土坯城墙，城区中只见处处断垣残圮，与远方的火焰山对比，仅能感觉一丝丝曾有人遗留的痕迹，难以想象这是过去曾称为“佛国”的所在地，在大佛寺遗址里已没

在群山间前进，苍凉壮阔一路映入眼帘。

火焰山旁的墓地。

有任何一尊塑像、一幅壁画，只在黄澄澄砖墙上似乎仍留有些许佛像的印迹。佛龛里只有筑巢小鸟在四周盘旋鸣叫，是这古老城市里唯一的“居民”。当玄奘历时十数年自印度取经归国，为了曾许下的诺言，再次回到高昌，但等待他的是被唐朝灭亡的王国。兄弟之义、曾经的诺言都成了大漠里的一阵轻风。2000年后更是物是人非，攀爬至城区中较高位置，环顾曾经繁华的所在，当年玄奘曾在此讲经近一个月，而今只余“火洲”阳光下远处的火焰山蒸腾着，那吹过的风也依然如过去般干燥而热情吧！

独自漫步在仅余壮阔与苍凉的城里，无法想象这曾是以长安为蓝本建设而成的大城市，当年玄奘万里风尘回到此地时是怎样的心情？物是人非，又留下什么足以让后人凭吊与纪念呢？

↑ 市场里的地毯商人。

↑ 绿荫处处的城区。

↑ 在老城区里四处可见清真寺，这间在门口还特别用中文标示呢。

↑ 吐鲁番的老城区。

残破的围墙内是仅剩地基的城区。

↑ 佛龛里佛去龛空，仅有些许鸟类仍在此盘旋居住。

↑ 历经千年的高昌古城除了传诵的历史还余下什么？

当地人推荐，果然值得一去的好餐馆！

特色饭馆

当地人推荐一家特色饭馆，就在吐鲁番博物馆后方，顺着人工湖走就可在尾端看到。一路上看过不少伊斯兰风格建筑，但这饭馆以缤纷多彩的几何形堆砌出了浓厚的民族风味，外观赏心悦目，内部也精彩，除了人员的训练良好，价格还很亲民。开心地享用了一顿平价的飨宴，未来要造访吐鲁番的人们不要多虑啦，这就是你要的！

客栈的厨房。
凌晨时分天未亮，市集里早已人声鼎沸。

西域传说

戈壁大考验

进入新疆后，兄妹两人骑行在大漠戈壁中，眼前所见常常是几百公里的整片的苍凉土黄与北方寸草不生的土山，偶尔就是山顶的一些白雪或是戈壁里有点点沙漠草丛的绿意，除此之外就是广大无际的戈壁、戈壁再戈壁。随着太阳升降，光线投射在荒山土矶上不时变化，带着多变的表情。天微亮时，混沌的土黄带着一抹微亮的苍白；日升时，黄中带

橘的光线折射着万物，生意盎然；日正当中，则是在炽热直射中遥见远处裸山燃烧一般的红艳艳的热气蒸腾；过了黄昏，天色急速黯淡，让人急切思念可供休息的落脚处。只有以缓慢的节奏前进，才能深切感受到每一刻独有的情景与风韵啊！

早穿棉袄午穿纱，围着火炉吃西瓜

新疆因为特殊的地形与气候，流传一些著名的顺口溜，其中最有名的莫过于“早穿棉袄午穿纱，围着火炉吃西瓜”这一句了，但听说怎比得上亲眼一见，更别说用身体扎扎实实地体会了。由早到晚，衣服厚度随着温度变来变去，越是入冬气温升降越是明显。迎着晨间零度以下的冷风开始了一天，总在冻人的气温下将行李里所有的衣物都穿在身上，活像是肉粽一样，骑车时如同熊猫般摇摇晃晃，好不可笑；一直到上午 10 点，温度也不过从零下爬升到零摄氏度左右；可一旦过了正午 12 点，天上的太阳就开始发威，温度直线狂飙，到了下午两点竟可达到 32 摄氏度！早午竟有 30 摄氏度的梦幻温差。此时肉粽装早已扒光，一身轻装继续前进。随着美丽的黄昏

的降临，温度又快速下降，到了晚上竟然需要围着火炉。在10月初冬的新疆，如果没有围在火炉边取暖，肯定让人吃不下西瓜！天气与温度的变化是在新疆骑自行车最大的难关！

风尘仆仆大风路

新疆入冬后将吹起西北风，带来恶名昭彰的西伯利亚寒流，除了低温、大风外带沙尘暴，户外流动着一股股彻骨的寒风！就算披上外套，寒意依然渗透四肢，手指更是阵阵刺痛，一看温度竟是零下10摄氏度！冷到牙关不自觉紧咬，冻到屏住呼吸，在新疆的中心大声呼喊自己究竟在干什么的同时，脑海中浮现的是自己正忍受十大酷刑之指甲插针的画面。

天气冷冽，风未曾停歇，风起云涌的新疆天空在广阔的蔚蓝里混杂着浓郁的阴黑，那吹过身边的风，紊乱而没有规则，秋天的闲逸在大地渐渐退场，而冷酷的冬天正铺陈着进场曲，将会见识到苍凉大地上的寂寥冬天吧！

在毫无遮蔽的情况下，风在平坦的原野上驰骋，流水般不间断的逆风使我们在平坦的道路上仍像在爬坡，时不时寒冷的风还夹带沙石铺天盖地而来，没料到竟碰上了

↑ 大风区标志，每次看到提示牌，眉头不禁皱了皱——又是大风啊……

← 如果大风区接下上出现这个标志，那简直是欲哭无泪啊……

↑ 每天要包得紧紧的才有办法出门。

沙尘暴！风中细微的沙石拍打在身上沙沙作响，路也看不清楚，只能默默承受一波波冲击，新闻中提到的连台湾也受影响的沙尘暴，这回我们可是扎实地感受到了，缓慢的前进路途变得特别漫长。风啊风，真是一点情面都不留。

干沟“拉拉队”

所谓夜路走多了会碰到鬼，进新疆后“终于”碰上了食物中毒，到底是因为昨晚的拉面还是因为今天早上吃起来味道怪怪的包子？什么食物已不重要，双双中标的悲惨才刚开始，在风暴刚开始时节奏来得很快，呜噜噜的肚子刚叫就火烧屁股般往厕所跑去，两人以 15 分钟为间隔争先恐后，只差没住在厕所里。到了半夜，换了另一种法子，半小时不到就得在零下寒风中光屁股发抖……床上的被子才刚暖和就得爬去厕所的痛苦记忆犹新，而且两个人总有冲突之时，是的……一个马桶两个屁股总有撞在一起的时候。腹泻的痛苦让人忘记赤裸的羞愧，反正，半夜三点半的“拉拉队”演出让什么都无所谓了。在此郑重申明，虽然两个光屁股关在同一间，即使兄妹本是同一家，但我俩还是坚持背对背的。

隔天睡到 9 点多，起不了身的两人只能相对苦笑，火烧屁股又身体虚弱但还是得出发，可以想象吗？啥都不能吃（吃了只会拉），只能以香蕉果腹（有止泻的作

↑ 真是一次大便的血泪史。

↑ 在山顶四目环视，景色壮阔苍凉（应该没有山要爬了吧！喘）。

用），还得面对西伯利亚的寒风、无止尽的戈壁……“拉拉队”饮食清单补充：西红柿补水，苹果果腹，美颜兼养身，外加红糖冲水喝，取代买不起的黑巧克力。

说到戈壁，百里无人烟的特色让“拉拉队”一路上随时可以演出，想当日初进新疆，在路上问货车司机：“大哥请教一下，这儿的卫生间在哪儿？”司机大哥大笑答道：“菜鸟！戈壁上不全是厕所嘛！”果然豪气，进了新疆果然得学习这种气势。所以“拉拉队”以一小时一拉的节奏为沙漠绿化尽一点心意，嗯？这贡献我们做了多久？超过一个礼拜！未来戈壁路上长出小草小花，要想到我们啊！

而在刚组成“拉拉队”时，正巧碰上了新疆最有名的一条“干沟”，这“沟”字听来没啥了不起，就是天山南麓所组成的山区，只是刚好放在中国海拔最低的地域旁边，因此海拔由负 60 米立地拔起 1700 米，高低落差近 1800 米！这干沟对货车司机而言也是闻之色变，说是极端难走，常有货物过重而上不了坡的窘状。出发至今最高爬升纪录是乌鞘岭的一日爬升 900 米，今天一次给你双倍！

出发后就是无止尽的上坡，山区越近，坡度越陡，驮着全副家当，驴子般的两人在路上气喘吁吁，好一道干沟，好一个上坡！顺着道路在山区间左曲右折，阳光随之忽隐忽现，当它直射时浑身燥热、汗水如雨，而转入阴影时却凉意逼人，身上的衣物就这样忽干忽湿忽冷忽热，而路依然没有尽头，一上午仅前进 30 公里，爬升至约 700 米海拔，快速损耗着粮食与饮水，忍着身体的疲劳继续前进。事不做才困难，路不走才遥远，就算饿着肚子又拉肚子，但只要忍耐，再辛苦都会过去，这干沟也才会成为难忘的回忆。

↑ 看到里面小小的人了吗？在这里人就是如此渺小！

蜀道难，丝路更难

在大陆骑行久了，慢慢能理解这里道路的“分级制”，其中最惨烈的回忆要属在新疆中部的大城市库尔勒附近碰上的20公里便道，那令人印象深刻的路面要怎么描述呢？还是要从分级开始谈起，大陆道路的等级划分明显（高速<国道<省道<乡村道路<便道），高速公路是没得说，平坦、好走、八车道；而国道是不差的六车道，路况也算好走；但到了四车道的省道，路面柏油就开始支离破碎；两车道的乡村道路没有柏油还好，有柏油的居然遇过“波浪状”的路面，如同在陆上乘风破浪啊……而比这更惨的就属高速公路建设下成就的“便道”，所谓便道，就是因主要道路正在扩建或是改道而在旁边开出的“临时方便道路”，有时小到只剩单车道。说到这便道，真是路烂车多驾驶猛，碎石成丘，柏油龟裂成群，骑在上面像只兔子在路上跳啊跳的（自行车在哭泣啦），呼啸而过的各式大型车辆在狭小的道路上“擦肩而过”（这是真的！沙石车不只一次高速擦过身边，超恐怖）。这旅程中最漫长的一段便道竟有20公里之远，当时正好两个人食物中毒，拖着吃不饱睡不足又肚子痛的身体在惨烈兔子跳中求生存，而今日苦难的清单里只有兔子跳和恐怖便道吗？

当然不是！预定休息的地方是维族人聚集的村落，虽是个祥和美丽的地方，但除

↓ 超恶劣路况，这条路竟延伸了二十几公里。

乡村道路

省道

高速公路

高速公路

国道

↑ 真的是什么路都走过啊!

了餐厅之外，没有旅店，往前骑去只有荒凉戈壁，而此时已经是晚上 7 点 20 分，天就要黑了……我们决定往回骑 10 公里，在唯一的小旅社落脚。还没骑到一半，天已全黑，依靠着小前灯在入夜后寒意逼人的路上前进，每当迎面碰上一辆汽车，眼睛就瞎掉一次，辛苦找到小店后竟客满了！

除了不给住，连在门前吃个饼干也被冷言冷语赶走，所谓世态炎凉，人心不暖啊！零度下的黑夜怎能风餐露宿？在旅店外啃着饼干思索方法时与住店工人们聊天，原来十几公里以外有另一间住宿的旅店，我们没有选择，只好再度骑进黑夜。天更黑更冷了，套上厚厚的外套，骑车有些笨拙，在迎面刺眼亮光中勉强前进，小心翼翼地在白色标线内骑着，如此漫长、煎熬的 10 公里哪！在稍微休息时抬起头，意外察觉这是个月光皎洁、星星动人的夜晚，感动之余，疲劳好似缓解了些。10 公里后的小旅店外头有盏小灯，在荒凉的戈壁里仿佛怒海里的灯塔，救赎终于来临，住进了旅店里的最后床位，坐在床上才发觉已过 10 点。这惊涛骇浪的一天啊，在室友们（我们住四人房，与修路工人同住）深沉打呼声中闭上眼，轻叹一口气。这一天终于

过去了。

救了我们的是广漠中唯一的独栋式“龙门客栈”，汇集了四方的好汉，几乎全是长途货车司机或是长年离家的修路工人，十足的阳刚味。在我踏进客栈后就听人们说：“哟！来了个骑自行车的！”在惊奇声中妹妹随后跟进，迎面而来的是更多的惊叹声：“是个女的！”当晚不论是喝水解手还是付房钱，每经过嘈杂的大厅，人声总是瞬间戛然而止，而在我们转身离开后随即爆发出热烈的讨论声……

↑一路往西的丝路上有两台勇往直前的小小自行车。

岔路上的风景

某日，骑在路烂车少的省道，上了个桥，河边沙洲上是一排排的榆树林与胡杨树，河水里倒映着早晨的光线与绿意，秋天金黄色的叶子随着风飘扬空中，好一幅秋意浓，想象不到的美景果然只存在于小道。

村间的路况糟得可怕，虽是柏油路但已经形成波浪状片片段落，而毫不间断的各类卡车、货车、公交车、三轮车、出租车、驴车、马车（危险程度由高到低）从身边狂驶而过，难怪路上修车的店那么多。

因为拉肚子拉得太惨，什么都吃不下。
一整天的队员粮食——西红柿和红糖水（心酸泪啊）。

中亚交汇

越深入新疆，可称作城镇的地方越少，取而代之的是一座座仍保留过去生活形态的小小村落。在广大戈壁里，村与村的距离常常不是一百就是两百公里，在岁月流逝下，各村都发展出自成一格、各有情趣的景象。随着路走得远了，看过的村庄也多了，慢慢能看出这村发展如何，那村又发展得怎样。除了发展各有不同外，常见的面孔也大多是维吾尔族人的深邃五官，路上的加油打气方式也由汉人大声叫改为维人吹口哨，常见的交通工具也由吃汽油的货车居多改为吃草的驴车或是马车居多（真是环保）。每逢周五或周日村庄赶集日时，一辆辆驴车、马车，声势浩大地占满整个道路，每辆驴车上不是坐着四五个乘客就是载满了粮

我有一只小毛驴～我骑着它去赶集～

食与水果，慢吞吞地前进，这不就是儿歌中“我有一只小毛驴，我要骑着去赶集”的真实场景嘛！

小毛驴车上的乘客总是远远地就直盯着我们瞧，胆子大些的小朋友会挥手打招呼或是吹口哨，一路上我们也会开心地边骑车边和小朋友笑笑闹闹（还蛮危险的，请勿模仿，要专心骑车），但越骑状况越不对，路上驴车的数量实在太过惊人，而且驴车、马车虽不会排放废气，但一路上所“生产”的便便满街都是，多到闪不掉只能默默压过，虽然不太脏但心里总感觉怪怪的（怎么说都是大便嘛）。到了赶集的村落，人行道上挤满了驴车，做小生意的驴车一停就在路边叫卖起来，当然也有载满瓜果的货车。赶集之于维族人是联络感情的大日子，携家带眷、盛装出席的维吾尔人在人山人海的集市里游走寒暄，好一个热闹的赶集！好一个新疆的维吾尔风情！

库车慢活的一天

进入新疆第 16 天，终于骑到中间点：库车。我和妹妹在此休息一天，想要感受新疆的维族风情。

库车，古时的佛国与乐舞之都，是天山南麓的重要绿洲。《大唐西域记》中的屈支国，大概就是现今新疆维吾尔自治区阿克苏专区库车县，西汉初期被称为龟兹，唐代丝路交通最盛时期，是连接中国与西域的重要关卡。

人山驴海的维族市集。

↑ 库车清真大寺。

玄奘一行人抵达屈支国时受到屈支王的热情欢迎。屈支可能是当时最重要的中亚国家，繁荣富庶，文化灿烂，给玄奘留下了深刻的印象。库车是当时北丝路的佛教中心，玄奘在这里参访了 12 座寺院，也曾与德高望重的哲学家僧木叉鞠多辩经论道。

现在，库车除了四周许多被破坏的佛窟与遗迹外，已几乎感受不到佛教文化与乐舞的影响。在大力发展天然气与石油政策下，现在的库车建设成新颖的水泥城市，只有漫步在旧城区中维吾尔族人的巴札（维语的“大市场”）时才能稍微感受到这座城市一些过去的文化韵味。在土楼街巷间总有赶着华丽驴车的“驴的”（驴子出租车）穿梭其间，过去的“古渡口”现在的“团结大桥”，在周末时是巴札最热闹的时候，满街人走在市集间，叫卖声不绝于耳，驴车挡道，公交车都得让路。

总喜欢在富有历史味道的街道中找寻意想不到的趣味与见闻。维族人的房子外观朴素，但大门采用几何形装饰，富有艺术性，门后宽敞的院子总在爬满葡萄藤的架子下放几张床，透过绿叶缝间的光线享受闲逸，没有特殊的装潢或各类家电产品，却显露出一种享受生活的氛围。

穿门走巷间绕过了住宅区，走进了新疆第二大清真寺——库车大寺，虽因火灾重建但仍值得一看。走在新疆，衣食住行总会感受到维族人对宗教的重视与虔诚，既到

新疆，不妨好好接触了解一番。

不到喀什枉到新疆

漫长的新疆，我们终于也由最东骑到了最西边，大陆漫长的旅程进入了倒计时。在离喀什不到 150 公里时，我们心里充满了激动与复杂的情绪，激动的是长久以来的梦想，长达 4000 公里的旅程将要完成，复杂的是这如梦如幻的旅行真到尾声了吗？

抱着对终点的期待，我们特地早起出了门。这一段路程与天山南麓的距离特别近，晨曦中山麓被映照成彩光，以红色为主体，绿灰橘渐次融合，一幅以蓝天为被、戈壁为床的壮阔景色下，太阳的升起让红山仿佛苏醒般红艳艳亮起。想起这最后的 150 公里，不禁想将一切深深地埋进心里。苍茫世界中，对自我渺小的认知与随之而来的对自然的景仰充塞心中，大山大水间的骑行似乎能让心胸如苍穹般开阔，让意志如戈壁中的胡杨树般坚毅。五十几天的长途旅行中，风沙和太阳为身体带来了一系列变化，圆润脸形已如刀削过一般，未曾修整的胡子带着一抹长途旅行的苍凉，身体已在每日十多小时的运动中抖落多余的赘肉，精瘦紧实的肌肉线条仿佛充满了精神。走过这一段路，我锻炼意志了吗？思考的问题有答案了吗？不知为什么，我身上的肉倒是意志坚定地跟我走过大山大水，始终如一啊！

回想由西安至喀什的这一路，穿过了陕西、甘肃和新疆，翻过高山，穿过戈壁，忍耐过低温酷热逆风等种种自然考验，完成了 4000 公里的漫长旅程，其中所发

生的种种，有些总会让人会心一笑，什么都不用多说，只要抱有感恩与欢喜，带着微笑骑至终点，一切就已足够。

喀什是南疆最大的绿洲，是连接中亚、印度与中国的桥梁城市，过去是兵家必争之地。上个世纪，丝路考古热时也是重要的补给城市，多少探险家的足迹在此停留。而控制印度的英国与想进占印度的俄国在此地也发生过不少有趣的故事。时光匆匆过去，如今两国的大使馆已成了特色旅店，俄国领事馆还曾被评为世界十大最佳旅馆之一！

玄奘当年从印度取经功成回国时，进入中国领土的第一个城市就是喀什。因为汇集了历史的变迁，喀什因此有着探索不尽的秘密与风情。老城区里大部分建筑仍维持着千百年来的模样，人们穿街走巷间生活在历史的呼吸之间，巷角小铁匠依旧以传统工艺持着铁锤打出相同的旋律，热闹的馕店里人们来往穿梭，陈旧的店铺里叫卖声此起彼伏，这是走过时光隧道才体验了的古人生活吗？一切都没有改变吗？

穿过老街区仅需走过一座桥，繁华城市与人工湖泊马上让人回到现实，时代巨轮下过往的老街区正在进行“改造工程”，可能再过个两三年吧，就仅能在照片中回忆这风情了！

艾堤尕尔清真寺

艾堤尕尔清真寺

新疆最大也是最负盛名的清真寺，仅是沐浴在晨光中的淡黄色门面就令人惊艳不已，行走在非礼拜时间的寺院，没有膜拜的群众，仅有阳光穿过古树，照射在宁静的寺内，围墙隔离了寺外的繁华与喧闹，仅留下充满宗教气氛的凝重与平和。寺院本身并不特别大，也并不华丽，但简单的装饰与线条让人感受到此地的庄严与神圣。无论什么宗教，最终都是为人化解内心的疑惑，提供一种平和安静的心境吧！

卡车之路 v.s 驼马之路

无边的戈壁滩，天是无垠的蓝，地广阔而没有界限，但现在风中带过的已不是过去丝绸之路的驼铃声，而是卡车的轰隆声与震天响的喇叭声，这就是现在丝绸路上最常走过的访客，也许丝绸之路的名字该改为“卡车之路”。这些一天要跑上一千公里的司机们，载运着各种货品往大江南北而去，也许他们对这条路的历史文化不了解或没兴趣，但他们的确是 21 世纪里丝绸之路的主角与主人，骑行其中，每每有货车经过身边，总暗自比照古今，这就是现代丝路上的驼铃商队啊（虽然吵闹与危险的多）。

过去的骆驼马车，被现今的大货车与长达二十几节的火车所取代。

在邻近的村落里还保有
如同历史画面的古老巴札。

中亚贸易大巴札

闻名中外的“中亚贸易大巴札”，此地汇集了新疆各地或是来自巴基斯坦、印度、俄罗斯等国的各类手工艺品、生活用品，其庞大与繁杂足以让任何初到巴札的旅人大吃一惊，4 个小时也走不到市集的四分之一，可以想象其庞大与精彩的程度，不怕你不来，只怕来了之后逛不完看不尽哪！想完整感受维族商人天生的经商本事，只需往店门一站，只要意志力与定力稍弱，可能就在毫无知觉下购买了一把把的刀子与干果，直至荷包空空啊！而杀价技术在此时就是展现成果的时候了，一把 80 元能成交的刀子开价时高达 300 元以上已属平常，不识货或是有当地朋友的话，要当心了啊！

行走其中最引人注意的当属英吉沙小刀等纪念品，只要是成年的新疆维吾尔族男人，腰间总挂着插着手工制小刀的皮制刀鞘。在新疆有 4 个地方以手制小刀的工艺闻名，后人合称“新疆四大名刀”，其中之一就是在喀什南方小村庄英吉沙出产的小刀。有名的原因除了刀身锋利，有的甚至以乌钢为材，在刀柄的部分镶以骆驼骨或是羊骨作装饰，更高级的还有用五颜六色的宝石，让一把不到五十公分的小刀看来异常美丽，让人爱不释手。

狂风暴雪天山大头痛

原本计划在喀什停留一天后骑上中巴公路（中国至巴基斯坦），一路沿着雪山与高原湖泊前往世界最高口岸红其拉甫（海拔 4900 米），作为中国段旅程的句点。但到达喀什时已是 11 月中旬，而今年的西伯利亚寒流让山区降下大雪，不但低温且正刮着强烈西风，通关处封闭了道路不让自行车通行，再过几天连货运卡车也将限制通行，果然来迟了啊。因为贪恋秋天的爽快而特意延迟出发，逃避那夏日艳阳，这回遇上冰天雪地也没理由怨天了。

无论如何都想见识一下这平均海拔在 3500 米以上的世界有名的中巴公路，亲身感受一下当年玄奘运着大量经卷所走过的喀什昆仑山。在几经议价后，找到司机包两天车上塔什库尔干。

到塔什库尔干的 300 多公里路程中，车子走得越高，风景也越惊人，在台湾少见的雪景湖泊在此处举目皆是，虽因湖水结冰看不见夏日时的湖光倒影，但冰雪之间的高耸雪山与冰冻草原仍是令人神往。车子行进在风雪之中结冰的路面上，我们强烈地感受到了艰苦与难行，难怪开放时间仅在每年的 5 至 10 月，而从 11 月到来年 4 月，此地笼罩在不停歇的风雪与低温之中。当地生活的居民已经不是常看到的维族人，而是仍过着畜牧生活的塔吉克人。塔吉克人最大特征就是几乎人人都是鹰钩鼻，相传他们的祖先是老鹰，有“鹰之传人”的传说。漫长的冬天，他们都躲在

↑ 货车在风雪之间也无法保持平衡地摔落山沟。

↑ 标高超过 5 千公尺的绝冷雪山。

"冬窝子"（高海拔地区冬天既冰冷又漫长，当地人会躲在一座座外形如蒙古包的石制建筑里躲避寒冷，一窝就是大半个冬天，因此人称"冬窝子"）里，等待来年的春天来临。动物也多是身披厚重毛皮的牦牛群，壮硕的牛群在高原雪山行走的景象，让我们仿佛身处西藏！

天黑前，在风雪间到达了塔什库尔干县城，说是县城，也不过是台湾的小镇规模，但在海拔 3000 米以上的高山里，这里已可以说是应有尽有了。身处在海拔 3500 米雪山环绕的县城，突然发觉这里就是中国行的终点，中国西部的边陲之地。回想路上发生的点滴，深吸一口冰冷空气后准备深深睡去，也许一生里能有令人如此满足的一刻，已是天大的褒奖了。

去塔什库尔干县城的路上，司机收了两老一小三个塔吉克人搭便车，因此我们幸运地有机会和传说中"鹰的传人"贴身共处。印象中他们总是挂着笑的脸上有双锐利漂亮的大眼睛，带着与大自然共存特有的那种谦卑。在语言全然不通的状况下，全程比手画脚，外加相机辅助看图说话倒也趣味十足。逐渐熟络起来的同时，就在转山处，属于他们的"冬窝子"到了。看着他们不断地挥手告别，身影越变越小，车上还留着一股牧羊人的气息，心里一股温暖的感觉。

↑ 开始往上爬，出现的是美丽的高山湖泊。

↑ 这是喀什昆仑山脉的山脚。

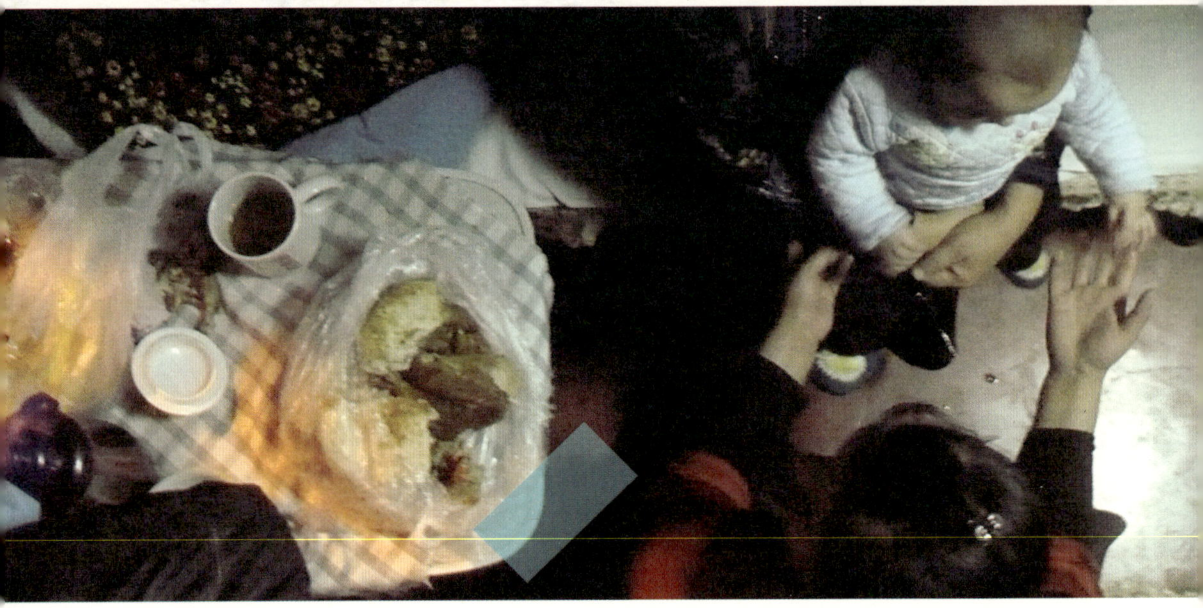

在火车卧铺上偷窥人生百态。

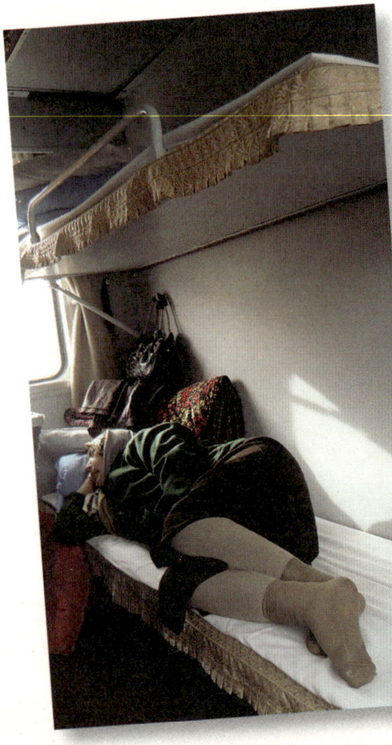

走不到的巴基斯坦

原本计划全程以自行车由西安骑行至印度，穿越世界最高海口红其拉甫口岸，取道巴基斯坦直接进入印度完成旅程。但新疆入冬后山区下起暴雪，除了在山脚的关口已不让自行车等两轮载具通行外，巴基斯坦于预定行经地点（斯瓦特河谷）发生了与塔利班组织的战斗，至今仍处于战争状态，而另外一条翻过天山经吉尔吉斯、绕行阿富汗的路线也因塔利班游击队与基地组织的活动频繁，风险过高，在此考虑下，中国段就以喀什为终点，再转乘火车由南疆的喀什到北疆的乌鲁木齐，再由乌鲁木齐搭乘飞机返抵台湾，再搭乘飞机进入印度，完成重访玄奘取经之路的计划。

← 在冰天雪地的乌鲁木齐准备坐飞机打道回府喽～

这就是在新疆不可不吃的，
这一个仅要一块人民币，
许多维族人就一天三顿各吃一个
（就沾着路边的溪水吃，太神奇了）
就打发了一天。

千里家书

那是在大陆的最后几天，我和妹妹坐车由乌鲁木齐前往 200 公里外的石河子县城。入冬的新疆，天空扬起了漫天大雪，气温仅零下 10 摄氏度，车内与外头的温差让车窗挂上了白霜。将身子往座椅靠紧一些像是可以多得些暖意，回想起两个月前的一个承诺和那一封关心远方亲友的家书，又将口袋里的信封再拿出来看了一下，“乌鲁木齐市石河子县六小区……”，在心里反复念了几次，像是要再次确认这就是即将前

一下公交车，风雪扑面而来。

往的目的地。

事情发生在我和妹妹要从台湾出发前，一位在医院工作的老同事和我说起一个故事。

当年，她是一位随着军队入台的军官家眷，在台湾生活了十几年后与大陆的亲友早已断了联系，直到开放探亲，几经努力后才得知，当年原本生于书香世家的弟弟在“文化大革命”中被打成俗称的“黑五类”。在那个知识分子被唾弃鄙夷的悲剧时代里，被如此划分的人们被群众批斗，被押着游街，直到筋疲力尽后许多被送至遥远又寒冷的边疆实施劳动改造教育。那位弟弟最终没有逃过这波劫难，失去了老师的职位与尊严后，被发配至中国最遥远的疆土——新疆，在冬天零下 40 摄氏度的荒野森林里，以最原始的方式开垦荒地，在极端困难的生活里求生存。最后，“文革”结束，开放改革后，那位弟弟才真正脱离了那 12 年非人的劳改生活，最终在新疆安顿下来，日子虽然过得清苦但也还过得去，而这时台湾开放了探亲，几经寻找后，姐弟在新疆相认，恍若隔世，没想当年一别竟已过了 20 多个年头。

在医院工作的姐姐知道了我们要骑自行车去丝路的事情，再三确认行程，知道我

们将经过弟弟居住的乡镇之后，将那心头的挂念化为一封来自台湾的家书，希望我们若有机会能将这份横亘千里的牵挂连接，将这份关心带到远方的亲人身边。

思绪随着车子停下，我意识到已抵达目的地。下了车依然是漫天雪花纷飞，眼前竟是一片白茫茫的冰雪世界。这封来自台湾、陪着我们走过数千公里的家书，上面仅有简短的一行地址，没有电话没有熟人，仅凭这点，在这座被冰雪覆盖的石河子县城里找人仿佛是大海捞针，这封信真能送到吗？他还住在这地址吗？如果刚好外出不在家怎么办？

结了厚冰的街道异常难行，低温寒风中能够问路的行人已是少数，知道地址又愿意回答我们的人更是少之又少。在有限的信息下继续前进，在问过十数人后，雪花给我们的红色大衣沾上一层白霜，踩在嘎吱作响的积雪上，我们觉得越来越冷。行走在结冰的路面上，连当地人都屡屡滑倒在地，一开始我们还觉得新鲜有趣，但当过了一小时还找不到地址所在时，滑得要命的地面只让人烦躁。最后，总算找到了开往信封地址的公交车，下车一看，所谓的“六小区”竟是六大块住宅重划区的代称，看着一大片成百上千家住户，我们不禁呻吟一声，这个情深意重的任务真是有挑战性。

在偌大的小区里穿街走巷寻找，有好几次都以为找到却发现总是差了几号，我们开始有点讨厌这场下起没完的大雪，长时间被雪霜覆盖的大衣开始透出湿冷的感

↓ 临别前依依不舍……我们一定要把家书送回台湾！

↓ 在焦叔叔家中最大的床上过了一夜。

觉，在冰冻的路面上我们干脆滑起冰来自娱自乐，反正摔倒了也就是栽到雪里，怎么说都是台湾难得一见的雪景。

在这座“六小区”的广大住宅区里我们找了多久？足足两个多小时。从1号走到了250号再走回来，就是找不着那关键的号码，难道这个任务居然在最后关头失败吗？离开小区走到大街上，意兴阑珊地想先找个吃的，却发现那个怎么也找不到的号码居然就在大街拐进的小巷里。这栋楼房居然不连号，还坐落在巷子里，难怪怎么找怎么问都没有头绪，这次可让我们找到了！

这时候，关键的问题来了，那位老先生还住在这里吗？是否在家呢？心里怦怦直跳，抱着恐惧与期待按了单元门口的门铃，响了许久竟无人回应，难道不在吗？因为时间不允许，我们迟疑了，趁着有人上楼顺势走进大门，想着至少要把信放在门外留下讯息也算了却心事。在往上走时，楼上下来一位老先生，不知为何，心里有个声音告诉我：“就是他了！”

拿出怀里的信叫住老先生，一问之下竟然就是那位失散讯息的弟弟！正要出门的老先生刚才在楼梯间和邻居聊天才没有走远，机缘巧合下让我们在楼梯间给遇上了！我们在说明来历与缘由后奉上家书，才将心里的一块大石头放下。

看着这封陪着我们由台湾到新疆跨越6000多公里的家书，心里有种莫名的成就感。在老先生的盛情邀请下，我们在他家住了一晚，天南地北地聊着，将台湾姐

↓ 在人烟稀少的路上踩着冰雪前行。超级任务：就是这里！

姐的消息与新疆的弟弟连接在一起。隔日，老先生起了个大早，写了厚厚一封信，拜托我们带回台湾，那拿在手上沉甸甸的不只是信纸的重量，更是那最深最重的亲情关怀。也因为这两封跨越距离的信，让我们的旅程带回的不只是回忆，还带有一份远方的牵绊，让这趟千里送信更加富有意义（对电影《海角七号》的送信剧情也更加认同了）。

冰天冻地自然冷藏。

让焦伯伯请了几顿大餐，
为我们中国千里行做了最后脚注。

千里丝路行，单车怎么行

要如何骑自行车穿越几百公里渺无人烟的沙漠？要如何在 10 级阵风的风雪里骑上海拔比玉山还要高的山顶？怎样在绵延数千公里的高山、雪原、沙漠里骑着单车前进？路上该注意什么？骑一趟几个月的单车长途旅行要带些什么上路？

出发，就准备好了！

无论要去哪里、走什么路线、用多少天数、使用什么工具，我觉得最重要的准则是：吃得饱，穿得暖，人平安。

何谓“吃得饱”？每天要骑上一两百公里，没有好好吃饭，怎么会有力气?

何谓“穿得暖”？若是在旅程中生病，多感人的美景都无力欣赏。

何谓“人平安”？命只有一条，人挂了什么都是假的！

于是回归生活层面，平常你吃什么？用什么？穿什么？又怎么根据行程的气候、人文、地理来进行变更？旅行是人、事、物、地与日常生活大不同的生活形态改变，只是无论在哪里或做什么，最重要的还是“吃饭”与“睡觉”。在思考伟大想法或达到超级目的前，能有命活着回来才有意义啊（若当年玄奘在路上往生，也许有很多事会大大不同）！

我们不是什么旅行专家，只希望在这里分享的一些经验能对未来的同好有点帮助。

吃得饱

身体的“燃料”就是食物，其实就是认清出门在外不挑食的道理，只要不太肮脏吃了不会中毒，口味部分只要肚子够饿，一切都好说。不过说到食物中毒，就像是玩俄罗斯轮盘，你猜不到问题食物会是那盘乌黑的炒面还是那看似干净、吃进嘴里却有一股异味的饺子；就算坚持不吃路边摊，总是选择看似干净的馆子，还是有可能踩到“地雷”！除了坚信肠胃也可以锻炼外，尽量选择顾客多（奇妙却神准的原则）的地方吃饭还是安全些，再来就是多祈祷念佛或是把胃肠药带足。

比较特别的是，在沙漠与雪山，会长距离骑行在鲜少人烟的地方，此时最重要的是先行问清楚路上多远才有补给点，要准备几餐的干粮在路上吃。这些都需要行前的计划与出发前问清楚信息。有人说“安全感来自口袋里随时有食物”，你觉得呢？

水果干粮不可少，轻便上路最重要。

中餐永远在荒郊野外无人处。

穿得暖

健康的身体是旅行最可靠的伙伴。试想一下，身体除了要承受每天长达十数小时的体力劳动，还要忍受沙漠或是雪山的极端气候。无论你想到哪里，它都必须配合你，若身体不够健壮，或是无法适应环境的磨难，当你生病躺在床上还能欣赏美丽的风景吗？还能感受任何特别的经验（相信没有人想感受生病的经验）吗？健壮的身体可以经由适当的运动配合三餐与正常的睡眠得到（人人都知道的道理，但总是难以做到）。

一百公里连棵树都没有是怎样？（躲在道路指示牌阴影下…）

有了健康的身体作为基本条件，接下来就是如何让身体适应或接受将要旅行的极端气候。我们曾走在“早穿棉袄午穿纱，围着火炉吃西瓜”的戈壁，也曾走过零下 20 摄氏度的冰天雪地，再强壮的身体都禁不起这种折磨，于是我们需要“装备”。要准备什么来面对考验呢？

遮得好，阳光再大都能比 YA！

为了应付多变的温度与气候，可以采取“洋葱式穿法”，也就是一件贴身的排汗衣物，搭配中间的保暖层（厚背心也可），外面再加上一件防风防水的大外套，这样的穿法就可以应付绝大多数的情况，在这里再特别分享一下我们对付极端气候的方法！

1. 超热的 40 摄氏度防晒装备

想要知道怎么在沙漠防晒，那就要看生活在沙漠几千年的人怎么穿！看过沙特阿拉伯人吗？想起那全身白袍只露出眼睛的装备吗？那就是真正的最佳防晒！

防晒要诀就一个字：遮！保持每一寸皮肤都没有暴晒在阳光下就是最高指导原则（特别是耳朵和脖了后面等容易被遗忘的部位），当然不需要买一套阿拉伯人的衣服，但是在挑选衣物时以散热快、透气佳、浅色系（深色系会吸热）为主，甚至可以购买附加防紫外线的衣物。而沙漠之中强烈阳光的折射也需要注意，帽子是必备，墨镜有的话更好。只要记住，把全身上下通通“遮”起来就没错！

穿得像忍者一样就对了！

2. 超冷的零下 20 摄氏度抗冷装备

抗冷作战的最重要目标：干燥！只要能保持身体干燥就容易维持身体的温度，这也是为何一件良好的防风防水外套如此重要的原因。只要外界的水气进不来，接下来的问题就是里面要塞几件衣服才足够保暖，只要没有因潮湿而带来的冰冷，加上内层的排汗内衣能保持皮肤干爽，问题就解决了一大半，所以在零下 20 摄氏度的气温下，几乎没有一寸皮肤暴露在寒风之中，整个人包得像只熊猫一样肥嘟嘟的（也像是穿上太空装的航天员）。

大红外套除了防寒还有警示的作用喔。

人平安

搞定吃穿后，接下来就是人平安了……出外旅行有诸多不便，而不同地区又有不一样的注意事项，我们在千里丝路行过程中就领悟了几条简单却实用的道理。

1. 别轻易透露你的底细，神秘就是最大的保护伞。有一小部分人只要知道我们来自台湾，马上一口咬定我们就是有钱的可恶“资产阶级”，于是无论食物还是住宿，价格自然就会上涨。长途旅行就是要低调、低调再低调。别人问我们要去哪里，我们总回答下一个城市就是终点站啦，或是钱都花光了，下一站就要回家啦。

2. 不轻易接受陌生人的食物和饮水，就算接受也不要当场就吃喝。

3. 重要物品不离身，财物分散收藏。

4. 不触犯当地的法令，免得因小失大。

5. 做好应急措施，先行告知友人与联络人骑行的位置和时间等，方便意外时能及时处理。

说了那么多，其实都还只是一些皮毛与基本的概念（认真列下去可能没完没了），有许多细节是要到当地才能理解的，而最重要的还是“防人之心不可无，小心驶得万年船”，简单的道理却最实用。

单车上路

理解了旅行的准则后，自行车旅行又该注意什么基本的事情呢？

1. 确定骑行路线与所需的车型（登山车或旅行车），收集路线的信息、季节的气候、村镇的补给情形。

2. 准备好健康强壮的身体以及注满毅力与勇气的心。

3. 具备基本的自行车维修急救的技能。

4. 具备基本的人体维修急救的技能（车和人都是会坏掉的啊）。

以上四点是基本中的基本，没有一个完善的计划，不但可能败兴而归，更可能赔上一条性命！

说来简单，但每一项都是需要自己做功课去研究、判断的（没错！人在百里荒野之中骑行时，还能依靠别人吗？）。试想一下，如果所有的事情都有人帮你准备得妥妥当当，那还叫作自行车旅行吗？想要这种“安心”的感觉，跟团是不错的选择，但可能会少了一些冒险与探索的趣味。

回过头来看文章开头的几个问题，现在知道如何做了吧！无论是骑自行车穿越沙漠还是骑上海拔比玉山还高的山顶，甚至是骑过数千公里在高山、雪原、沙漠里前进，只要确定路线、清楚路况气候、具备健壮体魄与坚定意志，再加上小心谨慎，让路上的意外事故减到最少，就算出了事也能立即应对。接下来就只剩踏出那出发的第一步，有时候“准备”是永远准备不完的，有一句话说得很有意思：“出发，就准备好了。”

你，准备好了吗？

骑久了，要定期保养车子（将齿轮与链条清干净）。

荒郊野岭骑车必备修车技能。

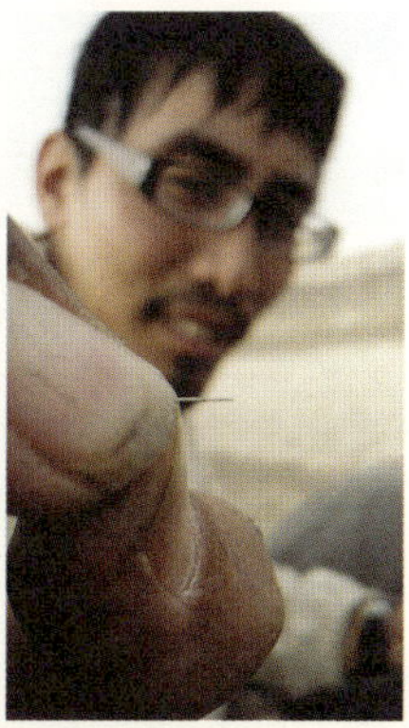

食之趣

大陆食物种类繁多，我们兄妹光走过陕西、甘肃与新疆就已目不暇接、眼花缭乱，虽然在城市里想吃什么几乎都没问题，但问题是我们的旅行路线常常前不着村后不着店，除了午晚餐在住宿的地方大多数有提供外，早餐呢，只有在大城镇里才找得到供应早餐的小店家，买得到豆浆油条与包子之类的食物。许多地方可不像在台湾，街口巷角就有便利商店，在这里可是相隔几百公里才有人烟啊！

大家可能认为不过就是一顿早餐，有啥大不了，但事实上每天骑车消耗的热量很惊人，在没有早餐店的小镇小村里，我们通常就是一包泡面、一片烤饼、一碗玉米泡粉解决，骑不到两个小时就腹部空虚、双脚无力了。要是能好好吃上一顿早餐就可以撑到中午再停车补给，但是大城镇总是数百公里外才出现，使得我们大都处于半饥饿状态。好处是这一趟光是瘦身的效果换算成减肥的费用，可能就赚了好几万，也算是自行车旅行的收获吧！

除了食物取得不易外，因为是自行车旅行，食物本身还得耐放耐压不容易腐坏，所以路上该吃什么？又有什么是便宜好吃又适合旅行的呢？请让我好好介绍吧！

No1. 最佳旅行食品苹果

进入甘肃后，到过中国十大苹果产地之一甘谷，其特产品种为“花牛”。产区路旁是一片片苹果园，光是经过就很想偷摘几个，小镇市集间也尽是各类苹果的集散地。问我好不好吃？只能说除了脆甜外，还方便携带不易压伤，可久存且富含维生素，能解渴治肚饿，重点是很便宜啊！真是骑车旅行最佳良伴。难怪有句话说：一天一苹果，医生远离你。

这样一堆要多少？只需人民币 6 元！

除了直接吃掉外，还可拿来当馅料！

No2. 甜度最高、重量最重的哈密瓜

如果说甘肃水果代表是苹果，那么新疆肯定就是哈密瓜！在戈壁有时可看到小小瓜棚，里面有几个维族老汉叫卖着自家瓜田里的哈密瓜。吃完后五指被瓜汁沾黏到难以分开，吃完后还想大喊：“怎么会有这么甜的瓜，以后再吃不到了怎么办！”除了有饱足感外，还可顺便补充水分，可惜重量颇重，曾一不小心由车上滑落，上演“哈密瓜摔车了”的戏码，登时瓜汁横流，惨不忍睹，所以排名屈居苹果之下。

一打开就香甜四溢。

有时在路上肚子饿了，哈密瓜配饼干就是一餐。

走个老远买瓜去。

No3. 又甜又香是梨子

新疆特产除了众人皆知的哈密瓜与葡萄，还盛产梨，库尔勒香梨可说是盛名满满，有汁多渣少、入口又香又甜的美称，但一般不对外零售，只批发，入手困难（总不能带着一箱梨子骑车）。而另一品种"贡梨"就好买多了，而且个头大，让大肚量的我只吃两三个就有饱足感，好携带，水分高，价格也便宜，但甜度略输哈密瓜，再就是只在东疆有，过了就吃不到了，不然就是价格高，但十足的饱足感可是属一属二的划算佳品！

前三名全部都是水果，这是因为甘肃、新疆土地贫瘠，蔬菜不易成长，若是一日三餐只吃面饭等主食，很快就会感受便秘的痛苦。骑车已是长时间疲劳的运动，这时让维生素与纤维质足够，饮食平衡，可是超乎想象的重要！不过，新疆不是还有好吃的葡萄吗？有！真的不错，只是放不到半天就在自行车的袋子里热到脱水，完全没法保存，如此娇滴滴的水果还是放在房间里享用为好，实在不适合带在路上吃啊！

但一定会有人问，骑车已经很辛苦了，还吃容易饿的水果充饥，体力能够负荷吗？

是的，如果只吃水果，身体自然会抗议，此时就该轮到路上的主食了，袋子里的救命法宝——最适合旅行的超级干粮！

No4. 超级干粮

所谓的超级干粮有几个基本要求：

1. 耐久易放。
2. 提供足够的淀粉。
3. 重量轻好携带。

可以达到以上这三个要求的东西其实不少，比如大卖场都有卖的饼干，但说到要有足够的淀粉与好携带还是古人的智慧略胜一筹！几千年前，在干燥少雨的大地生活的人们就发明了一种完全符合这三点要求的神奇食物。它可放上一个月不腐坏，只要吃上一两个就可以抵一餐，一个自行车袋可以放进三四天份量的食粮，1300年前的玄奘也是吃这个上路的！这么好用的干粮叫什么？那便是维吾尔族人的主食“馕”，是用小麦粉、玉米粉、清水烤成的面饼，干硬，容易保存。

只要吃上一两个就可以抵一餐。

数数看一个袋子可以放几个?

还有这种口感扎实，吃起来和贝果几乎一样的，但价格差了几倍，一个只要1元人民币。

随着地域不同，馕的大小也不一样。

No5. 各地风味美食

依据地域的不同，各地的美食也不一样，比如从陕西到甘肃就可以吃到西北有名的面食，面条除了现场人工手拉，弹性过人外，分量还很巨大！

到了新疆之后，羊肉的比例就开始提高，食物也越来越有特色，举几个我们印象最深的例子。

羊肉串

无须多言。

烤包子

烤包子？融合了新疆食物里几个重要角色，怎么说呢？

1. 包子皮：就如同馕，只是将它再多擀一擀，就成了四方型的包子皮。

2. 包子馅：就如同羊肉串，只是将羊肉切丁再拌上洋葱、孜然粉、盐和胡椒粉等做成馅料。

3. 馕坑：原本用来烤馕的地方，一样可以用来烤包子！

除了可以吃到刚出炉、咬起来脆的馕，还能尝到内里充满孜然香气的羊肉馅，风味十足！

拌面与拌饭

维吾尔人除了爱吃羊肉与大馕饼之外，还有另外两种主食。

拌面，通常是点一盘炒菜再配上一盘劲道十足的手工拉面，将菜与面随自己喜好拌在一起，故称拌面。最大的特色除了面条弹牙外还很大盘，最棒的是吃不够还可以免费续面（大部分餐厅都是这样），实在是好吃又实惠。

而手抓饭比拌面更有地道风味。米用羊油炒过，再加入大块羊肉，配上几块红萝卜闷炒，端出来可是肉香米香萝卜香，好吃得不得了。若嫌腻就加上附上的生洋葱，整个层次又更高了。来到新疆，不尝尝这一面一饭就太可惜啦！

羊肉馅烤包子

羊油炒手抓饭

除了上述明星美食外，偶尔有一些想象不到的佳肴出现，比如硕大的南瓜蒸饺，刚出炉时就像顶级汤饺般馅美汤醇；凉粉爽口顺滑口感好；还有核桃仁混合蜂蜜做成的甜食，超好吃又营养。另外，摘下来的向日葵，直接用手挖来吃瓜子，果然是纯天然！大街上叫卖的新鲜牛奶，用旅馆的热水壶煮开后，喝起来甜甜的，好喝！

南瓜蒸饺。

纯天然葵瓜子。

不管是面还是饭，都是用手抓的啦。

大街上叫卖的新鲜牛奶。

核桃仁混合蜂蜜做成的甜食。

人之趣

在我们一路往西前进的旅途上，邂逅了一个又一个意想不到的人物，像是珍珠一般将我们的回忆与发生的趣事串起，每每翻看照片，当时发生的情境总让人会心一笑或是再三沉吟。人，也是路上重要的风景。

No1．未来的我？

由西安出发不到两周，碰上了一位刚从西藏下来的猛者，被太阳与艰苦旅程打磨过的脸孔与身躯，相比照我们菜鸟般崭新的装备和衣装。在他身上我看见了自己未来的模样（再骑上几个月我就会变成这样啊）。

No2．难道是……台湾人？

进入甘肃没几天，又是一位由西藏出来的勇士，相谈甚欢，看着彼此，有种乡土的熟悉感，莫非也是一位由台湾出发的好汉？在尽量不曝光身份的原则下，这成为一路上我和妹妹再三讨论的不解谜团。

No3. 不行也得行

下了乌鞘岭，认识了一行三人的德国豪华骑士团，他们除了吃好住好车子棒以外，还人人有副好腿力。短暂的三天共骑，留下了与异国的友谊轨迹。另外，我们几次互相请来请去的饭局也对国外有钱老板的“休闲娱乐”也有了深刻印象。

No4. 德国三人行

这位是豪华团中的领队，一位 21 岁时就从希腊骑到北京的超级骑士，现在成为专业的自行车领队，竟能说得一口好中文！

No5. 东北两只虎

在兰州的小旅社认识了两位远从东北骑车到新疆的勇猛骑士，听他们聊着未来我们将走过的路，心里不禁激动而兴奋，那里的风沙苍凉是否如他们所描述的一般？

No6. 无界限的自行车爱好者

进入河西走廊的张掖之前，十几台自行车非常显眼地停在我们前方，好一个大陆的自行车队！言谈间总聊着打哪儿来、要哪儿去之类的话题，开心闲聊间恍恍惚惚觉得在和台湾车队的朋友们聊天，自行车爱好者之间果然是无界限啊！

No7. 横跨欧亚的英国会计师

只要是长途旅行的自行车骑士，在路上相遇总有说不完的话题。这是一位 26 岁辞去工作的英国会计师，由法国一路向东，目标是香港。他与我俩在旅途中段的新疆相遇。走得越远，是否心里储存的激动与回忆就越加丰沛呢？

No8. 荷兰情侣档

一对在山上，一对在山下，在交叉分开的两条遥远的路上彼此呐喊，竟又是一个横跨欧亚的大旅行计划。一对由荷兰出发的情侣档，远远看去好似要消失般看不清，却有着“同在路上”的认同感。

路途中，除了自行车骑士外，在中国大陆的六十几天旅程中，总是与当地人有着最多的互动。有好多好多的故事发生，但能留下照片的却少之又少，现在每每想起那时受惠的感动与温馨，不禁让人感慨，他们过得还好吗？

No9. 人情味大馒头

在乌鞘岭山脚下的小村庄，有一所一家三代经营的小旅社，除了房间干净超乎水平外，还提供热水洗浴（在几个缺水的城镇是罕有的服务）。老板在我们离开的那天早上，热情地送上几个手工馒头。在路上细细咀嚼时，里面似乎满满的都是人情味。

No10. 好心的大哥

在张掖漫无目的地到处游走时迷了路，遇到了这位看似凶猛其实是退休老师的大哥。他除了帮忙指路外，还细心地引导我们深入认识这座城市。走在大街小巷间，听着身边老师讲述的张掖故事，城市的过往与现今似乎在无意间连结，因而更加有了生命力。

No11. 手勾手，好牛！

在路上总会碰上一些好奇或是热情的朋友，这次遇上一位刚骑摩托车从拉萨下来的毛大哥，相谈甚欢下，毛大哥联络了在阿克苏的朋友马大哥，说是要"略"尽一下地主之谊。原本我和妹妹想也就是一起吃顿便饭聊个天，没料到竟在离阿克苏还有60公里时，碰上专门骑自行车来迎接我们的马大哥！

一路上除了带到阿克苏外，竟安排了住宿，还请了一顿自出发以来最丰盛豪华的大餐！受宠若惊的我们也仅能在宾主尽欢的晚餐中不断道谢与约定未来定要到台湾来走走。晚上躺在许久未享受的纯白床单上，内心有种深深的满足与感谢。骑自行车的车友们总对同好特别热情，在新疆认识的朋友们身上更有这片土地所蕴含的一股豪义之气。未来若有幸能在台湾接待他们，定也要展现出我们的好客与热情啊！

No12. 他是我兄弟

地点在新疆，约是中午时分，经过一个叫二八台的小地方。正骑过村落没多久，一台摩托车由后追上，直按喇叭，要我们靠边停车！正想着啥事，只见一个先生拿着两个大馕饼下了车！竟是从二八台那儿特地骑着车、带着食物与热水，来为我们加油打气的！说明来意后，他还特别吃喝了一口证明安全无毒。之后他才缓缓道来，因为他弟弟当年骑自行车由库车旅行到乌鲁木齐，一路上受了许多人帮助，现在他只要看到长途自行车骑士就想给予一点支持。聊天时说到弟弟旅行之后面对困难时都更有意志了，只拥有中学毕业学历的他一路努力，现已成为乌鲁木齐一所学校的副校长，所凭的全是那一趟旅行锻炼出的精神与能力。说着说着他还留下了联络方式，说需要帮忙时可以打电话给他。之后在路上，我心中不停思索着他的话语，也许这一趟旅程所得到的，已超过了当初上路时的想象啊！

住之趣

长长的旅途中，住宿通常是最花钱的项目。在大陆，便宜住宿的名称通常为“招待所”，再好一点的才叫“宾馆”或“旅社”，盘缠不多的我们，招待所自然成为我们落脚的优先选择。

而便宜的招待所有时会发生一些奇怪的事……比如一整栋都空荡荡的，只有我们住，深夜却在走廊传出空洞的脚步声与诡异的敲门声，从锁眼看去却空无人迹……还有许多神奇事件，难以尽述啊！

原本，我们还带了帐篷睡袋以备不时之需，但自从听到当地人“新疆的狼不吃羊，只吃人”的传说后，吓得我们不敢露宿荒野，据说每年总有几个外地打工的人被狼给吃了，所以找地方住成了我们每天日落前最重要的功课。

到了新疆后，因村镇之间相距往往远达一两百公里，此时先确认前方是否有住宿点就十分重要了。总结多次问路的经验，提供以下几个较有把握的问询方式：

1. 卡车司机（多数路上的招待所的主要客人）；

2. 道班（修路）工人（在镇区多有他们的基地，有汉族与当地人提供的信息来源）；

3. 当地公务机构（因多数公务员懂得较多汉语且社会地位较高，能提供较多帮助）；

4. 以上还问不到的话就乱枪打鸟吧！有没有机会，至少多一个可能。

No1. 火车上的卧铺

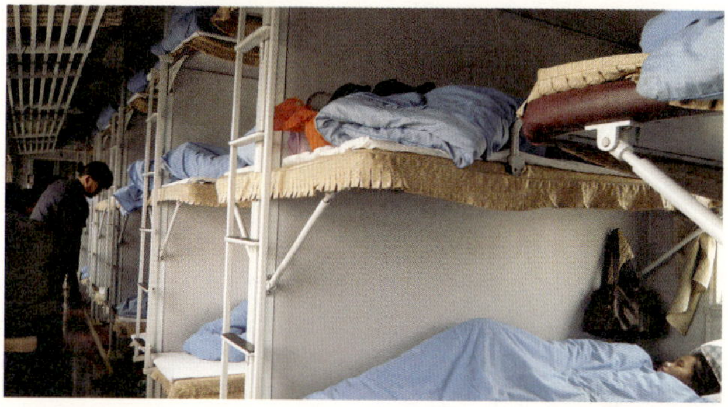

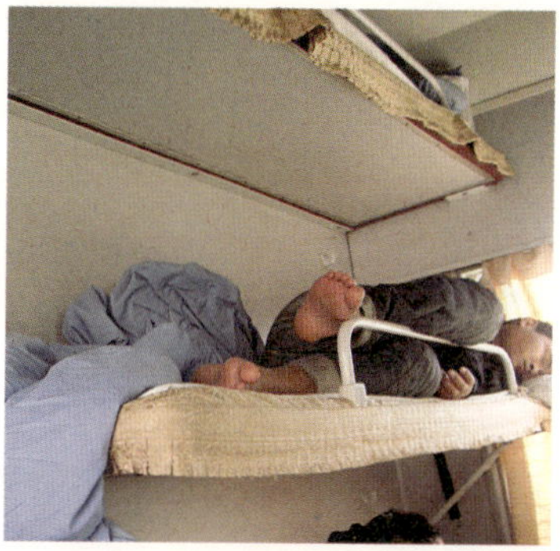

No2. 现代“龙门客栈”

在南疆行进时，一整天都骑在沙漠里，不过过了几百公里后总会出现这种专门提供给货车司机住宿的小旅舍，颇有古代龙门客栈的味道。

No3. 我们都住这种的……

在红山口的住宿点，也是一路上住宿的缩影：没水没电没厕所，通常要价一人 10 元到 15 元人民币之间，只要天一黑就只剩下看星星和睡觉这两件事可做。

No4. 荒野百里后的小镇旅店

有时候情况好一点，路上会出现小小的村落，但也仅是由十数间破落的平房所组成。

No5. 维族风味居

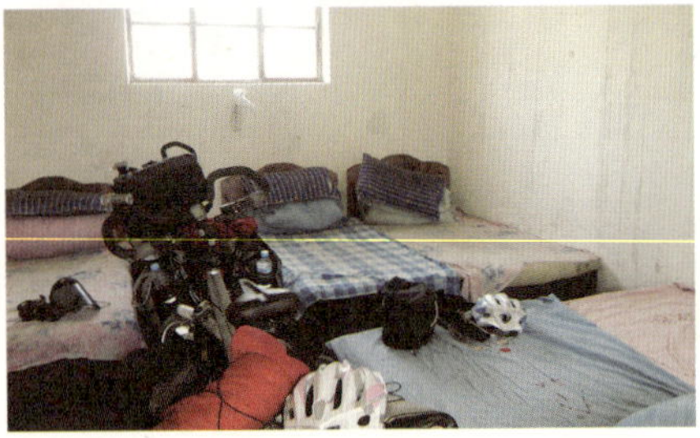

如果说到最糟的住宿点，当属开设在维族农产品集散所里的小招待所了。当时问了不下十数人，最后得知此地，光是外表就可以猜想久无人住，而实际情形呢？

房间的玻璃窗不仅没有窗帘，还有砂锅般的大洞（夜深时吹进寒风真是煎熬），门也没办法锁，枕头与棉被是流浪汉等级的，光是坐在床边就扬起了一片尘埃，更别说把被子盖在身上了，其惊悚程度非亲身经历难以想象。

天黑后，在枕头上盖上塑料袋、身上穿着外套勉强睡下，在呼呼冷风中以意志力驱使自己快快入睡，想着“只要睡着就没事了”，一边忍耐着被子传来的阵阵异味，一边和自己说身上骚痒的感觉只是错觉……好一个印象深刻的夜晚。经此一夜，过去所睡过的糟糕环境与之相比真的算不了什么了。

No6. 下水道老鼠窝

有时候还会住到地下室……从唯一的窗户看出去是行人的脚，有时会有脚步停留在窗前，洒下一束束黄色的液体……为了便宜，还真是哪儿都住过啊！

No8. 每天的功课，找地方落脚与记录行程

通常都在天黑前入住，不论有多么疲劳，总是试着将一天的心情整理下来。回首时，总是趣味横生呢！不过当时，实在是……

旅途中的家

4 千多公里，60 个日子，旅社与招待所的印象层层迭迭……走过中国丝路接下来要到印度了。

印度的床睡起来会比中国的安适吗？非常期待。

煤炭式暖炉。
施工中旅社照住。
车不离身。
巷弄间的栖身处。

印度篇

印度大暴走

Delhi
德里
粉红
Jaipur
斋浦尔
Agra
阿格拉
金
Jaisamlmer
贾沙梅尔
Jodhpur
焦特布尔
蓝
邪恶金三角
蓝白金三色城
Udaipur
乌代普尔
白
Pushkar
普什卡
Bundi
邦迪
Orchha
欧恰
Khajuraho
克久拉霍
Anand
阿南达德
Sarmath 鹿野苑
Varanasi
瓦拉那西
Nalanda 那澜陀
Rajgir 王舍城
Bodh Gaya 菩提迦耶
阿尔陀佛
Kolkata 加尔各答
千年石窟
Ajanta 阿旃陀石窟
Ellora 埃洛拉石窟
Aurangabad 海德拉石窟
Hampi
汉比
Kannur
卡利卡特
Mysore
迈索尔
Kochi
科钦
无人沙滩
Madurai 马杜赖
Kanyakumari 根尼亚古马里

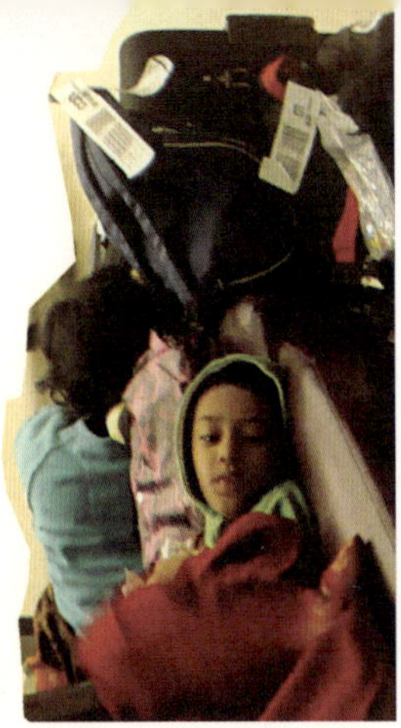

印度之东

印度的不可思议

从新疆回到台湾，还没有完全由苍凉壮阔的戈壁中回过神就坐上了飞机，飞往那传闻中“背包客圣地”，前往世界三大古国，也是佛教发源地的所在——印度，继续追寻玄奘大师的足迹。

印度，拥有世界第二多的人口（仅次于中国），正所谓人多口杂，光是官方语言就有 15 种之多（钞票上印有 15 种语言耶……），更别提多样的宗教与人种。若说中国台湾是世代移民与本地民族融合的宝岛，那么印度就是规模直接乘以 10^2 以上的“民族融合次大陆”。以往的印象里，印度人就是肤色较黑、男人绑头巾女人穿纱丽、路上跑着三轮车那种粗浅的电影画面式形象，真正到了当地，发觉肤色由深黑一路到如西方人的白可以排成一条黑白光谱（一般来说，有钱程度与之成正比，越白越有钱）；女孩子仍穿着五颜六色的美丽的纱丽，这一点倒是符合印象（无论城市还是乡下，远远看去，女孩子就是一群群艳丽的色块）；交通工具就不只是三轮车这么单调了，可以见识到木制车体的古老公交车（已跑了一世纪了吧）、铁轨长度达世界第二的火车路线、车头车身布满彩绘的各式卡车、英国小奥斯汀式的黄色出租车，更不得不提满印度跑的国宝“嘟嘟车”，印度印象数不胜数……后面还有牛拉车、马车驴车人力车在等着介绍啊……印度观光局用了一句话来形容印度经验，个人觉得再贴切不过——“Incredible India!”让我们一起来感受“不可思议”的印度吧！

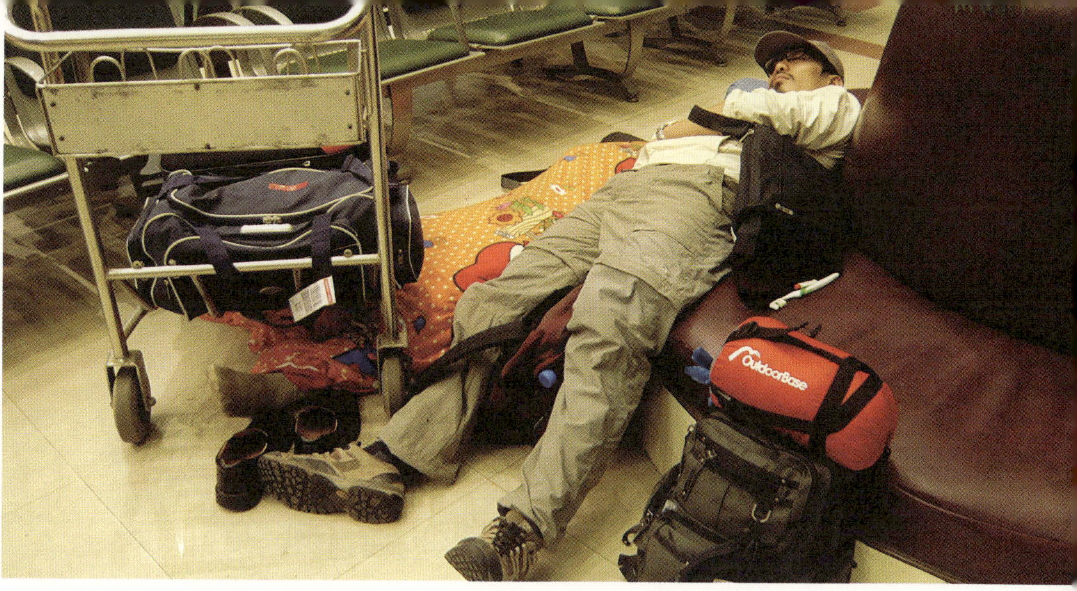

↑ 推车下的脚——占地而睡的专业印度人。

加尔各答初体验

午夜刚过 20 分钟，飞机窗外的加尔各答（Kolkata）在一片漆黑里透出一丝闪烁的光，凝视许久，竟觉得像天上的星空，夜里神秘与未知的气氛似乎增强了。走出登机门，迎面是一阵潮湿，甚至带点腐败的气息。在铁皮建筑的陈旧机场过了海关，走进大厅，只见一群印度人一层一层在出口形成“包围圈”（几乎都是出租车司机），在夜里给人以黑人牙膏的可笑印象（皮肤好黑呀），那闪着白光的眼睛与牙齿格外醒目。若是眼睛能贴标签，我们身上大概贴满了“肥羊”“欢迎宰杀”“好吃好骗轻松宰”，若此时走向出口恐怕连皮带骨给吞下肚啊……

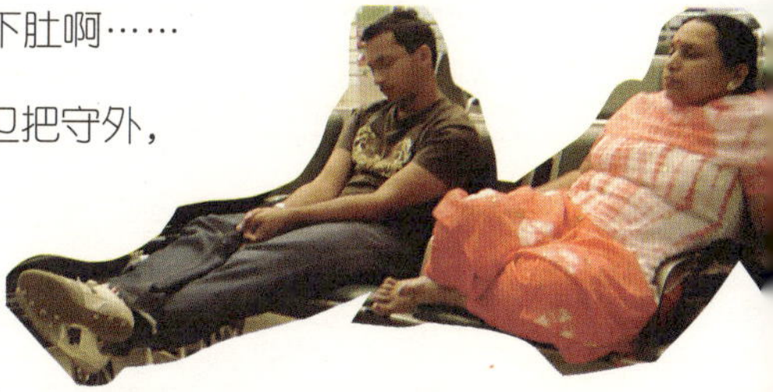

在机场里待上一晚吧！除了出口处两名荷枪警卫把守外，每几小时也有持枪警卫巡逻，安全有保障。此外也有些未出关旅客准备在大厅过夜，沙发座椅上一倒就睡不稀奇，专业一点的就在地上铺了床占地而睡（专业的印度人）……还没出关就感受到未来的一切将与众不同。

半梦半醒间撑到 6 点，天也亮了，昨晚少说也有几十人的包围圈仅剩一两个毅力特强的印度人等着吃掉早起的虫儿。今天兄妹俩的目标是加尔各答背包客聚集处 Park Street，旅行者需要的服务，此地应有尽有，无论是住宿、餐点、换钱、上网、超市，不出一条街都能满足需求，要找志同道合的旅伴或是询问老到的旅行者交换信息也很方便。而在全然陌生的环境里想顺利抵达，有两种选择：

方案一：坐出租车（250~300 印度卢比 Rs，约合台币 170~200 元）。

方案二：出机场大门后直走约 1 公里（徒步 15 分钟，得不停拒绝搭讪揽客的出租车司机），穿过两个充满垃圾焚烧气味的广场，可以看到当地人等公交车的可疑所在（无站牌，只看到好像在发呆的印度人）。乘坐当地公交车，共有路线 30D（车资 6Rs）、DN/L（车资 5Rs）、DN/9（车资 5Rs）几种选择。每种公交车价钱不一样，至 Dum Dum Station 下车后转乘地铁（Metro），乘坐九站（车资 6Rs）于 Park Street Station 下车后出站直走 1 公里，经过加尔各答博物馆后右转进巷子里就可找到。

吓！方案二有没有那么困难啊，为了节省约台币 200 元的旅行资金，我们只得拼下去。

出了机场，迎面而来的气味温热潮湿，被穿着各式“民族”服装、深色皮肤的人们瞪着瞧，路上奔驰着各种印度国产但自行改造、外型闪亮抢眼的货车和公交车。此地的空气似乎有种碰触得到的“浓厚”（鼻子倒是先闻到了），直到坐在木造车身兼老旧无车门无避震的公交车上，抱着行李与当地人挤在一起（带着行李在尖峰时间挤在沙丁鱼式车厢里闻印度朋友的体味，保证让人“飘然欲仙”或“直接成仙”），看着仿佛下一刻就会解体的公交车，望着外头如电影场景（梦幻得难以形容）的街景，实在是震撼极了。快速驰骋的公交车刚刚越过一个大坑，展现出了它的惊人弹性，在空中停留数秒后重重落下的屁股告诉我，这一切都是真的，Welcome to India（印度欢迎你）！

↑ 出了机场准备等公交车……开始有来到印度的感觉。

历经古色古香的公交车后，坐上些许老旧的地铁，相比之下舒适得多（经历一趟公交车后深有所感），但一站又一站后，随着尖峰时刻与身边的人越来越亲近，深刻体验了与当地人零距离接触的感觉。各位朋友啊，想体验最“贴近”当地人的生活吗？大众交通工具就是您最好的选择！

上了地铁随即招来人们热烈的讨论和“爱”的目光，后经善心人指引，抬头一看才知道，原来有些座位是分男女的。

热情好客的印度友人

旅程的首站加尔各答，正好妹妹在这儿有一位英国认识的印度朋友 Peter，这位喜欢咧嘴大笑的印度大男孩为了我们的到访，特地向公司请了三天假接待我们。

抵达的第一天，Peter 刚下大夜班，骑着摩托车就要带着我们东奔西跑。啥安全帽？啥交通法则？没有规则就是印度的规则（这是印度人说的）！三个人贴上摩托车就上路了（是的，我们刚到第一天就“三贴”了）。坐在后座上可以感觉到机车似乎有点蛇行？有点摇摇晃晃？热情接待是很好，但是疲劳与违规驾驶加上在疯狂车阵中的奋勇穿梭，实在让人印象深刻，率性的骑法让后座的两兄妹狂冒冷汗（印度的机车骑士不输台北啊……）。

机车慢慢骑往城市近郊的 Peter 家，而今天正好是穆斯林的一个大节日，路上尽是穿着正式的穆斯林（头戴白帽身穿白色长袍还留有一脸长胡子），带着一头头牛

漫街都是穆斯林，他们要到那儿去呢？

心跳一百的三轮摩托车。

↑ 好多牛啊！

往广场集中。嗯？为什么要带牛？虽然不知道这是啥节日，但听 Peter 说，今天这些牛通通都要“一路好走”。哇喔！穆斯林杀牛节吗？印度不是不杀牛不吃牛的吗？印度教徒们看到这场面受得了吗？印度真是个深不可测的国家（越接近会场，越多警察在戒备，听说是为了避免印度教徒与伊斯兰徒的冲突）。

Peter 家坐落在城郊的田野之中，一栋简单的二层楼水泥建筑，干净的院子与 Peter 家人的热情友善是我们的第一印象。自从在客厅坐下后，我们受宠若惊地接受不间断的热情招待，各种印度家庭料理一盘接一盘，连名字都来不及记，正餐过后点心咖啡甜点也是吃个没完，像是怕我们渴着饿着。在炎热的午后，和 Peter 全家人躺在床上看印度宝莱坞电影，还吃着甜点配着咖啡（是的，还在吃），这场味觉飨宴

↑ 大好人 Peter。

↑ Peter 家就在这巷子里。

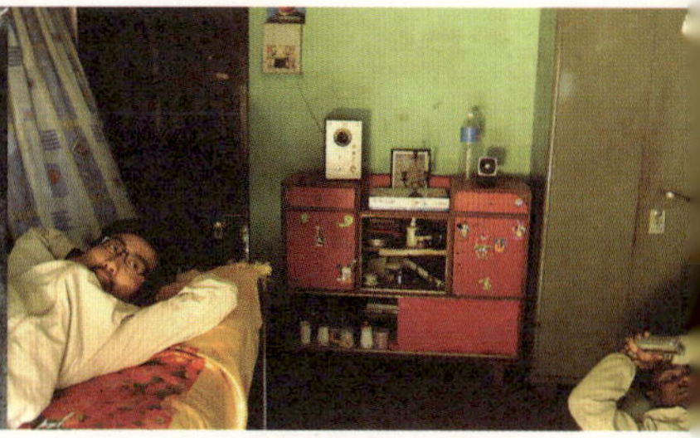

↑ 看我和 Peter 这副德性就知道印度生活多么 relex!

↑ Peter 全家福……可以看到正中间那位以前身材苗条的 Peter。

对爱吃的我来说真是太幸福了（妹妹快要撑爆了）。而吃饱喝足后的活动是什么？和印度家庭一起来个午觉吧！傍晚醒来后在乡间小道上散散步，或是到朋友邻居家串串门聊聊天，吃吃其他家庭的料理后，再回家吃一顿正式的印度晚餐。肚子还没完全消化就准备上床睡觉，我的天啊！在长期苦行僧似的旅行后，在加尔各答的几天，深深体会到了印度的休闲生活。

Amul，印度最大的食品营销公司。
从客厅吃到房间，不断被喂食。
大量家庭式印度料理，填满两位客人的胃，幸福满满与食物满满的一天啊！
印度甜点千百种，各个甜透心。

印象
加尔各答

我们总共在加尔各答待了5天，在Peter的摩托车上走过大街小巷，也开始慢慢习惯印度的生活与步调，但每天万花筒似的强烈体验仍让人目不暇接。若有人问我们对加尔各答的印象，我只能回答“一座色彩炫丽且庞大的龙卷风，一座不停旋转将周围一切卷入的龙卷风”。初来乍到的旅人们只能瞠目结舌，因为一切都是那么超乎想象，那么样的……印度。

正因为它巨大得难以描述，只能试着以几个片断印象，如拼图般试着组合出我们“盲人摸象”的加尔各答……

加尔各答当年是英国人的殖民城市，在这座城市的主要区域与建筑上都看得到殖民地的影子。无论是印度博物馆（Indian Museum）、维多利亚纪念馆（Victoria Memorial）还是圣保罗教堂（St. Paul's Cathedral），都可以明确地感受到这种历史。

此外，印度人的生活中，宗教占有绝大部分，而多样的宗教信仰让我们在加尔各答的几天里看过伊斯兰教的杀牛庆典、印度教的祈神默哀，也随着Peter上过教堂，走访过加尔各答贫民窟的传奇——德瑞莎修女垂死之家。

印度博物馆

印度博物馆是印度最古老的博物馆，始建于 1875 年，具有意大利建筑风格，是以艺术、考古为主的综合性博物馆，号称印度前三大博物馆之一。但是，听说印度朋友三个有两个没进去过。进了馆区，第一眼就看见各种化石以陈旧的方式存放（图书馆的木头柜里就用小盒子放着一份份化石），正感觉没太大看头时才发觉，好戏在后头！里头有一馆专门陈列各式哺乳动物、鱼类等，全部都是“一比一”“真皮保证、原汁原味”的标本群！从大象到老虎幼子通通定格……从没看过如此壮观的标本，一时间真有些震撼，这里还存放有六脚羊、两头龟的尸体罐……一个不注意竟发现“人类”的双头婴居然也浮在罐子里……好吧，这间博物馆还真是特别啊！

其实不只那些骨头，印度博物馆还收藏有非常丰富的印度文化遗产，以及大量考古和地质数据等，其地质学部门甚至号称亚洲最大的地质学展览馆。许多佛教和印度教优美的艺术品以及印度各地的纺织、金工、象牙等工艺品也收藏于此。

↑ 在印度的英国气息。

圣保罗教堂

位于维多利亚纪念馆的南侧，与大公园（The Maidan）、维多利亚纪念馆、加尔各答美术馆同属一个区域，是一座教堂，但也是记录着加尔各答各种历史的地方，除了外观如同欧洲教堂，内部也装饰着彩色玻璃外，院里的石碑还刻印着在印度独立事件中丧生的英国军人姓名，也埋葬着加尔各答的建城者。坐在教堂大厅，望着天花板上的基督教画作，不禁感受到，英国人殖民城市的影子似乎仍隐在其中。

维多利亚纪念馆

第一天抵达加尔各答时，曾绕行维多利亚纪念馆外围，夕阳西下，湖面倒映着英式风格的白色豪华建筑，印度情侣们三三两两牵着手在岸边散步，有着说不出的罗曼蒂克在微凉的晚风中发散。

第二日，买票进入正式参观。馆内陈列着各式印度风景手绘画作与中古时期的武器炮弹等，说是纪念馆倒不如说是“加尔各答博物馆”比较合适。整座纪念馆展出内容丰富而且环境宜人，在大太阳底下的加尔各答城，这儿绝对是一个好去处（11 月的东印度湿热如台湾盛夏），白天可以了解加尔各答的人文历史，中午可以躲太阳，黄昏时美丽动人，而在假日夜晚还有声光加持的 night light show。

恒河支流纪行

胡格利河（Hooghly River）流经加尔各答，据 Peter 说是恒河支流，因此印度教徒在此地的活动极为频繁。我们参访的其中一个河边祭坛，专为丧失双亲的印度

↑ 在加尔各答留下的美丽印象，夕阳中的维多利亚纪念馆。

↑ 印度的神像在活动结束后就堆在路边，和台湾的习俗差真多啊！看着有点惊悚。

教徒举行仪式（印度教里若是失去父亲或母亲，其长子需至河边祭坛剐去头发，仅留顶上一小撮，并于河里沐浴后着白色麻衣 13 天）。理发匠熟练地工作着，失去双亲的教徒似乎在理去头发的过程中也除去了心里的哀伤，整理了情绪，面对现实。搭乘河上的渡轮，偶可见到岸边一纵入水的年轻人，喧闹声伴随着洗衣服的拍打声，在印度，人的生活总离不开河啊！

India's 教堂弥撒

Peter 一家都是虔诚的天主教徒，周日需前往教堂做弥撒，早上吃过 Peter 妈妈准备的印度家庭式早餐后前往教堂。在嘈杂的城市里，教堂仍有种宗教式的宁静，简单介绍过教友后，开始了弥撒。在神父开示时，英文听力不好的我在低沉语调间进入了半昏睡状态，好在中间数度需起立唱圣歌，让我免除了睡着的窘态。结束弥撒后，和教堂的唱诗班一起练习圣诞节的圣歌，这才意识到一年的结尾已己近。在一唱一和的安乐气氛中，我不禁遥想，今年的圣诞我将在何方？

↑ 前往垂死之家的路上。

德瑞莎修女垂死者收容院

嘟嘟车在贫民窟陌生的街角转过几个弯后，外观平实的垂死者收容院（Mother's House）大门突现在眼前，这就是德瑞莎修女奉献一生的所在。我们有点不知所措（一下子心情没准备好），在门口接待处填下“参访”或是“义工”（连参访的准备都没有，更别说做义工了）的单子，在修女的引导下，安静地参与了一场追思德瑞莎修女的简单仪式。一楼的小教堂中央安放着她的棺木，人们静静地坐在四周沉思，默祷，突如其来的我们就像闯入别人家般格格不入，此地不该用“观光参访”的心态拜访，但在仪式中竟看到一些观光客匆匆闯进，在棺木前合影（台湾的乡亲们，可千万别做这种在灵堂还摆手势微笑照相的举动啊）后匆匆离去。那是伟人的棺木，不是什么风景名胜啊！

在教堂后方有一小屋，陈列着德瑞莎修女一生的印迹与生前使用的物品，走在其中，深刻感觉到虽然她已离开人世许久，但影响力仍持续燃烧。真正的伟大，不会被人们遗忘。离开前，垂死者收容院的修女给每位来访的人一份资料与一小坠饰，让此地所蕴含的历史与故事都成为一颗种子带出去，也许在某处某日，它们都将开花，结出美丽的果实。

站在印度最大的城市街头向上看，有成排歌德式建筑诉说着被英国殖民的历史。绿树蓝天映着纯白的圣保罗教堂（St. Paul)，环视周围尽是喧嚣，人力车夫奋力踩地，拖鞋发出的踢踏声，艳黄的出租车与画满各式图腾的公交车此起彼落地叫嚣着，接着忽然一群羊浩浩荡荡地在街头溜达而过，小吃摊贩们在尘土飞扬中卖力吆喝，当地的和外来的人们不断交错，路边洗澡的人激起水花四溅……还来不及看完它的繁华，低头就见路旁蹲满被排除在种姓之外的人们，有的紧随着观光客乞讨，有的双眼无神地靠在墙角似睡似醒，而有的新生婴儿就这么随地赤裸放着，让人屏息无言。此时，忽被前方围观的人群吸引，是个小男孩正用简单的粉笔静静地画画，偶然的四目相接，看到的是不卑不亢的清亮双眼，而那在柏油路上的耶稣像，也似乎让这城市的一角重获难得的静谧。

↑ 德瑞莎修女垂死者收容院。

↑ 看着瘦骨如柴的印度老者，做为悠闲的外国观光客，心中五味杂陈。

↓ 露天路边大众浴，洗车和洗澡没有太大的区分。

→ 谁说神之子只能乞讨过日子，这位街头小画家让我在他眼中看见坚定与希望。

JESUS
KELPME

吃在加尔各答

1. 印度“美而美”

在 Park Street 的街道转角有间类似“美而美”的快餐，虽然仅有吐司夹料或是类似热狗面包夹料两种选择，但超实在的料让人惊叹！水煮蛋配上大量佐料（不知名生菜、洋葱、西红柿、马铃薯）夹在一起吃下去，口感超实在（还加有咖喱粉，果然是印度风味，印度料理八成以上都是辣的）！但这玩意离开加尔各答就再也没吃到过，城市限定特色早餐，不禁让人怀念起台湾满街都是的各式早餐店啊。

2. 什么都夹葱油饼！？便宜好吃的 ROLL

ROLL 是加尔各答或是东印度常见的路边摊料理，做法如同台湾葱油饼，但里头的料大不同。除了手工现擀的饼皮口感一流外，里面随你高兴卷鸡、牛、羊、猪、双蛋或蔬菜（有些不卖牛或猪），整个就是豪气墨西哥卷，平民料理就是要料多、实在、价美物廉！

3. CHOW MIX？！炒面？

没错，招牌上就写着“CHOW MIX”，也念“炒面”，吃起来也是“炒面”……中国料理的无处不在真让人见识到了。不过，名字虽一样，但口味远不能及，这种像是没煮熟的干式泡面让吃过正宗炒面的我们情何以堪？但最后还是吃光光……入境随俗也是旅行重点啊。

4. 路边摊“手抓印度薄饼”

中午时街上路边总有供应上班族午餐的地方，也许以台湾角度来看不太卫生（不论你从哪个角度来看都不卫生），但实际一尝，还满好吃的呢！印度薄饼（Puri）是无发酵面粉揉成饼皮后加热烙成，配合各式咖喱就是印度最常见的吃法。价钱也相当便宜，素食的一份也就是 12Rs，换成台币不到 10 元，物美价廉。只是要和当地人抢着点菜，也不失为另一种乐趣。

印度风格小摊贩。

印度棒冰 Kulfi，吃得到坚果味。

像葱油饼的 Roll 制作中。

印度“美而美”。

印度之东

千里取经返校去

离开加尔各答往西方前进，首先就抵达了素有“佛陀之乡”的比哈尔省（Bihar），境内有朝圣的佛教徒不可错过的圣地与古迹，当年玄奘由中国饱经辛苦抵达印度学习佛法前，就曾特定走访这些地方瞻仰佛法，而跟随玄奘脚步的我们也到了这里，开始 21 世纪的西游取经返校记！

佛陀的生命过程由出生到入灭共有四个重大的人生阶段——出生地、悟道地（菩提迦耶）、初转法轮（鹿野苑）以及涅槃之所，现今都成了人们口中的“四大圣地”。我们特地走访了几处佛教发展的重要遗迹。

1. 菩提迦耶（Bodhgaya）：释迦牟尼成道处，佛陀在此地的一棵菩提树下悟道。
2. 王舍城（Raja）：佛教八大圣地之一，释迦牟尼修行的地方。
3. 那澜陀寺（Nalandar）：玄奘留学取经佛法之地。
4. 鹿野苑（Sarnath）：释迦牟尼初转法轮处。

佛陀悟道菩提迦耶

第一站菩提迦耶，光是地名就很有佛法的味道，虽然已经身在印度东部，但要抵达地处乡间的菩提迦耶还是得费一番工夫，坐上夜班 22 时 35 分离开加尔各答的火车前往迦耶（Gaya），再转乘半小时的嘟嘟车才能抵达。

火车一路驶向乡间，高楼少了，灯火也退去不少，多了零星散布的土砖房坐落乡野，路上人们齐力推着车，路边摆满了摆贝壳花纹的圆饼，行军般排放在大地上，其实是农家收集来当燃料用的牛粪，而花纹是收取时人掌压出来的印记。

在 Sleeper Class 的车厢里开始搭乘印度火车的体验，印度火车和大陆硬卧火车一样，分为上中下三层，不同的是中间层平常收起来，睡觉时才架起成为床铺。就寝前，乘客都集中在下铺聊天。这次的“邻居”为一群印度大学男生，你知道的，这个年纪的青年学子可真热闹（疯狂），聊天大笑不绝于耳，打闹直至半夜两三点……此外 sleeper class 并不提供寝具（被子或是枕头），此时睡袋就是来印度旅行的背包客的王道装备，而隔壁的印度人则是用一条自备的大毯子从头到脚包得像是木乃伊，可以想象一整排一具具摆放整齐的景象吗？睡了一晚才发觉，木乃伊人体包装法全是为了防蚊啊（醒来后满脸红包……惨）！

凌晨 4 点 40 紧张地起身，准备 5 点 5 分到站下车，却发觉停车的车站小得可

↑ 古方制作的“牛粪燃料”，在东印度的农村比较常见。

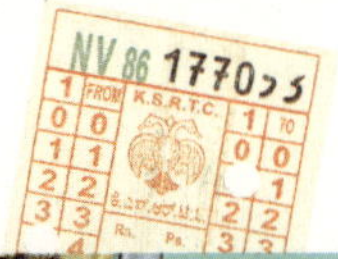

↑ 在火车上闹了一夜的年轻印度大学生（看我的眼神有多想睡啊……）。

怕，也找不到像是 Gaya 的站牌，印度火车并不会在到站时播报站名。我们只好询问火车上的当地人现在身处何方，这才发觉碰到了印度“特产”之一——火车误点。两个睡眠不足的人只能抱着行李死盯窗外每个停车的小站，生怕坐过站。在询问过程中和邻座大学生聊上了天（夜里两三点睡，5 点就起来继续 High，年轻真好哇），聊天过程中发觉有几个问题通行全印度——

1.Where are you from?

2.What is your name?

3.What is your religion?

4.Have you got married?

5.Are you Japanese?（老爱自以为地“认定”我们是日本人）

↑ 泰国信众供养的鲜花，整整围了佛塔一整圈。

↑ 日夜礼拜，非常虔诚。

互相交换从哪儿来、叫什么名字、信仰什么神、是否名花有主后才会开始其他话题。和这群学科技的大学生聊天后，我们深切感受到印度人的热情友善，虽然我的英文不算流畅，但沟通过程还是热烈有趣（光是介绍台湾在哪儿就用了半小时，一直重复讲再加上画图才相信我们不是日本人），也因为有他们帮忙留意何时到站，我们才能安心坐在位子上，不用每次停车就紧张得再三确认（就原谅你们这些让人睡眠不足的家伙吧）。

火车在延迟了近 3 个小时后抵达迦叶，一出车站，众多嘟嘟车就围上来喊价，价格从一人 100Rs（傻子才坐这个价）到 30Rs（最低价）不等。我们和一群西藏来的喇嘛一家拼了一台车，前面 3 个大男人中间夹着妹妹，后面再坐上一家四口，总共 8 个人，在仅有 3 个轮子的改装嘟嘟车上摇摇晃晃 40 分钟（一半身体在车身外，好通风，好亲近自然），到达菩提迦耶——这就是佛陀悟道成佛的佛教圣地吗？

十分凑巧，寻找旅舍时碰上一名台中来的师父（印度行碰上的第

一位台湾乡亲)，在他的引荐下找到巷弄深处的小旅舍（一晚300Rs）落脚，这才真正放下行李，走访此处佛教圣地。

菩提树下信徒们打坐念佛或是静思冥想，肃静的氛围让时间静静流过，不带喧哗。

王舍城巧遇台湾乡亲

离开了小村庄菩提迦耶，下个目标是王舍城。乡间的交通总是不如城市方便，除了中间需要转两趟公交车外还需搭十多公里的嘟嘟车或人力自行车，才能到公交车转运站，在多次讨价还价与协商后坐上一台人力自行车（人力车或人力脚踏车在印度极为常见，是印度短程运输重要的一环）。

太阳下，载着行李与两个人重量的车夫流着大量汗水，在路上吃力地踩着。坐在别人踩动的车上，回想起丝路的自行车旅行，一样是踩着踏板一寸寸前进，一个是为了体验生命，另一个却是为了维持生活啊！仿佛自己成了压榨他人的恶人，但在印度如此景象比比皆是……穿着华丽服装的印度人或是外国人高坐在车椅上，而

↓ 前往王舍城的路上，惊见印度式的乘车方式（只留驾驶窗的空间），这样的车，你敢搭吗?

前头的车夫衣装褴褛，多数连鞋子都没穿；许多失去教育机会的孩童游走街头，我也曾多次在路上快走，脱离一个个衣衫破烂的孩子牵扯我衣角的小手，目睹如此景象，怎能不感到疑惑与遗憾。世界各地都有的贫富差距在此地特别明显，也许在之后的旅程中会有更多更深入的体验，只怕是更多的不忍卒睹。

终于，到了公交车转运站，准备搭长途公交车前往王舍城。在印度，连公交车都没有固定价，原本当地人 5~6Rs 的车费，看到外国人直接就要 20Rs 以上，或是长途巴士原本 45Rs 就会跳到 60Rs 或 80Rs，喊价二至三倍。有些公交车司机还会站在车门边用脚顶住入口，再用不可一世的表情睥睨众乘客，等着合他意的价格……一想到昂贵的出租车资，为了体贴自己的荷包，也为了贴近真正的印度人生活，遇到这样的定价系统，也只能甘愿付啊！

在印度无论是城市还是乡间，在路上总会看到当地爆满（连车顶都是满的哦）的公交车横冲直撞，在此分享我们在车厢内的实际体验……虽然不至于挤到车顶上，但从起点开始，车里面就没有空过（像是刚出厂的沙丁鱼罐头），各种想象不到的空间都能挤人，连司机旁的位置都只留下能换档的空隙。虽然运气不错的我们刚好有位子，只是旁边的印度大婶非常自然地将两个赤脚的小女孩“安放”到我们的大腿上，大眼瞪小眼间，只有大腿上脚底板的热度提醒这一切都是真的……welcome to India！

无论是火车、公交车还是三轮车，大量人口分享着明显不足的资源，但不管空间如何狭小，状况是如何不可思议，印度人都展现出了极度的乐观与惊人的忍耐力。

有人说是印度教的轮回说让人们对现况合理性地完全接受，但或许是活在艰苦环境中更让人了解拥有的珍贵吧。

在公交车上伴唱带般的印度歌谣与震荡间抵达了王舍城（Rajgir）的所在，过去佛陀在菩提迦耶悟道后，此地国王感佩佛陀的修行与佛教哲理，在此地建立了竹园精舍（Kalandaka Venuvana），让佛陀带着一千多人的僧侣团在此精进与修持佛法，现今此地已被列为佛教圣地。

在圣地参访，总会遇上各国来此参访朝拜的朝圣团，最常听到的是泰国等东南亚国家，大陆人也不在少数。这趟走访竹园精舍时，竟听到远处传来令人怀念的国语与正宗闽南语（超有亲切感）！

靠近一看果不其然，来自台湾的乡亲正以久违的语言介绍此地，他乡遇故知自是欣喜万分，这一个团厉害的是，就算到了印度，也能煮出地道台湾味的食物！

↑ 终于回到过去玄奘取经留学的大学，心里有说不出的莫名感受。

靠着来自台湾的地道食材，他们在中午时分变出一道道正统的新竹米粉、正港台湾卤味、浊水溪白米饭、台湾味炒菜等千金难买的家乡料理！

在盛情邀约下，中午有幸与乡亲们一同用餐，远在印度还能体会到台湾人的人情味！舌头和胃愉快得唱起了歌，用着久未使用的家乡话聊天，王舍城的回忆充满温情呀！

佛教大学那澜陀寺

过去王国的都城——王舍城，以现今的角度来看不过是个四周有着断垣残圮石墙的村落而已，过去佛教在此的光辉与历史也仅能在几个古迹里遥想（有时还得加上一点想象力）。从王舍城坐几十分钟的公交车再转乘马车（对，就是马拉的出租车），就能抵达当年世界佛教文化的中心——那澜陀寺。

梵语“那澜陀”三字意谓“施无畏”或“无畏施”，那澜陀寺为古代印度佛教最高学府和学术中心，建于古摩揭陀国王舍城附近。那澜陀寺规模宏大，曾有多达九百万卷的藏书，历代学者辈出，鼎盛时有上万僧人学者聚集于此。

公元 5 世纪，笈多王朝的国王对此进行扩建，使之成为佛教经院式的寺院；公元 7 世纪，著名的戒日王再次进行扩建，建成了印度中世纪最大的学府城，此时是佛教在印度最鼎盛的时期，足足兴盛了两百多年。除了佛学知识外，这儿还传授天文学、数学、医学等。玄奘曾在此学习三年，据玄奘记载，当时印度一流的学者都在这里进行教学和佛教研究，总共容纳一万名学生和 1500 名教师。

13 世纪初，突厥的伊斯兰教王征服了摩揭陀国，带兵侵占那澜陀寺，寺院和图书馆遭受严重破坏。传说大批佛学与知识经典遭火焚烧了三个月才烧尽，而那澜陀僧侣逃往西藏避难，从此那澜陀寺失去昔日的光辉，并渐渐被

人遗忘，变成废墟。

这个玄奘法师历经千劫万难抵达的佛教圣地，今日一见就是个村落里被挖掘出的大学遗迹。我们在红砖堆砌而成的建筑群落中试着找寻曾经兴盛的影子，却只能看着介绍的牌子体会它过往的辉煌。

玄奘走过新疆越过天险，由中国远到此地学习佛理与求取佛经，一千多年后，我们兄妹也由西安追寻着法师的足迹走到了这里，旅途到了这里，不真实的感觉在心中愈来愈浓烈。

默默走在那澜陀遗迹中感受西下夕阳里的余温，周围来自各国的朝圣团为了追慕佛法，不远千里到此一访，今天我们也仅是一个追慕的旅客（只是比一般人多花了点工夫）。站在那澜陀寺的中心，阳光渐暗，几千岁的佛陀石雕脸孔渐渐模糊，而这一切还是宛如南柯一梦般如真似幻。

↑ 铁栏生死斗的照片……真是不可思议啊！

↑ 在鹿野苑里和小鹿"相亲相爱"的印度小男孩。

法轮初转鹿野苑

鹿野苑是佛陀悟道后第一次弘法的地方，位于瓦拉那西（Varanasi）北方约 10 公里，在火车站前有公交车可到（班次少，需打听清楚）。

释迦牟尼在菩提迦耶成佛后，来到鹿野苑找到了原来的五位侍者，为其讲演四圣谛，他们也因此证悟，因而成为最早出家的五比丘僧，至此佛教三宝的佛、法、僧才圆满集结。但在 12 世纪后期，鹿野苑遭突厥的劫掠破坏，和那澜陀寺一样，难逃在历史洪流中被其他宗教的势力破坏。也许是两者年代相近，那种饱经破坏的遗迹模样还真是气质相近，也许只有来自各国的穿着袈裟或法衣的朝圣团是最能证明此为"圣地"的证据了。

在各国朝圣的人群中，总有来自西藏或尼泊尔的朋友，他们虔诚地转着法轮念念有词地绕着遗迹转，几次接触，感受到质朴与宽厚，手心还犹记与一名年轻喇嘛握手时传来的温重宽厚，虽然彼此语言不能流畅

地沟通，但眼神与肢体语言里满是善意，西藏与尼泊尔究竟是怎样的地方？怎样的土地滋养出这样的人民？

在旧时大殿的遗迹前立着一根被铁栏围起的石柱，据称是过去一位护持佛法的印度国王（阿育王）所立，虽然曾被破坏过，但底部仍存在，原来的柱高达十几米，头部雕有四面狮像，张口怒吼，象征着将佛法传向四面八方。该狮像现被作为印度国徽的图案。

参访时一群泰国朝圣者在此地礼敬后丢进奉献的小额金钱，我们正思索着这石柱是否有“许愿池”的作用时，没料到接下来竟发生不可思议之事。

就在朝圣人群礼拜完投进礼金时，铁栏旁的印度人竟竞相攀爬跃进铁栏内抢起钱来，言语激烈，肢体动作粗鲁，充斥着对金钱的欲望，这……这是发生在佛家圣地的“铁栏生死斗”吗？

我们还未从惊讶与不解中清醒过来，事情仍像是理所当然地继续发生，丢钱的继续丢，抢钱的继续抢，这样是所谓的“奉献”与“礼佛”吗？带着不解，叹口气离开了鹿野苑。

在几个佛教圣地的周围，总有各国出资建成的寺庙，比如日本、泰国、不丹、中国等，除了展现各国独特的寺庙风格外，还有宣扬文化的功能，所以在参访过程中，可以体验不同国家所滋养的独特佛教文化。在大太阳下走访村落深处的日本寺院，远看破旧的路牌背后竟藏着一座标准的和式庭园寺庙，在嘈杂之后走进寺内竟感受到一股日式的宁静，不论庭园或寺内都散发禅味。放下包包，在安静的大殿内不被打扰地静坐半晌，寺内冰凉的大理石地板让中午的烈日余威远去，在繁华拥挤的印度旅行里找到了一处安宁之地。

一行人不远千里终于踏上了取经行的返校日
（虽然比玄奘晚到了 1300 年）

印度之东

恒河圣城

印度冬季早晚温差大，中午时太阳闪耀，天气潮湿酷热一如台湾夏天，晚上嗖嗖寒风让人不禁哆嗦。当地人御寒有两宝——耳罩毛毯，据说戴耳罩是因为耳朵不冷身体就不冷了，而裹着大毯子包着头和脸，身体就更彻底御寒了，看着都想带一套在身上入境随俗（不过最冷也就五到十几摄氏度，注意温度变化的话其实还挺舒服）。冬天的平均气温就二三十摄氏度，难以想象在多雨的夏季，天气的闷热会到达什么程度，想必会对印度的“不可思议”再给一个大大的惊叹号吧！

在拉吉基尔订了晚上 11 点半前往瓦拉那西（Varanasi）的火车，夜车不但节省住宿费又可一觉醒来抵达目的地，一举两得！但有一好无两好，为了配合半夜的火车，中午退了房后四处闲逛消磨时间，赶在天黑前（晚上 5 点半）坐在火车站的长椅上（太小的火车站没有休息室）开始长达 6 个小时的“抗战”。黄昏时刻，狂野的蚊子大军跳起嗜血的桑巴舞，一群又一群，锲而不舍地攻击再攻击……

把头和脸用外套包住，再用行李围成“城墙”，缩在长椅里（咱们也有印度包头巾了），学习印度旅行必修的一堂课——等待。等待之时书写寄给远方友人的明信片、研究旅行书、计划行程，在这段别无他去的时间里与自己相处、对话，也见识到自身放空的极限与可能性。出乎

↑ 和蚊子的长期抗战！

↑ 利用等车时间写给远方友人的明信片。

意料，这6个小时的等待没有感到焦躁与漫长，在过去的几年里有几次如此与自己“亲近”？太多事情要完成，太多责任要扛起，越活选择越少，而社会认定的选项似乎成了不得不做之事。这趟“放弃一切”的出走，也许是为了成就一次自己所认定的“不一样”，近乎自私地渴望实现这么一段全然为自己而活的时光啊。

屋檐下老旧的钨丝灯不停闪烁，飞蛾不断扑向那盏朦胧光晕，不死心地振翅拍打。坐在火车站长椅上的漫长等待中，有很多时间看着火车相继进站又离开，看着人们上站下站相聚拥抱或是挥手告别，看着人来人往也被人看，忽然觉得到哪儿都一样，我们成了相互记忆里那没有五官的模糊身影，短暂共乘后独自下车离开，散落在天涯。

↑ 传说中的瓦拉那西。

↑ 每天往返恒河的印度人。

永恒之城瓦拉那西

火车悠悠地开过黑夜到了天明，在窗旁静看外景时，在跨河铁桥的间隙赫然发觉恒河已近在眼前！这就是拥有数千年历史的“永恒之城”吗？就是那印度教的圣地、生活方式与节奏维持数千年不变的地方吗？书里读过、电视播过或是听人说过这里的独特与神奇，这里就是瓦拉那西！

从人挤人的火车站到人挤人的恒河边，各种类型的旅社应有尽有，等级与价格琳琅满目。随性选了间靠河的民宿，走到旅舍天台眺望河景，河岸边的建筑延伸数公里，如同万花筒般色彩炫目。沿着河岸由南向北漫步，形形色色的人们擦身而过，有忙着观光游览的外国观光客，

↑ 湿婆壁画与印度老人。

有一身嬉皮在岸边弹着吉他打着印度鼓的流浪乐手，更多的是正“生活着”的印度人，洗圣水澡、洗衣服、玩风筝、打板球、卖花、卖蜡烛、拉游船、坐在路边拉屎把尿的，以及在河坛边婚丧喜庆忙来忙去的，形形色色的景象难以述尽，像是繁忙的纺织机来回交织出独特的瓦拉那西印象。

离开河边走进巷道，不到两人宽的窄巷混杂着各式印度神庙与商家，民族特色的服饰、小吃、摊贩在各个角落等着我们去发掘，便宜的住宿与饮食、丰富的文化音乐内涵都让人想驻足了解……但短短三两天实在难以深入体会感受一座城市。让无数旅客停步感受的“永恒之城”啊，是因为来了就不想走，所以叫“永恒之城”吗？

↑ 在瓦拉那西，每只牛都超神气的！

→ 在瓦拉那西待了 9 天……
房间都住出感情了。

↑ 小猴子肚子饿了就会到窗边吱吱叫。

不可不提的是，无论哪一巷子都可转身遇见牛，因为在瓦拉那西有放生“圣牛”的习俗。这些神圣的牛哥牛姐们大咧咧地穿街走巷，留下许多特制“足迹”，一不小心或是不管你再小心都会有踏上去的时候，不过放心，牛都是吃草的，臭不到哪里去……

冬季的印度，如同新疆般总是晴空万里不常下雨，在落脚的房间里能打开三排面向恒河的窗户，当一起打开时，阳光透过花格子窗栏倾泻而下，流淌在纯白床单上，室内立时充满了阳光的温暖，远远地则传来神庙祈祷祭祀的音乐，有时附近的猴子一家也会爬过窗栏偷吃食物。就算是在恒河吹进的风中远眺河景也是种享受，不知不觉就想待久一些。总是有不可思议的事情发生，惊喜与惊吓伴随着出现，而楼上久居数月的外国朋友们又开始拨弄乐器唱和了起来，慵懒与随兴不知何时布满全身，也许在阳光温过的被单上稍微悠闲一下也相当不错。

恒河浮世绘

我们落脚的 Santi Quest House 一天提供两次免费恒河游船，我们预定了早晚各一次游船行程。虽然仅走最受欢迎的河段，但每次乘船的感受都不尽相同。

在依靠恒河生活的印度人中有以船为家的船夫，无论个体户还是受雇的人们，夜晚都围条毯子睡在船上，清晨时分起船开始揽客，一整天喊着“Boat!boat!”“Do you want boat?”，在拒绝与接受间一次一次划着船过日子。年纪小的，10 岁出头的孩子就开始划船揽客，而更年幼的八九岁孩子则划着单人小船贩卖鲜花和蜡烛，也算生于斯长于斯的水上人家吧！

日出前的渡船行。

老人与老船。

船沉不怕……把水弄出来就行了（印度人超乐观的啊）！

↑ 印度人生三大事——出生、结婚与死亡，在恒河边循环不断。这群远到而来的人们，盛装来送亲人最后一程。

恒河的冬季总是雾气缭绕，我们在清晨时分走至南边的 Asi 河坛，乘上小船，期盼今日能有缘一窥恒河日出。船桨在微暗的水面轻轻摇荡，人力划桨的咯吱声在此刻的安静中似乎带着回音。薄雾蒙蒙间天色转白，无人居住的东岸天边慢慢漾起温暖色调，更多的小船加入了早晨的水面，人们一早乘着各式各样的船，就是为了感受恒河日出那宗教般的安静和祥和。在每天的日出与日落之时，总有为数众多的人在此沐浴、祈祷，也有人在洗衣、工作，各人做各人的事，上游的洗衣河坛与下游的沐浴河坛彼此并无冲突，无论如何，“恒河是神圣而干净”的心理深植印度人心中，就算旁边的阿公在洗脚，周围的人仍然若无其事地取水刷牙……

小船晃悠悠地绕啊绕，天竟已白亮，在雾气缭绕间，太阳直至 7 点才缓缓登场。阳光映照着河坛边各式的印度教神庙，面向东方祈祷的人们显得特别凝神而专注……这座两千多年来的永恒之城，今天仍和过去一样——日升日落，恒河也继续承载着人们的愿望，滋润着土地与生命。也许再过个两千年，永恒之城仍如今日一般在历史与深厚的文化中继续存在，仿佛未曾改变。

恒河游船的精华时间为日出与黄昏时刻，庄严的日出让人感动，每天黄昏6点半开始的祭神仪式则热闹非凡。

经过恒河日出的洗礼，当天夜里我们与几个刚认识的外国朋友共坐一船，一位同船的法国友人买了一袋祈福蜡烛，逐个点亮，布置在船边，让船上围着一圈温暖的烛光。入夜后，水灯般的蜡烛被放在暗黑的水面，火光随着水波飘荡而去，在黑暗中，一道道光之轨迹划下我们船行的痕迹。在安静的夜感受宁和的烛光，与朋友们谈笑风生，每当有人唱起了歌，众人便以掌声相应，在夜色的恒河上，人与人的距离似乎紧密了许多。

晚上6点半，河坛边有为时40分钟的祭神仪式，仿佛一场印度式的音乐、舞蹈表演，而河岸与河上所见感受竟截然不同。在船上看着面对恒河展开的仪式，仿佛我们就是接受那赞礼的主角，周围为了祈愿而摆在水上漂流的蜡烛微光，像是一朵朵开在黑暗河水上的金黄色花朵。河岸祭坛也因祈祷仪式而被装饰得灿烂光亮，随着仪式的进行慢慢进入瓦拉那西的夜。当仪式结束踏上陆地时，人潮已然散去，刚才鼎沸热闹的一切如水面上的烛光灭去。这就是它的日与夜，不同的风华。

↓ 夜里的祭坛。

↑ 瓦拉那西最热闹的河坛，人声鼎沸。

瓦拉那西沿着恒河边坐落着各式河坛，属性功用也各自不同。达萨瓦梅朵河坛（Dasashwamedh Ghat）每晚都举行印度教祭典，庄重华丽；拉利塔河坛（Lalita Ghat）为全民洗衣场；亚西河坛（Asi Ghat）是露天沐浴场；玛尼卡尼卡河坛（Manikarnika Ghat）和哈瑞士禅扎河坛（Harishchandra Ghat）则是属于告别的火葬场……河水由南向北流，人群交织出一幅鲜艳生动的印度浮世绘。

机动性十足的路边摊，有时会尝到意外的美味。

一盘 9 元。

抱着必拉的决心，勇敢尝试各式路边摊！

热情又害羞的老板。

性与谎言

抵达印度后，到达的第一座城市加尔各答是一个人口数与台湾相近的巨大都市，嘈杂混乱，接下来的菩提迦耶和王舍城，则或因法会人满为患，或因正举行印度教庆典而热闹非凡，千年之城瓦拉那西也只有清晨与深夜才稍微安静些。在踏足克久拉霍（Khajuraho）前，对印度的记忆里没有安静与和平，踏足之后则发现原来印度还有这样安静与舒适的小镇（旅行才开始没多久，见识浅薄啊）。

完美的骗局？

小镇虽小，该有的一样却也没少（怎说也是观光盛地），乞讨的小孩与永不放弃的嘟嘟车司机依然围绕身边。安排好住宿后，随性地在旧街小巷中漫步，闲逛时认识了一位印度年轻人（自我介绍是刚毕业的大学生），热情地要引领我们认识克久拉霍，直说不收费只是想交个朋友（还说自己是信“甘地”的，满嘴爱与和平），于是犹豫间仍与他同行。在他引领下，我们看到了绿色原野上金灿灿的油菜花，也看到了油菜花下的宁和夕阳，参观完南侧寺院后还被招待去他家里喝茶，席间他介绍了他当小学老师的姐姐以及她所在的学校，照片里是破旧的校区与贫

↑ 这家伙是个彻头彻尾的职业骗子！

苦的孩童，还有一些外国朋友的合照与外国义工服务的记录。言谈间，年轻人期望我们也能捐助一些，让小孩有书念，摆脱贫困（我们捐了100Rs）。太阳沉落后，三人漫步在乡间，有星光与月亮陪伴，年轻人谈到今晚有亲戚正巧举行婚礼时，便邀请我们参加，并在愉快的气氛中约定晚些时候来接我们前往会场。

回到旅舍后，脑袋也清醒多了（下午的时光太过梦幻了），开始思索这约会是否安全，是否该前往赴约。同行的大陆朋友觉得危险，建议不去赴约，而我们询问旅馆工作人员时，他则暧昧地说他们不认识这个“亲戚”（聊天中年轻人曾说到与旅社老板是亲戚关系）。什么是真？什么是假？担心遇险又怕错过这印度的当地婚礼（各式可口的印度食物、当地的舞蹈、充满欢乐的场面），若是在完美的下午体验后以不告方式突然失约，将永远留下一个问号在心中……真相到底是什么呢？

在两难下找到了印度特别设立的“观光警察”，正好相机中有下午拍的几张合照，问了警察几个问题——

“这位女士是附近的小学老师吗？”

“这位年轻人是刚毕业返乡的大学生吗？”

“今晚在这附近有举行婚礼的人家吗？”

随着问题一个个被解答，渐渐深入了真相的核心。

“这家伙是个彻头彻尾的职业骗子！”

真的有学校，但那所谓的姐姐只是个农夫，而这个所谓的大学生更是个终日游荡行骗的家伙，正不知该如何处理善后（真相冲击性太强了），警察猛地站起身来，拍拍他的配枪大声说：“不用怕，让我来抓住他！”约定晚上会合时，人一到就打电话，他则马上赶过来将他现场抓个正着（有没有这么戏剧化啊）！

好啦，接下来可真是紧张啊！回想起美好的下午（回想起来，真庆幸茶里没下药），接下来可是要堂堂正正撕破脸了。约定时间终于到了，这位仁兄也出现了，我负责闲聊拖延时间，妹妹负责打电话，不料此时先是手机号码不对（警察先生您的字也太丑了吧），接下来手机竟然选在这个时刻没电了！而与旅店人员借电话，一时间也讲不通（也担心他们维护“同乡”）。时间一分一秒过去，在前面拖延时间的我已经没词了……

到了最后，拖了40分钟终于撑不下去，只好放弃摊牌，道歉说不去赴约，将此事作罢（还是有多一事不如少一事这种也许不值得鼓励的心态啊）。最妙的是，骗子前脚才走，像是套好招似的警察就突然出现了……大哥您在拍电影吧，一定要这么“准时”吗？原来打电话时拨通响铃了一次，但还是迟到得太久了，莫非是“算好的”吗？

事情告一段落，去吃晚餐的路上，一伙人兴味十足地聊着（至少真相大白后心里轻松多了），克久拉霍的第一天还真是充实丰富啊（附加紧张与悬疑）！

印度性庙

经历了电影情节般的昨天，今日就回归到较“正常”的行程了，参观了克久拉霍神庙群。我们花了250Rs进入保存最好的西庙区（也是唯一要收费的区域），在柔和的朝阳中，高耸的印度庙堂建筑显得神光充足，建筑边上装饰着一圈圈密密麻麻的各式印度神祇雕刻，而此地最为闻名的“情色雕刻”也确实找到了（数量并不太多）。有趣的是，许多观光客都像是寻宝似的在密集的雕刻中找寻，一旦找着了还会呼朋引

↓ 性庙到啦！

↑ 美丽的雕刻。

↑ 神态各异、各有特色的雕塑。

伴指指点点，而此类行径最张扬的竟是印度本地人……撇开闻名的性爱雕刻不谈，园区整体而言皆是气度不凡的雄伟建筑，而细看每座庙宇的样式与雕刻皆有些许不同。根据供奉的神祇不同，庙宇功用也有差异，但成为“观光园区”的现在，或许宗教上的价值已低于供人参观、游览的旅游价值吧。

近中午时离开了园区，一伙人在旅店内弄了锅蔬菜汤，配着生菜、果酱做成的三明治，还有几种饭后水果，享用了难得的清淡口味之余，慢慢地吃喝闲聊，说说笑笑谈着各人旅行发生的趣闻，还沏了几次茶。炎热昏沉的午后，看着远处印度人的板球比赛，享受着悠闲的时光，就算仅仅捧杯茶坐在窗边吹着风也很舒服。旅途中总是一次次地相遇与分离，宴席会结束而未来的相遇就留待缘分来解答吧！

在克久拉霍随意游走，很难想象此一小镇曾为公元 9 世纪昌德拉王朝的首都，让它在 21 世纪依旧没被人遗忘的是那千年后依旧耸立的印度神庙群。寺庙墙壁上精采绝伦的雕刻，包罗万象，生活百态让人叹为

↑ 上面的“招式”请先练好瑜珈再来。

↑ 有“特别加料”的一面。

观止，但最让人津津乐道的还是那神乎其技的性爱雕刻，千姿百态，各显娇媚。在神庙特有的庄重威严下，人们不会有想入非非的念头，而是更钦佩那千年前的艺术家。

→ 看了会害羞的性庙。师兄弟三人客串“非礼勿听、勿看勿说的三小猴”。

“Problem” is “No Problem”

印度有两件“No Problem”的事闻名国内外：

1. 误点正常化的大众交通系统。

2. 办公缓慢化的政府机关。

火车误点在行车距离没事就超过几个台湾的印度（一跑就几十小时几千公里）是“合理”的事情，本身步调就缓慢，又停靠大量车站，加上各种莫名其妙的突发状况，如何能精算时间？

范例 1：预定凌晨 5 点半抵达车站，搞得你紧张兮兮地 4 点 50 分就起身，结果 5 点半下车后却发觉离“说好的月台”还有几百公里远，身处一个全然陌生简直是外星球的诡异小站……

范例 2：原本预定在第二月台 8 点半开车的长途火车，却在开车前 20 分钟通知没有“确切的到站时间”，于是开始了一场没有限制与尽头的“等待马拉松”，过了数小时才发觉已改到了第十一月台发车，于是苦哈哈地背着行李走过 9 个月台，突然发现又换回了第二月台……

在一次又一次的误点与意外后，你将领悟到就算骂遍在场所有的工作人员，诅咒印度怎样又怎样，投诉所谓的“上级主管”，扬言要谁来赔偿你的损失，或是苦苦哀求加上暴跳如雷，做遍这一切没有意义的事情后，你会发觉火车总是会到，而只要上车总是可以抵达你想到的目的地，于是所有的“Problem”又变成了“No Problem”，最重要的是，目的不是达到了吗？

于是看开了，融入印度的节奏后，反倒得到一种“无所谓”的放松，这些等待所产生的额外时光都是旅途中的一部分，既然无论怎样都会发生，那么有什么好忧虑的呢？

而相同的步调放在政府机关会发生什么事？9 点开门的邮局，10 点工作人员才喝着奶茶慢慢出现，一两个人悠悠地走进邮局，让你分辨不出这些仁兄是来上班还是来闲聊……好不容易有人坐定位子准备开始工作，一问之下才知道光是想买邮票还需等到专门负责卖邮票的“专员”到来才能开始（好细的“专业”分工）。也因此，“等待”总是生活中的一部分，习惯了其实挺有意思的，坐在早晨的邮局长椅上看着来往的人群，猜测下一位是不是那位卖邮票的先生，顺便与一旁同样在等待的人们闲聊，时间到了人也来了，总能买到邮票，那么一切不是也都“No Problem”了吗？

这样的“No Problem 文化”相当深入人心，当在瓦拉那西望着恒河想来一下“圣水浴”时，问问旁边的人们，他们肯定会回答你“No Problem”！或是买了一串香蕉放进袋子才发觉下面有一半烂掉时，质问老板时，老板会眨眨眼换几根给我们，再丢上一句“No Problem”。相同的情况也发生在炒饭里面有小虫啦，浴室漏水啦，买东西找错钱等等，总而言之，只要发生任何莫名奇妙的问题，印度人总会展开他们天真灿烂的笑容，然后说“No Problem”，然后 everything will be ok（一切都好）！

守洋芋片的小守卫。

印度豆子汤。

自从瓦拉那西遇到后，不断在路上“巧遇”的法国情侣。

potato chat 马铃薯色拉混香料，极品！

宁静善良古城欧恰

↑ 自行车出租店的少年，家里有一头看起来很害羞的小羊。

有个地方总是听人提起，谈到的人莫不以安静、美丽、和善种种美好词句加诸其上。这地方你无法搭火车抵达，由克久拉霍出发，只能历经 5 小时的公交车后再转乘出租车走过 10 公里的乡间小路，方可见到像是旧城堡的拱门。盘踞各个山头的是大小城堡，穿插其间的是尖塔耸入天的印度神庙，而一处河流间的沙洲台地上竟盖了栋扎扎实实的巨型城堡！绕了一个早上竟还无法看尽，此堡所占范围与所具风情，着实雄伟慑人！

← 观光客不太多的小镇，还保留淳朴与原始的一面（家家户户捡柴烧）。

古堡巡游

日出时分的阳光映照在城堡上的光影会是怎样的？为了找到答案，清晨 5 点半早起缓慢走到城堡的门口，嗯？门没关，售票厅也没开，抱着“能走就是赚”的心态漫步到城堡边缘。坐落在河流台地的城堡规模宏大，光是周边各式庭园、马槽，或是专供舞娘居住的楼房，就一座座卫星般围绕着城堡。也许天色尚早，仅有我们步行其间。灰蒙蒙天色下各式陈旧破损的建筑物更显出历史痕迹的厚重与阴郁，转了几个弯，终于绕进城堡的前头，爬上古时哨所的屋顶，真是一个天大亮前适合坐下来吃吐司（旅行必备好早餐）的好地方！带着野餐的心情慢慢吃着自制三明治，看着城堡口的大象雕塑随着日光角度慢慢变化的光影，终于，那破开阴云的阳光洒下了活力。在光线注入后，这座在阴云里失去生气的城堡终于打起精神。早餐过后走进刻满大象的正门，鼓足勇气踏入没有照明的城堡内部（很暗很阴森啊），几个转角后进到了堡内的中庭花园，果然是个雕梁画柱、霸气十足的城啊！

↑ 从远处望去都是城堡与神庙建筑，密度之高让人惊奇。

走在城堡内，盘旋而上的楼梯到了顶部，发觉这巨大的城堡里还是我们两人独享，仿佛闯进时光停滞的空间但其间的人们已消失不见，古堡里踏踏的脚步声响起回音。想象这里曾有过的光辉过去，虽然并不了解它的历史，但尽可能地靠近它的现在，而脑海中编织出的故事（大象王国的城堡之类乱七八糟的故事），也许在未来得知它的真面目后，会益加有趣而生动吧！

有趣的是结束巡游离开时，门依然没关但售票厅倒是开卖了（门票要 250Rs 啊！我俩整整逃了 500Rs 的门票……嗯，早起的鸟儿有虫吃），排队的游客也陆续要进场了。古堡的一天现在才要正式开始，这种独享城堡的体验真是可遇而不可求啊！

游完克久拉霍小镇之后，意外地找到一个更安静更适合待一下的地方——欧恰（Ochha），散步其间，像你伸手要卢比的小孩更少了，

↑ 也许是刚看过性庙，在城堡边上血气方刚的猴子开始上演传宗接代活动。

跟他们互动之后不用担心事后被收取费用……在瓦拉那西和几个小孩拍照玩闹一阵后，分开时就是一只只伸出的小手，“五卢比”“五卢比”地喊着，让人再也难以信任与你互动的小孩，总怀疑他们别有目的。总而言之，欧恰是个舒服安静的好地方，欢迎来走一走。

随着一车谷物在小路上颠簸跳动，带着开朗笑容的农家少年在路口“捡”了我们，在比手画脚嬉笑中翻过几个小山丘后穿过城门，到了中世纪古城欧恰。这里不大，却有宫殿堡垒和古庙，外加一条倒映着尖塔的清澈见底的河流，有种与世隔绝的宁静。

→ 画在墙上的各式广告。
↓ 除了捡柴烧，打水也要自己来。

↑ 不过柴烧多了，空气不太好，日出也只能看到雾蒙蒙一片。

欧恰传奇

“Ochha”的语意为“隐秘之地”。它曾经是印度小王朝 Bundelas 的首府，但 21 世纪的欧恰只是一个有许多遗迹的小村庄（这一点和克久拉霍的命运相同），不过它的周围仍存留许多保存尚算良好的宫殿与神庙。

欧恰建城于 1531 年，从那时起就是拉其普特王国的首都，直到 1783 年才被 Tikamgarh 取而代之。1605 年至 1627 年此地建造了最雄伟的占西（Jhansi）城堡。

↑ 小城欧恰地图。

而欧恰的黄金时代是在 17 世纪上半叶。蒙兀儿的皇帝曾在 1606 年驾临此地，还为此专门建了座 Jehangir Mahal 宫殿。但几十年后，此地却被后来的蒙兀儿皇帝攻打。见证了历史的兴衰之后，现在的欧恰也回归到了它原本名字的含义“隐秘之地”，值得旅人停留几天，安静地感受这里蕴含的文化与宁静（在印度超难得的，请好好把握）。

现煮的鲜奶与茶。

路旁水沟就是洗碗盘的地方。

印度 Chai= 奶 + 茶 + 糖，免洗陶杯喝完请随地摔碎。

阿格拉之
墓仔埔一定要去

无论哪本印度旅游书，有三座城市肯定被列入知名度前五名的决选名单。

新德里（New Delhi）：现今印度首都，历史的沉积与现代化的绝妙融合，新旧德里（Old Delhi）间，一座城市，两种不同的风情。

阿格拉（Agra）：泰姬玛哈陵（Taj Mzahal），千年不灭的浪漫传奇、世界奇观，不可不看印度最美丽豪华的坟墓。

斋浦尔（Jaipur）：粉红城市，百分百粉色系的超级 shopping 天堂。

想起前往斋浦尔时，火车上的印度人曾反复地告诫：千万别相信那里的商人，千万别买那里的珠宝，千万要小心！

上述简介仅是这三座城市精彩繁复的百分之一，事实上，三座城市各据一方，恰巧形成三角形，人们将此统称为“观光金三角”（个人认为“观光”二字太适合套在这金三角上了）。由于交通便利，因此，无论是短期旅游体验印度的朋友，还是浪迹天涯一走数月的背包客，总有各种理由来到这里。

因为太受观迎，印度各地甚至世界各地的人们涌进城市，因而孕育出庞大的观光需求，各式各样赚观光财的生意也就在城市里蓬勃发展。

↑ 在阿格拉贪玩骑了人力自行车，结果车夫就再也不骑车了，只见妹妹汗如雨下……贪玩的结果挺辛苦的啊！我们还被车夫载到各个卖场被强行推销。只能说便宜莫贪，要去哪里不可以被车夫给左右！

但是我们认识的朋友们，一听到这三座在我们旅程计划中的城市皆面露凝重神色，口里说着"要小心哪"，接着便分享各种光怪陆离的故事，仿佛都是魔法般的骗子戏法或是强取豪夺的恐怖都市传说。传说中，这三角里聚集了来自全印度各大门派的骗子好手与精英，无不等着在旅游季节里磨刀霍霍将各国肥羊大宰特杀，还有开玩笑的说法，比如乡下小骗子的阿格拉发财计划，以及"观光金三角"其实是"邪恶三轴心"之类的夸张说法。

带着前辈们的心理武装，旅行终于走到了这里，打起十二万分精神的我们能躲过各地骗子高手的袭击吗？我们能够带着完整的皮包与行李顺利存活吗？如待宰羔羊般的我们能成为超级背包客吗？

随处皆可睡之"厕所睡不睡"？

带着在欧恰休息充足、电力满满的状态，我们和当地人一起创下 16 个人搭同一台嘟嘟车的纪录晃到了占西（Jhansi），然后搭乘夜间火车前往下一个目标——拥有浪漫传奇泰姬玛哈陵的阿格拉。

才到占西，就被久违的车潮与随之而来的声浪所震慑，在安静的地方待久了，再回嘈杂现场有点让人难以适应。而晚上 11 点才开的火车，让我们经历了长达 8 个小时的漫长等待。也许是靠近印度“观光金三角”区域，下午 3 点多，火车站已是人满为患。在站里寻找对抗漫长等待时光的“抗战据点”时，终于在推挤不断的战斗中找到了最低等级休息室的两个位子。是的，终于找到两个空椅子，虽然位子在公厕门边，但所谓“站着不如坐着，坐着不如躺着”，我们还是坐了下去。过了一阵子后就理解为何这是唯二的空位了，随着捧着肚子的人们进出，厕所里飘出的“味道”也各有层次。啊，这位阿伯中午是吃鱼肉咖喱吧，海鲜味真浓啊；哎哟，这位大哥你也行行好，声音也太大了吧！除了声音与气味的“双重享受”外，由于是付费厕所，门口提供洗手液，众所皆知，印度朋友一向以象征“不洁”的左手从事卫生纸的工作，于是听完音效后会看到一个个左手握着谜之物的印度朋友到门口洒洗手液。啊啊，这位手上还沾着血的大哥擦太大力了哦！唔，这位先生，路上都是你滴下的黄水滴了，啊啊啊……这样的情形在一位左手紧握黄色块状物的大哥不慎在门前跌倒时达到最戏剧化的高潮，那飞跃的黄色仿佛自由奔放的青春啊……

不忍再看这一个个震撼场面，心里念着古人说的“入鲍鱼之肆久而不觉其臭”“天将降大任于斯人也，必先苦其心志”等撑了下来。也算是旅程中随处皆可睡的心法修炼小有成果，这样的环境，我们居然也能围着头巾沉沉睡去。睡到晚上 9 点多，感受到微微的异样，醒来赫然发现休息室里除了厕所门前，其余区域已横七竖八地躺满印度人，好像每个人都随身配备了纸箱和毯子，看着脱满一地的各种鞋子，发觉空气里弥漫着另一股带有乡愁的味道，啊，那不是市场里的咸鱼味吗？小小的休息室里怎能容纳如此强烈与多样的味道？1+1>2 的味道混合在通风不良的室内，形成一股嗅觉的暴力，瑟缩在角落的两个台湾人就像迷途小羊羔般在这阵“风暴”里载浮载沉，终于再也撑不下去，踩过人与人的间隙“逃”出门外（货真价实地臭到夺门而出）。室外的空气原来是如此清新迷人，而深夜 11 点的火车总算是快到了。

深夜寒冬无座卧铺

一上车才发觉手上的硬卧铺位竟是后补车位，我们在长达 20 多节的车厢里来回奔走，希望找到能暂睡一宿的位子（花了卧铺的钱只能睡

↑ 更晚一点，这里将人满为患……
→ 我们坐位的视角，绝佳的观赏角度。

走道也太悲惨了)，可爱的印度乡亲硬是挪了一个床位给我们（感谢那两人挤一个位子善良的印度夫妇)，兄妹俩头脚相对窝在一张一个人睡都嫌小的卧铺上，抱着大小行李，连将睡袋打开来的力气都欠缺，像是晕倒般睡去。12 月中旬的印度，夜里气温骤降，由窗隙间灌进的冷风直往脖子里钻，头朝走廊睡的我冷得直打哆嗦，好冷啊！半梦半醒间带着发抖的身躯，终于在凌晨 3 点 45 分（完全没睡够）抵达阿格拉火车站，阿格拉的漆黑夜色让心里蒙上一层不安……天亮前就在月台上消磨时间吧。没有获得安歇的疲累在身体里累积，风依然寒冷而身体渴求着睡眠，抬头看着月台的英文招牌，至少我们可以大声呼喊:“阿格拉，我们来啦！”

好个泰姬玛哈陵！

六点多天微亮，一出车站就被层层包围，阿格拉果然是一级战区，

↑ 在火车上过了痛苦一夜，下车只见众鸟纷飞……

凌晨四点就有一群司机堵在门口，不放过任何空隙，我们施展国粹打着太极一个个挡开司机，“no”“no”重复得像首歌。软豆腐人人爱，硬骨头没人要，慢慢地，人潮退去，只剩一两个硬要吃早起虫儿的司机不放弃。在公交车未开前的凌晨也只能选一个司机前往天亮前的泰姬玛哈，最后选择了一个看似老实、口口声声说有长期观光合作经验的老司机（人不可貌相的道理，当下我们全忘了）。不料，一上车就开往反方向（我们手里正拿着地图与指南针哪），开不到 3 公里就被载到一间破烂的旅舍前，想“说服”我们入住，此时此刻……阿格拉的传说拉开了第一页。虽然还是嫩，但我们也不是第一天在印度混啊！

手上拿着有力证据（地图与指南针）反复表达这不是我们要去的地

方，一脸不满的司机嘟囔了几句只得开车……事情告一段落了吗？没有，接下来虽然方向正确（指南针不会骗人），可司机嘴里不断念着此时全城没有空房啦、价格太贵啦、我推荐的准没错啦之类的话，重复了再重复，不断在城市里绕着圈子往好几家旅社里送，而推荐的房间实际状况如何？除了地点极差还破破烂烂！这种货色开价就是 400Rs 起。几番折腾后，天空慢慢泛起鱼肚白，而泰姬玛哈陵的日出越行越远，最后摊了牌，摆明绝不可能入住后，在全然陌生的城市中央下了车，再拦了一部出租车，才真正抵达……好一个金三角的第一份受骗见面礼！

到达泰姬玛哈陵后找到了附近的住宿地（走路到玛哈只要 5 分钟，房价也只要 200Rs），在天亮前顺利赶上日出时朝圣传说中的泰姬玛哈陵，门票是印度最高价——1 人 750Rs。相信大家在课本、电视、网络等众多媒体上，都曾不只一次看过泰姬玛哈陵的面貌，如果已经看过了多次，那么为何要去现场看？还看得不够吗？更有人说去那种人人都去的地方有啥意思？话不能太绝对，都说是世界七大奇迹之一了，是有它的道理的。

没错，他们说得都对，都有道理，但是他们仍然没有亲眼看过，没有看到过在蓝天下从各种角度闪耀出不可思议的光芒的泰姬玛哈陵，没有看到过水面倒影里完美无缺的大理石，没有看到过由内到外皆是匠心独具、秀外慧中的美丽“大地上的永恒泪珠”，原本以为会有“嗯，和图片一样”的心情，但是当你走到了它的跟前，只剩下赞叹与感佩，除了在这里感受它，注视它，别无他法全然领受它的风华。在宽广的园区里走着，每次的回头与转身就是一次震撼，如此不可思议的泰姬玛哈陵，到了阿格拉怎能错过她，怎能轻言放弃离开它？

永恒的泪珠

泰姬玛哈陵是蒙兀儿王朝第五代皇帝沙迦罕为了纪念他已故的皇后慕塔芝·玛哈而建造，费时 22 年、动用两万名工匠用纯白大理石打造，内外镶嵌着精致的宝石组成的花草图腾，墙上装饰着伊斯兰经文，结合了中亚、波斯和印度本土的建筑风格，为蒙兀儿王朝的代表作，也是世界遗产、世界七大奇景之一，被誉为“完美建筑”。印度诗人泰戈尔曾经形容泰姬

玛哈陵是“tear on the face of eternity（脸上的永恒泪珠）”，象征了它所诉说的爱情故事。

恒久的千年爱情故事，泰姬玛哈陵散发着无与伦比的美丽，有对情侣在其中忘情地起舞旋转，空气中弥漫着爱的气息。这就是爱吗？

老板开心地教我们念印度小吃名。

不论咸甜，油炸食品极为普遍，好处是一杀菌二快速。

现做马铃薯煎饼，有趣的是，老板和老板娘做的差很多。

德里新与旧

↑ 非常拥挤的地铁站！

虽然看到泰姬玛哈陵很开心，但前些天在寒冷的夜班火车上受了风寒，肌肉酸痛，身体畏寒，抱着元气大伤的身体在混乱的月台搭错了火车，除了多绕了几小时，还在车上被查票人员罚了一大笔钱（310Rs）。果真是福不双至祸不单行。但黑暗之中仍有一丝光明，在火车上认识了一个阶层为刹帝利的印度医生朋友，这位新朋友也不知是身上贴有标签还是区别真有如此明显（衣着、肤色、行为谈吐与四周的印度人的确不同），在车上走动的各式乞讨卖艺的人们一看到他就双眼发亮围绕其身边，不给钱绝对不走，一趟数小时的火车行程，不断上演乞讨与施舍的戏码。昏沉间，终于到了德里，一下火车就感觉是座拥挤且复杂的城市。在印度朋友的带领下坐上了德里的地铁，突然有种如台湾一般的熟悉感，不论月台还是车厢，竟与台北的地铁有诸多相似，虽然车上拥挤的程度远超台北，但坐着坐着竟幻想下站是否会在台北车站停车？德里的地铁最让人印象深刻的不是它的新颖快速，也不是从四面八方涌出的大量人潮，而是进站前有如坐飞机般严谨的安全检查，搜身、

↑ 早上到了德里正好碰上他们的路跑活动……超有趣！

金属探测、查包，一样都不少。

↑ 德里的精神指标之一：印度门。

旧德里与新德里

1912 年，德里取代加尔各答成了英属印度的首都，同时开始于德里南端建造新的城区——新德里。德里和新德里相距一条亚穆纳河，两者之间的德里门同时划分出历史与现代两个世界。新德里以康诺特广场（Connaught Place）为中心，街道呈放射状向外发展，各式的交通工具往来穿梭，政府机关、现代化高楼和商业中心林立，为印度政治、经济、文化中心和交通枢纽。印度门（India Gate）是为纪念第一次世界大战牺牲的军人而建的，上刻有他们的名字，为新德里的地标。相较于新德里，位于德里东北部被称为历史大观园的旧德里显得古意盎然，处处散落着遗留千年的遗迹，人、牛、车全走在细密交织的街道，拥塞中乱中有序，五花八门的狭窄店铺组成七彩的街景，空气中尽是烟尘和喧嚣的车马声。新旧之中，贫富之间的距离更加明显，走在传统与现代并存的德里，尽是时光交错的不真实感。

神奇藏族区

在到德里之前，向路上的背包客借来 Lonley Plant（寂寞星球，简称 LP）出版的旅游书翻阅，书里大力推荐位于旧德里北方的藏族区住宿，书里不但形容该地拥有最高的性价比的宿舍，还是个探访城市的好地点。但去那儿地铁还需要转乘，再搭嘟嘟车，花了不少工夫才抵达（交通不是很方便，但我们还是傻傻地去了）。就像是美国的唐人街一般，这里就是印度的西藏城。走进该区，四周人们几乎都是西藏脸孔，街道巷里转着经轮的喇嘛，一个转角就出现的西藏寺庙，四下聊天的人们，无一不说着藏族话，四周卖的也是西藏风格的生活用品，坐在一间小店里吃着西藏水饺，这个瞬间好似脱离了印度而不知身处何方了。

按图索骥地寻找 LP 里得到极高评价的旅馆，书中形容它除了良好温馨的民宿式服务外，还会带领你感受西藏文化，重点是价格还不贵（书上写着一晚 250Rs）。几经努力，终于找到那传说中的民宿，但进门一问却大吃一惊，不但价格昂贵，柜台人员更是一副冷冰冰的语调。“房间？没了！”头都没抬一下，话超精简。之后正巧有人要提早退房，想将房间让与我们，正高兴时，柜台又说话了：“不可能！450，你们要不要？”还是连头都没抬一下，真是酷。我们在柜台前 10 分钟，居然只看到她的抬头纹，真正见识到 LP 推荐之后非凡的破坏力，难怪 LP 要年年改版，就是因为绝对的推荐让人绝对地改变啊！可以参考旅游书提供的交通信息、地点简介和历史背景，至于餐厅或是住宿推荐……

印度种姓制度

属于对社會群体的宗教划分，种姓职业世袭，互不通婚，不共食，不并坐，严守界限。

四个种姓有四种颜色代表：

婆罗门（白色）：人与神之间的联系，社会地位最高。掌握神权，包括祭司与知识份子。

刹帝利（红色）：掌握神权之外的一切权力，负责司法与统治，包括武士与王族。

吠舍（黄色）：属中下阶层，包括商业、手工业。

首陀罗（黑色）：包括工匠与奴隶。

排除在四个种姓之外，被视为不可接触者或贱民，包括战俘及不遵守种姓制度而结合的人，从事清洁秽物的工作，沒有地位可言，最受鄙视。

印度“圣雄”甘地反对阶级制度，称贱民为“神的儿女”。

德里车票疯

每年 10 月至来年 2 月是印度的冬季，同时也是旅游的旺季，而德里身为北部第一大城，交通吞吐量极为惊人，没有任何特定计划与预订车票的我们，就在这里切切实实感受到哑巴吃黄连——有苦说不出啊！

两张德里往贾沙梅尔的车票，竟用了我们整整一天，先是坐车换地铁到新德里火车站，发觉堂堂首都的火车站里居然没有专为外国人开设的窗口（似乎整修中），只能与一群印度人排队无可奈何地等着。无聊之余与身边的印度人聊天，恰好碰上一名亲切的印度人，指引我们坐嘟嘟车前往政府开设的代理店购买车票，还好心地“强调”车费只要 10Rs。正想着车资便宜时，到了店里却感觉像到了旅行社，进到一个小隔间，问了几句火车票，就说远到月底都没票了。接下来开始舌灿莲花般推销豪华巴士行程……一路省吃俭用到了这里却买了个豪华行程，我

↑ 德里的嘟嘟车还真不是盖的，诈骗技术每台都一模一样！

们是傻了吗？随便开价竟高达48500Rs（我们一个月都花不了那么多）！还以为多看一个零，揉揉眼才确定自己没看错……莫非吃山珍海味兼住皇宫？正想离开店里，又有一个亲切的好心人说“那家是假的啦！给你指一家真的”，结果又是10Rs给载到另一间号称政府开设的代理店，一样没几句就说没有车票，然后又开始促销巴士行程……有没有搞错，原来德里有这样运作的SOP（标准诈骗作业流程）啊！自己拦了台嘟嘟车，说好回车站结果又停到了一间店前，说这是专为外国人开设的代理店……一次两次，接二连三地让人只想大笑！怎么招术相同，连讲的话都一样。我们强硬地要求马上就要回到车站去，司机才悻悻然送我们回到车站，这下车票总可以顺利买到了吧？

到最后一家店时，连老板都看不下去我们到处奔波的疲惫样子，要司机放弃游说，直接载我们去车站买火车票。这下该买到了吧？

错！排了两三个小时的队，挣扎到窗口，只听到“这票只能到旧德里车站买”，原来车票还分新旧车站购买！我们只能摸摸鼻子再到旧德里，重新排了两三个小时又到了窗口，这次是“这个要到另一个窗口填单”；接下来再到另一个排满人的窗口继续等待，到了窗口却又再次宣告死刑，“这个需要到另一个窗口”……是被诅咒了吧！没人卖票给我们吗？认真问了几个当地人，还跑去问警察，可是从警察那儿也得到了不确定的答案。“我想这是因为要到新德里吧？我也不清楚……”反正警察的任务是维护治安保护老百姓，不了解怎么买车票也可以理解，最后他只指向了最后一个窗口（应该说“一排”）。整座大厅的空间，一排窗口后都是一条人龙，长度如贪食蛇般绕满整个大厅，原本就身体微恙的我在拥挤与通风不良的环境中，感觉就像在经受一场酷刑，但充满光明的窗口就在眼前，一定得坚持到底！随着人龙的往前推进，人口密度随之增加，空气也更加污浊与沉闷。两个小时后终于站到窗前，妹妹正要购

↑ 在藏族区找了老半天，终于有地方住，因生病躺在床上动弹不得。

票时，我突然眼前一片银星闪过后一阵发黑，浑身汗流不止呼吸不畅，几乎要当场倒下，心想这就是晕倒的感觉吗？总算买到了车票，在摇晃间撑到了外头。坐下仔细一看，为何打着今天的日期？我们要坐的是明天的火车啊……在德里买车票还真是挑战极限，得克服重重障碍啊！

硬撑着挤出人龙，一直排在我们身后的印度人喊：“你们现在需要去医院，而不是坐火车啊！”

18 小时疯狂二等席

经历排完车站里所有窗口的挑战后，带着今晚发车、18 小时后抵达终点的二等座席（最低等的车厢）车票，拖着虚弱至极的病躯，真的要挑战印度火车旅行的“最高殿堂”吗？既来之则安之，还是得好

好珍惜卖命得来的车票。看着各国旅行者或是经济较佳的印度人上了各等级卧铺火车，我们呢？背着所有的行李跟着如浪潮般的印度人“挤”上了二等车厢，运气还不错的我们挣到了一个靠车门的小空间稍微安身，在前几站还有聊天的闲情，心想传说班班爆满的二等车厢也不过尔尔时，一切，开始风云突变。出来混了这么久，还这么天真也算不容易啊！

不知道是从哪一站开始，人群疯狂涌进车厢，我们坐的位置虽然不紧临月台边，但每停一次还是有疯狂的拍门声与一连串听不懂的印度话由身后传来，身旁也身陷人潮、动弹不得的印度人用眼神与手势示意我们不要理会，于是每停一个站，我们背后的门就会传来一次次强烈的震动，不过很快就连想开门都没有办法了。虽然我们仍蹲坐在行李上，但眼前已站满了人，你可以想象好几个印度男人的屁股就离你的脸不到两厘米吗？要知道印度人上完“大号”是用手随便擦擦就完事

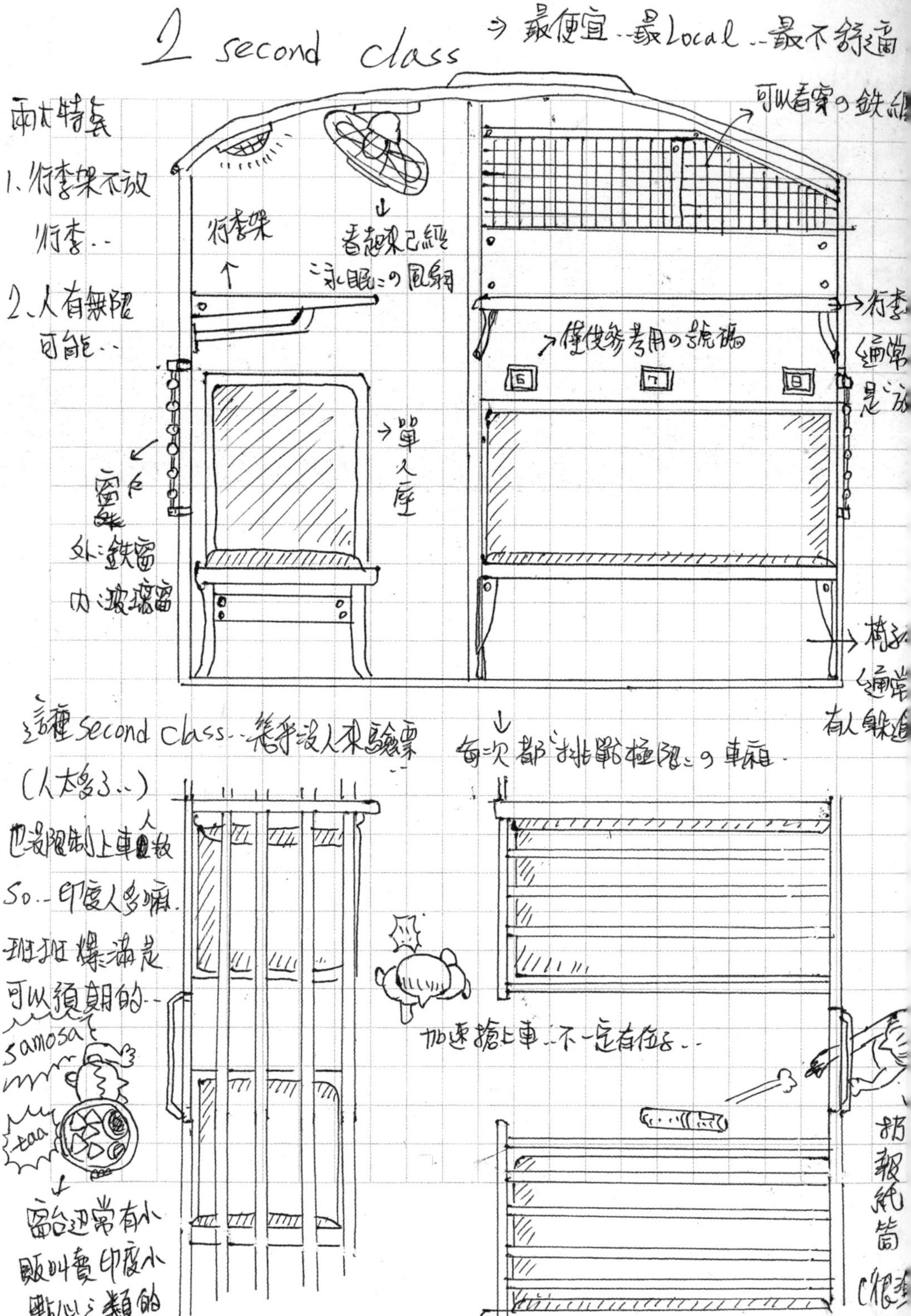
2 second class
⇒ 最便宜…最Local…最不舒适
两大特点
1. 行李架不放行李…
2. 人有無限可能…
可以看穿の鉄網
行李架
看起來已經‥永眠‥の風扇
→行李 通常是放
僅供參考用の號碼
6
7
8
單人座
窗户
外:鉄窗
内:玻璃窗
椅子 通常有人躺
這種second class…幾乎沒人來驗票
(人太多了…)
也沒限制上車人數
So…印度人多嘛
班班爆滿是可以預期的…
samosa
tea
窗台邊常有小販叫賣印度小點心之類的
每次都挑戰極限の車廂
加速搶上車…不一定有位子…
報紙筒

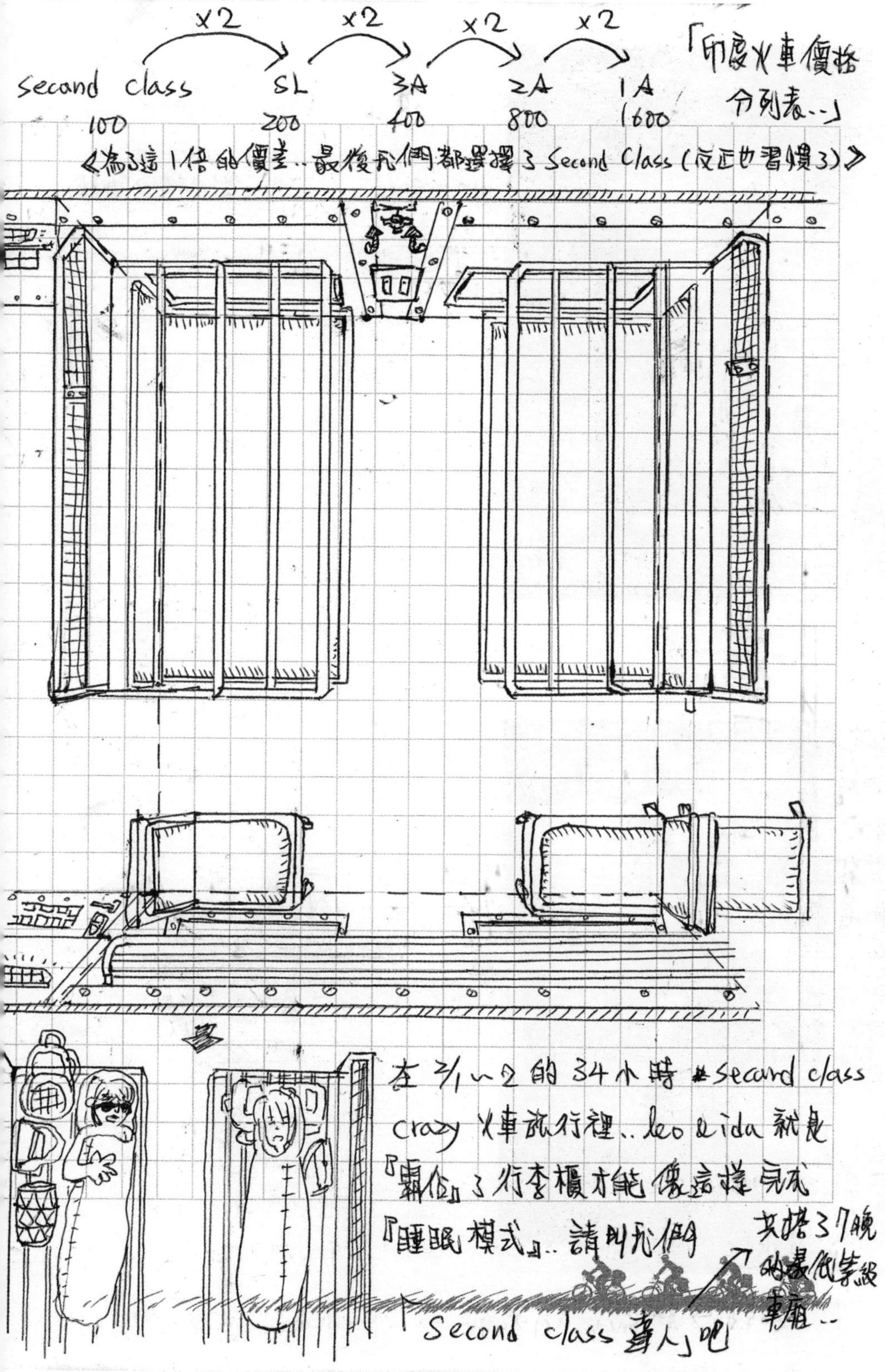
x2 x2 x2 x2
Second class SL 3A 2A 1A
100 200 400 800 1600
「印度火車價格分列表…」
《為了這1倍的價差…最後我們都選擇了Second Class(反正也習慣了)》
本 2/1～2 的 34小時 #Second class
crazy 火車旅行裡… leo & ida 就是
『霸佔』了行李櫃才能像這樣完成
『睡眠模式』… 請叫我們
「Second class 達人」吧
共搭了7晚
的最低等級
車廂…

的啊！

再过几站，连坐的空间都没有了，我俩就人贴人地被密集的人群所吞没，行李架、座位下所有想象得到的位置也早已爆满，真是不可思议！真的站着不动也不会跌倒，衣服不用穿太多因为你将拥有许多体温……最后，过了深夜近凌晨时慢慢有人下车，这时才有位子可以稍微安歇。接下来就只是等待的时间了，18小时疯狂二等席体验，会让你无法想象明天的太阳！

↑ 在这个地方挨到凌晨三点半，实在要人命（更别提还抱病在身）。

↑ 太阳出来了，昨晚的恐怖景像仿佛一场梦境。

↑ 阿明啊……火车要开啦……快上火车啊！

火车大盗

印度火车站一直有人贩卖铁锁与链条，目的就是防范乘夜偷取行李的小偷，对此我们一直十分小心注意（虽然没买链条但是把行李都绑在身上）。就在某日的凌晨 2 点 43 分，半梦半醒间竟看到一群印度男子一把抢走对面女子枕在头下的包包，那女子一个着急，从后面一扑，却扑了个空，仅扑到我的脚上。一时间，哭叫声脚步声不绝于耳，闹了好一会儿。我从昏睡中清醒过来，静静地看着那女子坐在位子上哭着，旁边围着列车服务人员试图安抚她。半夜时分，印度火车上超现实地展现了印度贫困杂乱的一面。事后才知道那是一帮夜间火车劫匪，同车次的旅行者也发生睡了在行李上，却被活生生推开行李被抢走的情况。这类抢劫、偷窃的案件多发生在长途夜车上，大多是凌晨 2~4 点到站前，火车一停下，抢了包的盗匪跳下车就找不着了，难怪有许多印度人除了睡在行李上还得绑条铁链、上锁。印度经历，真是难以一言而概之啊！

火车自保手册

在印度旅行，最常使用与使用时间最长的大众交通工具可能就属火车了，既然需要如此长时间待在上面，难免成为有心人士下手的目标，该如何在车上自保呢?

有许多条例其实都是老生常谈甚至有些不近人情，但如果你知道一年内在印度有多少外国旅客受害遭窃，或是发生更危险的情况，就会知道，实在不能对细节马虎或是掉以轻心!

1. 不接受陌生人请客的饮料或是食物

过去日本忍者的训练里，除了自备的食物外不吃任何外食，旅行时也是一样，有许多案例都是喝下或吃下掺有强效安眠药的饮料食物后惨遭歹徒下手的。更有甚者，一些沿窗叫卖的小贩也可能是犯罪集团的成员，当你坐在车上，身边人可能都是集团一分子；当你吃下那些食物，再次醒来时可能已物是人非。

2. 不透露下一站的目的地或是停留时间

有心人若是获悉你的目的地或信息，很容易借此设计圈套引君入瓮，有这么一个例子，一个韩国人在火车上认识了一印度青年，两人相谈甚欢，韩国人于是透露了未来的目的地，结果在下一站的观光景点“巧遇”印度青年，印度青年说要请吃饭，竟在食物中下药，结果那位韩国人财物被洗。

3. 紧盯住自己的行李，绝对不掉以轻心

出发前就应考虑安全因素，选择背包或是行李箱，如果你打算背包旅行，首先淘汰那些时尚、酷炫的背包吧，那是“肥羊”的标签罢了！而让背包变成几十公斤的登山背包也不是一个好选择。最好是选用轻便、装载 10 千克以内的背包，除了减轻旅行的负荷，也比较好看管。而在火车上睡觉时，除了把行李垫在身体下外，最好用绳子绑在身上或是调好姿势让有心人不易下手。

4. 火车床位选择，上层最优，其次为中层，下层最危险

印度火车背包客最常乘坐的是 SC（sleeper class）等级的车厢，除了每个人有专属的位置外，一排共分有上中下三层床铺。购买车票时请预先购买上层位，为什么鸟都在树顶上筑巢？当然是因为比较安全啊！

其实，最重要的还是事事要多一份细心与小心，不要太过相信自己的直觉或是觉得不好意思拒绝别人的“好意”，出门在外只有自己能真的照顾自己。当你有了“安全底线”后，再放开心胸与别人互动，相信就可以安全又开心地完成属于自己的背包旅行!

Chapati，用没发酵的面团擀平后，放在火上或平铁盘上烤。
Lassi，口味似优酪乳。一喝惊为天人，从此上瘾。
旧德里车站有极丰富的小吃。

邪恶金三角

粉红城市
斋浦尔

→ 想不到在这里，碰上了没地方住的窘境。

在印度旅行时，一些著名的观光景点火车票总是早早销售一空，为了不留下遗憾，因此这次不得不坐了早上 9 点半开往斋浦尔、下午 3 点 40 分到达的火车。坐在车上才意识到，这还是头一遭大白天坐火车呢！虽然不像夜班火车，交通时间等同睡觉时间，但白天的车厢里是一个与当地人互动的绝好机会（虽然大部分都是当地人来找我们），毕竟需要多少巧合才能够同坐一起？这也是一种旅行的体验与收获吧！

粉红城区寻宝

经过数小时后抵达了著名“观光黄金三角”之一的粉红城市斋浦尔，那天是 12 月 27 日，虽然离跨年连假还有几天时间，可一间间旅社不是客满就是价格像疯了一般上涨。我们很认真地问过公交车站、火车站附近几乎所有的住宿点，不是客满就是一间房要 1000Rs 以上的天价。就这样，我们背着行李穿梭在街巷之间问了又问，当问到至少是第 20 间说客满时，几乎想坐公交车逃离这地方，但是在还没看到这城市

↑ 粉红城市里的粉红女孩。

↑ 统一规格“粉红色”。

之前，实在不甘心就此转身离开，心想，在地毯似的搜索下总还找得到一些稍微便宜又有空房的地方吧。在印度旅行，大部分旅社或是 Guest House 房间，皆干净明亮，但在这儿竟找到了一间破烂陈旧带着潮湿腐味的房间，进房瞬间还以为回到了大陆的廉价旅社，但这样的低水平竟开口就要 600Rs！中途老板自己还不好意思地降到 400Rs，说“跨年的价钱就是这样啦”之类的话（过了连假，这房间 150Rs 就能住到了）。还是再找找吧，最后总算天黑前在一偏远巷子深处入住了一间干净的 400Rs 房间，放下行囊的瞬间叹了一口气，真是“疯狂旅游季”啊！

筋疲力尽地找到住宿后，总算能认真地来认识这座粉红城市了。虽然在粉红城区之外就是座普通的印度城市，但在走过粉红色城墙围起的大门后，就像走进时空隧道，这里处处尽是古意盎然的老城区。城区划分为整齐的九大区，每一区都街巷在其间，而最惊人的是，每一条路线里都有各种各样的物品、商品等待人们选购，从最普通的蔬菜水果到豪华闪亮的银饰珠宝，只要你想得到的几乎都能在其中细细挑选。而巷弄之间还有形形色色的宗教神庙，从伊斯兰教式的新月到印度教高塔都隐身其中，虽然随着时间流逝，许多商铺与建筑已不如昔日那般古情诗意，表面绘有的壁画与精雕窗格也略显陈旧，但在政策之下，就算是新的建筑也是整齐划一的粉红色齐高三层楼，在走过乱七八糟的水泥高楼后，这座粉红色城区还是让人耳目一新。慢慢地穿街走巷间，永远猜不透下条巷子里将会看到什么有趣玩意，让人有种寻宝的乐趣。

风之宫殿

斋浦尔的旧城区中有座“风之宫殿”（Hawa Mahal），一直是许多明信片的封面，是重要的印度印象，但真正走到她的面前，却发现它不过是重新整修、粉刷过的一面崭新窗格墙面罢了，似乎没有想象中的引人注目与充满历史痕迹，一切都在“整修”后被洗刷一尽，矗立在那儿的像是一个“应该要在那里”的过往记忆而已，真是可惜了这座名闻世界的百格窗之墙啊！

建于1799年的哈瓦玛哈勒宫（Hawa Mahal）被称为“风之宫殿”，是因为在它五层楼高的墙上布满了953扇用红砂石镂空而成的窗，让宫内随时灌着微风，因而得名。但当初窗口设计的主要目的不是为了通风，而是为了让昔日因不能抛头露面而受困于宫内的嫔妃、宫女们可以透过由细格组成的窗户俯瞰街景或庆典。

↑ 琥珀堡里精致华美的门扉。
↓ 斋浦尔附近的琥珀堡，很漂亮，很多大象专门载人上山。

↓ 宫殿正面有如一片粉红色的小山丘，镶嵌著一扇扇密密麻麻雕刻的窗煞是壮观，从侧面一看，其实是一堵没有门、布满着窗的厚墙。

狂热印度嘉年华

说来也巧，在满足了寻宝的瘾头要离开城区时，正巧碰上了伊斯兰教举行大节日之时，虽然很努力地询问了路人与旅社老板，但仍然搞不清楚这天是为了谁或什么事（印度文的发音很难记啊），只知道从城区各个方向不停涌进身着华丽服装、情绪激昂的印度群众，在各个清真寺前立有一座座帐篷，播放音量奇大的印度式梵唱并分发着色彩鲜艳的水与各类食物，而带着鸣笛喇叭与各式大鼓的青年男子们则沿着街道亢奋地击打着，欢呼跳跃着。

随着人群慢慢集中，热力也愈加发散，空前热烈的气氛在整个城区里沸腾，各个方向带进来的高达数层楼的华丽高塔在人海中慢慢移动，从眼前延伸过去的人群仿佛浪潮般一波波随着鼓声与梵唱起舞跃动。此时手拿相机的外国人成了人们热情包围的对象，每个人都想在镜头前展现平时隐藏起来的亢奋与疯狂，于是我被一群拿着喇叭的年轻人包围着，被像一面墙般冲过来、脸上身上尽是各色颜料的人们逼退好几步，也在数十名男子奋力击打大鼓的人群中感受到了全情投入的激情节奏，而从面前走过的，穿着可能是衣柜里最佳服装的民众们更像是走秀一般让人目不暇接。离城区的出口不到数公里却走了数小时之久，回头看看已陷入狂热状态的城区，赫然发觉这简直就是一场热烈狂野的印度嘉年华啊！

↑ 陷入疯狂的人群们。

↑ 在人群中缓缓移动的闪亮高塔，蛮酷的。

← 这辈子没那么近看过大象，还是只浓妆艳抹的大象。

布置用心的路边茶摊。

Jalebi，油炸面糊后浸蜜糖浆，甜腻惊人。

邪恶金三角

圣地 shopping 化

→这里的商业活动实在太多了些，难道这里不是宗教圣地吗？后来才发现，印度的各个侧面总是超乎你的想像。

普斯赫卡尔（Pushkar），出发前就听说是一个在山凹内包围小湖泊的小镇，是天神降下青莲花化为湖泊的印度教圣地，拥有安静、平和的宗教神圣气息。当你走近由十数间纯白色庙宇围绕的鹅蛋型湖泊，可以看到虔诚祈祷的人们正沐浴其中，希望洗净罪孽。祈愿平静或幸运的人们在湖边放下一朵朵彩花，各种色彩的花朵像是一艘艘小船荡漾在平静的水面上，天色渐暗，花朵上的蜡烛微光让整个小湖满溢烛光，像是对应天上明月，白色的庙堂与祈愿的人们构成一幅不可思议的景象。

好美。在出发前就将此地列入了旅行计划中，但我们忽略了一个前提，就是地球日益严重的温室效应，印度北部的拉贾斯坦邦（Rajasthan）原本就是干旱少雨的地区，在暖化影响下夏天日益酷热，而冬天严寒也更加漫长。此地竟然已经 12 个月未达正常雨量，而神圣的普斯赫卡尔湖泊，那朵天神降下的青莲花已枯萎得仅剩枝叶与污泥，湖泊消失，取而代之的是一塘干涸的泥水浆。当地人说，已经 7 个月没降水了，湖泊干涸得让一般生活用水都陷入困难。而“没有湖就没有普斯赫卡尔”，当前来朝圣的人们只能走到庙堂用水泥建成的方正的“洗

↑ 在雨中的宗教里街，在商店开门前让人体会到此地的原本样貌。

澡池”前面，对一片干枯祈祷，那是多么令人沮丧的景象？

离开干涸的圣湖，在镇区里行走时发觉围绕着街道的不是神圣的气氛，而是接连不断的各式各样的商店！卖衣服、银饰、各式各样想象不到的商品的以及各类满足旅行者需求的商店占据了一切。湖干了，祈祷的人们不在了，剩下的是满街来自世界各地的旅行者，在此唯一可做的就是 shopping。可是价格便宜吗？衣服不如瓦拉那西的多样与便宜，银饰不如乌代浦尔（Udaipur）的精致，商店内的工作人员连东方人都不想招待，光是入店参观就说出“Your people always see, never price（你

↑ 混杂着各国游客与各式商家的街头。

们只看不买)”。惊！即使这话说实在，但有必要这么不给面子吗！更甚者，若是店里有欧美人，就直接拒绝我们进店，“有趣”的消费文化正在此形成。而一个庄严美丽的圣地 shopping 化的景象让人不忍卒睹，她的过去已逝，而未来难以期待。

静雨

有趣的是，当你对一个地方已经失望或是不抱期望时，总会发生一些意想不到的事情，让人印象深刻。在普斯赫卡尔待了几天，对炎热风沙的天气、干涸的湖水与无趣的购物街正感失望时，某一天早上懒洋洋起身，正想离开房间随便走走，一开门一股熟悉又陌生的清冷气息拂过脸颊。外头竟下起了绵密的细雨！如同台湾梅雨季般的湿气唤醒了我们对雨水的记忆。原本炎热多风沙的空气被这股清雨刷洗，留下纯净的空气，而各式店家也许因为下雨而延缓了开门时间。套上薄外套走在细雨里，看着洗去商业气息与观光人潮的城镇，感受着她的清新与安静，这是与昨日相同的街道吗？走在与昨日相同的街角，遇到了正进行宗教游行的队伍，在持续的雨水里他们仍充满热诚与亢奋，手舞足蹈地走在街道上，就像在欢庆这一场雨。过去平和与充满宗教气息的普斯赫卡尔在此时洗去商业气息后，似乎又让人充满了想象，想象在此错过的安静和神圣的美丽湖泊。

趁着这让一切安静下来的净雨，我们往西边一条直登山顶神庙的小径前进。随着高度渐升，整座雨雾里的城镇全貌慢慢显露，不禁眼前一亮，那座被群山围绕、依着一座美丽小湖的安静城镇，这才是她的本来面目吧！

虽然现在依然干涸，但在青山水气环绕下，她仍给人一种舒服与安静的感觉，这一场及时来到的“静雨”，让我感受到了普斯赫卡尔洗去商业氛围后的原貌。在山顶静静凝视山区间延伸的农田与绿意，想着普斯赫卡尔就如同印度许多其他城市，拥有不可思议的多种的面貌，你总是预料不到缘分会让你拥有什么经历，会感受到什么无法想象的事物。在印度一切都是难以想象与预测，但就是这样的有趣与特别才吸引人，不是吗？ Incredible! India ！ 就是如此不可思议！

↓ 这是普斯赫卡尔，被雨水洗去商业气息的宗教圣地。

↓ 认真的老铁匠。

↓ 在街上巧遇的牧羊少年。

给我蔬菜其余免谈

在外旅行最重要的就是吃与住了。在印度，从东到西价钱也依地区改变。从印度物价水平最低的加尔各答走过消费水平较低的东部，再走到消费慢慢上涨的北部与西部，我们对一路随意变化的物价总是难以习惯，一样的茶从 2 块变成 5 块；第一次吃到像台湾葱油饼的 ROLL，从最初一卷 Rs10 到了普斯赫卡尔竟涨到了 Rs30。吃不起那就自己煮！各位可以猜想一下，印度的菜市场里都卖些什么果蔬（我吃素，所以比较关心果蔬）？而当地真正价格又是多少？以下是我们走过数个地点仔细砍价与观察当地人买卖，收集而来的真正价格数据。都是市场内常见的蔬菜，种类其实并不多。

名称	价格区间（Rs/1kg）
马铃薯	10~20
洋葱	15~20
花椰菜	15~25
高丽菜	12~25
红萝卜	15~20
菜头	一根 Rs5 或 Rs5/1kg
西红柿	15~20
香菜	一大把 Rs5
白吐司	一条 15~30
果酱	30~35/750g

注：1 印度卢比（Indian Rupee，简称 Rs）大约等于 0.1 人民币。

当食物价格过高，或是对印度总是油炸或味道过重过辣的食物感到反感时，就到当地的市场转转，一口气买几千克的各式果蔬，分袋摆放，一餐吃一袋完全不加调味料、原汁原味的水煮蔬菜汤，除了饭钱省了（一餐两个人平均花人民币 7 块左右），连买水钱都省了。仔细一想，在台湾都没有在印度吃得健康啊。妈妈，您可以放心，家里的孩子在国外吃得超养生啊！

↑ 大量的蔬菜与水果！

↑ 健康的无盐无油蔬菜汤，吃得比在家里还健康啊！

↑ 只要有白土司，什么都可以夹！

普斯赫卡尔专卖的甜食也是糖球一颗。

浮在糖浆中的糖球。

新疆常见的烤馕，印度也有。

杂志内页化为包装纸。

印度之西

金色之城 杰伊瑟尔梅尔

火车还没到站之前，就已在座位上切实感受到了周围环境的变化，不仅是干燥的空气，随着窗隙透进弥漫的沙尘，还有窗外变得金黄一片的风光，沙漠景色取代了绿色田野……印度的旅行，每跨过一省就像到了一个新国家，而这个位于沙漠深处的所在更是如此。出了火车站，远远地就看到一座城市坐落在沙漠中央，那是名叫杰伊瑟尔梅尔的城市。无比宽广的蓝天中，强烈阳光像是永不疲倦的探照灯，闪耀在黄砂石组成的城市上，刺眼的光芒让人不禁赞叹这果然是座“货真价实”的金色城市！

在山丘上的古老城堡内找到住宿地（印度各地城堡大部分已成博物馆或是观光胜地，而杰伊瑟尔梅尔城堡内至今依旧住着当地居民），为的就是欣赏每日在沙漠中闪耀惊人光辉的日出及日落……日出之前，在城堡的街巷间四处行走，在微亮光影中在静巷内穿行，此时的街道透出一股沉默的冷意，没有商家的叫卖声，仅有早起的圣牛在街巷间与我们擦身而过，此时也许就是城市展露它最初始面貌的时刻吧！

没有任何人为的声影附加其上，没有背着包的各国旅行者，连当地居民都还没有起来，仅有城市本身在那里静静展现黄砂岩的色泽。依

↓ 城堡边陲的小巷弄，仍然是黄砂岩堆砌而成。

↓ 扛著小孩行乞的妇人。

着指南针找到一座正对东方的古老炮台，看着远方沙漠的地平线慢慢泛起燃烧般的色泽，再过片刻，光影就会如彩虹般多彩地展示在无垠蓝天中。随着光线加强，整个城市慢慢传出了声音，柔和的橘色日晕光芒将整座城市映照得温暖和煦，居民们也开始了他们的一天。活跃的生气息开始蔓延到各个角落，取代日出前的阴冷宁静。坐在炮台上享用自制的早餐，感受洒在身体每一寸的阳光，一整颗火光满满的火球终于展现全貌，正式宣告这座闪耀的城市又开始了炫丽的一天。在阳光不同的角度下变换展现不同风情的城市，真是座完美演绎阳光魅力的金色神奇城市啊！

↑ 闪亮亮金色大宅门。

金光闪闪大宅门

过往时光中，这座城市曾经是商旅的必经之路，这也是它在贫瘠大地中发展出豪华住宅区的原因，在过去也有许多商贾权贵在城里建有多处豪宅。就像要在奢华的风气里为了争口气一般，一座座豪华闪耀的细致建筑将这座贵气十足的城市装点得更为豪华气派，而在资料中“豪华前三名”的豪宅都隐藏在深街小巷里，但事实上在寻找过程中，随处可见的“普通建筑”在我们看来都是超现实的豪华精致啊！

不到现场，不能理解黄砂岩的石头是如何雕琢出如此细致精密的各种几何图案的，阳光透过几何窗格洒落在室内，形成美丽光影。奢华的庭园与房间，无论是天花板还是墙壁走道，都可说是相当于皇宫等级的繁复。走在曾是过往高官与豪商的房子里，不难想象此地曾拥有的繁华与财富，虽然已是过往云烟，仅留下记忆与房舍让人们感受与凭吊，但细细欣赏这些高度艺术的建筑结晶，实在是件赏心悦目之事。

↑ 从高处望去的金色城镇。

金色圣诞

既然到了沙漠中的城市，就不能不提在漫漫沙漠里行进的骆驼商旅。在大陆丝路旅行时，就曾遥想过过去的商队是如何行经戈壁，穿过高山行过万水的呢？荒芜的大漠中，风沙吹过，驼铃所摇响的不只是清脆铃声，更是一种象征冒险、勇闯天涯的浪漫。到了贾沙梅尔，总算如愿以偿，感受了在沙漠中乘骆驼听驼铃、慢悠悠行进的滋味！这趟沙漠之旅的时间正好是 2009 年的圣诞夜，在沙漠里度过与骆驼相伴的金色圣诞，是多么美好的回忆！就当是送自己今年一路向西取经的圣诞礼物吧！

这趟美好的金色之旅，实际体验后，感想如何？

在一片荒野里，饱经太阳荼毒地坐在臭烘烘的骆驼上，双腿摇来晃去，心里想着自己为什么在这里……

旅程没有太多浪漫和轻松，坐在骆驼上的新鲜感渐消后就会发现，自己正在毫无遮荫的沙漠里被大太阳“烧烤”，一整天有近六个小时，在不断地曝晒与摇晃！

↑ 生活好伙伴——骆驼。

简单形容一下这趟旅程的特点，就是：热、晒、摇、沙漠 rock。

热＝太阳总是直晒而下，就算躲在沙漠里的绿荫下仍然……好热。

晒＝热与晒一体两面，两者相辅相成，让人慢慢感到昏沉进入到半中暑状态。

摇＝在身型巨大的骆驼上晃悠悠地左摇右摆，可感受到“胯下不间断的冲击”。

沙漠 rock ＝以上三点加在一起，背景音乐完全就是重金属 rock，very rock!

若看过以上几点就认定沙漠旅行无趣，那可是天大的误会，只是想让大家认清楚会发生的种种情况，但在这种情况下骑骆驼有趣吗？当然有趣啊！

第一，你坐过骆驼吗？

第二，可曾在沙漠里以骆驼的节奏慢悠悠前进过？

第三，可曾在沙漠里以四处收集来的木柴弄出简单的一餐？

第四，可曾坐在沙丘上看着火红的太阳慢慢沉落与升起？

第五，可曾半夜醒来感受过沉睡在苍穹之下的星空灿烂？

第六，可曾在夜里的营火晚会上喝酒谈笑，互相交换食物与引吭高歌？

↑ 沙漠中珍贵的水源。

↑ 启程前往沙漠深处。

第七，可曾感受过在沙漠里过生活的“浪漫”？

认真列出清单可能列不完，总之，这样的体验是非常新鲜而有趣的，现在闭上眼仍能想象那铺天盖地的星辰光芒，感受那好似天地间只有自己一人的渺小，而随着清晨醒来，看到的是就在枕边升起的迷人朝阳，所以有没有趣？值不值得一去？我的答案是肯定的！但是需要量力而为，曾听说有连续21天的“冒险”行程，相信感受会更直接而深刻吧！但以我来说，两天一夜就足够了！

同行的几个韩国女生在中途休息时，一个个平躺在阴影中，看上去只想回到有冷气的舒服地方（第二天更是直接提出缩减行程），兄妹闻言后大惊，打心里抵死不依，这怎么可以！钱都花了，饭一定要吃到，行程一定要走完！连充满浪漫幻想的我也不禁认清，骆驼旅行本质上和苦行是相同的。所以，结论是，难道骆驼旅行不有趣吗？

不是的！随着前进的过程，你会发现每只骆驼都有它的个性（沙漠看腻了就看骆驼，看久了就有心得），而终日与它们相处的骆驼夫，个个说学逗唱才华横溢。在沙漠中骑着满载行囊的骆驼以晃悠悠的节奏前进，吃饭时间到了，就地取材升火煮食（原本跟在身旁的可爱小羔羊，一转身就成了可口的佳肴），天气太热就放骆驼自由吃草，而一群人聚在阴影处煮杯印度奶茶闲聊，夜深了就升起一团营火，一群人唱着聊着，直到星星聚集苍穹，好像时间与距离都不是太重要的事……

当然，过去的商旅生活一定更为紧张且行程紧凑，这样观光旅行的两天一夜，充其量就是种“体验”罢了。当我们行程结束离开沙漠，这些牵养骆驼的沙漠居民们仍然日以继夜带领着“体验生活”的旅行者们，继续在强烈的阳光下，牵着骆驼走过一座座沙丘。无论在哪儿，旅行都有一部分是为了体验与平日不同的“生命情调”，但最终我们都会回到所谓的“现实生活”。离开沙漠时，回头看着仍然伫立在原地等着下一批游客的骆驼夫们，当我们带走了所谓的“体验”，他们留下的是值得等价交换的生活吗？

有时觉得旅行本质上就存在一些疑问……说是为了体验人生，但最后究竟是为了感受什么？或是期望获得什么？一百个人有一百种不同的解答，也许在这趟旅程结束前，我也能找到属于自己的答案。

到了印度，发现很多印度人喜欢帮人算命，他们会说这是上天赐予的礼物，所以是秘密，不能说，只有遇到有缘人才会偶尔帮人看相不求回报，接着就会捧起你的掌心左翻右转，说很多似是而非、好像很有道理又听不太明白的话。在这儿，我也遇到了一个印度算命仔（正职为旅馆店小二，行迹可疑，动机不明），他凝视了我许久，沉寂片刻后，斩钉截铁地说：“不久，你将会在印度遇到那个人（咦？在印度哪天不遇到人啊！）。”第二天，我跨上骆驼向沙漠迈进，把店小二的话远远抛在脑后，殊不知等在前方的金色圣诞夜，会是如此地让人印象深刻……（欲知详情，请看下文“意外的圣诞礼物”。）

↑ 当地小孩的玩具。

↑ 金色圣诞夜。

↑ 沙漠中的牧羊人。

↑ 沙漠。

意外的圣诞礼物 ｜ by Stefano

圣诞节前夕，我们一行四人在炙热的塔尔沙漠（Thar desert）中骑着骆驼，前往此行的目的地—— 一座位于印度和巴基斯坦模糊边界上的宁静沙丘。在毒辣的太阳下，双腿耐着疼痛在弯曲的驼峰间骑着骆驼，我不禁怀疑，参加这个过夜的沙漠之旅是不是个好主意。正当我出神时，突然间一个带着印度口音的响亮声音划破了寂静："前有危险！前有危险！"我的朋友 Vishal 看见了什么？

参与印度老朋友为期两周的拉贾斯坦邦（Rajastan）之旅的计划，几乎是到最后一刻才确定。刚开始因为行李没有送达遇到些麻烦而沮丧，但是出发后没多久，我的灵魂就被壮观的蒙兀儿城堡和印度神庙所鼓舞，拥挤的市场与街道上充满了不停吵架的印度男人与穿着多彩纱丽的拉贾斯坦女士，更忘不了那些随时四处徘徊的牛，还有偶尔与停在街旁的骆驼眼神交会的时刻。这就是印度，果真如人们所说——不可思议！这也是驱使我来此的原因。但在这圣诞夜，在猛烈的太阳下，我的人生考验才正要开始。

"Vishal，你看见什么了？"我担心地问我的印度朋友。

"在那里！那些红色裤子！看来是个麻烦。"我的朋友带着调皮的表情回答。

远目所及，我注意到一个黑发女人穿着红色裤子站在沙丘顶上，确实，看来像是个大麻烦。

稍后，我们抵达营区，从骆驼上下来，此时，太阳也开始下山了。

"我来自台湾！"红裤女孩非常直接地自我介绍，同时介绍其他已经抵达的人。我发现她有点主动，就像 Vishal 说的，相当危险。相较与她同行的男士，可能是他先生，就安静许多。

"我哥哥生病刚复元。"她急忙解释道。这说明了两件事：一是这男生比较安静的原因，另一个是他们的关系——他不是她的先生！

她积极、主动的个性有点吸引人，让我想多了解她一点，揭开她坚毅本质后的神秘面纱。她的名字有点难记，但是绰号就容易多了。她叫自己"小黑"或"大嘴"，确实，她有一张大嘴，说个不停，在沙漠中不停制造背景声响，间歇间还穿插着我印度朋友 Vishal 的大声应和。

落日非常美，当最后一道光亲吻柔软的地

→ 沙漠里认识的意大利人。

表时，沙丘变成橘红色。当夕阳沉下，黑夜很快来临，清新干燥的空气带来了美丽星夜，皎洁的月光使得所有沙丘闪闪发光。

沙地很快地冷却下来，沙漠开始变冷，营火让晚餐时间的交流变得温暖起来。这将会是个很棒的圣诞夜！在大自然包围下，我暂时远离了日常生活与压力。然而，美好的感觉很快便结束了，直到“大嘴小姐”穿着她的红色裤子坐在我旁边，打断了刚才的冥想，我很快便忘记了月光、繁星与闪亮的沙丘，我想要了解她。

我们开始聊天。因为好奇，我打听她的旅行故事、兴趣、喜好以及热情，并且与她分享我的故事。她似乎很热衷她所做的一切，她逐渐变得非常感性与温柔，这是我发现的一个惊喜。随着时间流逝，我感觉其他围在营火旁的十几个人早已成了背景黑影，我的焦点逐渐转移到这位来自台湾的迷人女孩身上。

啤酒在晚餐间流转，距离我们不远的山羊最后成了我们的晚餐，美味的食物、饮料与可爱的谈话伴随着美丽的环境，产生了奇妙的氛围。当时我告诉自己，虽然被这女孩深深吸引，但我决定当晚不要采取任何行动，否则会破坏两人之间浪漫的气氛。

但是“大嘴小姐”自有引诱天真的意大利旅人改变心意的方法，当我喂她吃一块山羊肉时，她湿润的嘴唇轻轻碰触我的手指，使我整个身体犹如触电般，肾上腺素直线上升。不过最终我还是忍住了，自我控制真是我引以自豪的天分。

午夜来临，有些人已经准备就寝，但这美丽的星空拉长了夜，不是每天都有机会看到这么多星星，我们这些有兴趣看星星的人便前往最近的一个沙丘上。许多人因为酒醉，很快昏睡过去，再一次，我跟这个美丽的台湾女孩怡臻（此时我终于记得她的名字）独处。伴随着月光，明亮的半空中仍能看到许多星星闪烁，另一半边天则满是光彩夺目的繁星并很快地上演了一场流星雨，我们数了至少二十颗，当然，实际有更多颗流星划过这神奇的圣诞夜。夜渐深气温渐渐变冷后，我努力地使我的新朋友保持温暖，帮她裹上导游给的唯一的毯子，当下感受非常强烈，我内心挣扎着，试着守住不破坏浪漫气氛的承诺。

我们一直聊到日出，当朝阳取代夜空，我们知道时间到了。我们在十二小时之内发掘了彼此的一切，我知道我已经准备好到任何地方去，只为再见这个可爱的女孩一面。在最后一吻之后，我们承诺彼此要再相见，但是她真的相信吗？或者她认为这只是神奇梦境的终点？

一个接着一个，所有人陆续醒来并用过早餐，在人群中，我再也无法像昨晚那样和她聊天，距离也开始产生，我知道如果想要让这个神奇的梦成真，必须再见她一面。我承诺自己在几个月内要再见她一面，然后我跃上骆驼和她挥手道别，在温暖的旭日中继续前进。未来的事交给未来吧，这个神奇的夜注定要成为一辈子的爱。

温情木偶民俗剧

先前由德里开往贾沙梅尔的直达车票难买，就是因为正逢印度放长假的时刻，观光地点多的拉贾斯坦省，原本交通就拥挤，而沙漠里的“金色城市”贾沙梅尔正处于这个省份最西边。过去，此地曾因身为商业经贸中心而盛极一时，但随着时间消逝，商业中心的角色慢慢被淘汰，仅留过往辉煌的历史埋藏在沙漠中的城市里。

六十年前，曾经有个小男孩在这个被历史遗忘的城市长大，随着观光业的兴盛，这座城市也慢慢蜕变成截然不同的城市。小男孩长大后成为一个老师，退休之后，一个人慢慢收集有关这座城市往日的记忆，慢慢地以一己之力成就了一座博物馆，用数十年不变的热情对来到这里的旅人们介绍它的历史与面容。虽然以博物馆来说，它的内容并不特别丰富，物品保存得也不特别好，但在晚上表演传统木偶剧时，仍然可以感受到那个小男孩对故乡的感情与记忆的温度，虽然他现在已年过七十，垂垂老矣，但在每场木偶短剧开场时，他仍然以充满感情的声音开场，讲解下一幕代表了过去哪一段的故事，接下来将为大家带来什么……

木偶剧好看吗？与现今发达的声光娱乐相比，自然逊色许多，但它总会让人回想起过去在土地公庙前看布袋戏的时光。这里的现场演出，展现的是“人”的表演，老实说很感动，而且看着未曾看过、想象过的木偶表演真是有趣。你可以想象吊线木偶跳肚皮舞的情况吗？实在让人忍俊不禁。结束表演走出门外，心里还留存着这座博物馆带来的感情悸动。我想，若是有机会，大家一定要来贾沙梅尔走走，这里是一个适合来感受城市过往记忆的地方，而且除了这里，这样有趣的木偶剧说不定其他地方看不到了呢！

↑准备开演的舞台。

↑博物馆门口。

↑热情的售票员，后来才知道他会玩一手好乐器。

沙漠里水源更加珍贵。

油炸后瞬间膨胀、类似虾饼的七彩零食

用沙子洗盘子，亮晶晶。

面粉沙尘搅和出的沙漠风味。

→印度式圣诞老公公。

蓝色骄傲焦特布尔

→ 若是蕃王战死或是早逝，她的妻妾将要游城一圈后将手印盖在城门边，然后被活活烧死……多么可怕的故事啊。

夜里10点，坐上公交车前往仅有几小时车程的焦特布尔（Jodhpur），半梦半醒间在凌晨4点到达目的地，下了车只有深夜的冰冷与无人的街道。背起背包大海捞针似的找寻落脚处，寻着地图与指南针的方向慢慢往城堡走去，努力与一间间半梦半醒的店小二杀价的过程，真是让人印象深刻，最后终于在价格与床位间取得平衡，在天未亮的5点窝进温暖的床铺里寻求真正的休息。

睡了3个小时后醒来，开始用双脚去感受这座名为“蓝色城市”的焦特布尔。远处山头上，那座在夜里拥有巨大剪影的城堡矗立眼前，这座城堡将会带来怎样的感受呢？

细细走过后发觉，这虽然是座雄伟惊人的城堡，但是相比阿格拉或是欧恰的城堡，并没有特别出色，然而它却是旅行至今印象最为深刻的城堡，为何如此？

也许是经营者的用心不同吧！最后一任蕃王接任这座宫殿时，将这

↑ 远远看去的蓝色城市。

↑ 管理良好的信托宫殿。

座产业转以“信托基金”管理，除了将资产进行良好分配外，更用心经营，将这座城堡当成极好的历史教材与博物馆。

除了委托专人维护与管理外，光出入口就有印度少见的贴心设计：购票口标明详细路线，还有电梯让行动不便的旅客到达山头。除了城堡的基本维修与保养外，内部也安排了故事丰富的博物馆展览厅，只要按照路上的标记前进，绝不会迷失在巨大的城堡里。良好的线路设计会不错过每一个该看的细节，是最成功的环节。门票里包含各国语言（包含中文，唯一有中文导览的城堡）的生动电子讲解，而各个解说牌带领你依次走在精细设计过的讲解路线上，当你循着设定好的路线慢慢参观，过去的历史连接到了现在，回过神来已深入了解了这座城堡所蕴含的故事与历史，这一设计是参访过的城堡里最为彻底与完善的。

蓝色街头小巷交错，从山坡下沿着高矮不齐的蓝色平房一路蜿蜒向上，可望见坐落在焦特布尔岩山之上的梅兰加尔堡（Mehrangarh

Fort），城堡外墙旁 31 个血手印记录着过去寡妇殉葬自焚的风俗，那是王后嫔妃们迈向火堆前留在人世的最后的血红印记。

虽然蕃王在历史洪流中失去领地与君王的权力，但在导览语音里，蕃王说道：“大学毕业后开始思索一个失去了子民与领地的现代土蕃王该有什么作为，该以怎样的方式延伸过去的历史与故事。”我想这位大学毕业就接下国王宝座的年轻蕃王，作了极好的示范，而这座焦特布尔的宫殿以及各式以他为名成立的慈善基金，就是所谓现代蕃王所能做到的最佳典范了。

彩饮料摊，便宜又好喝。

最常见的就是以报纸包食物。

买了才知道是炸辣椒。

Gulab Jamun，玫瑰蜜炸奶球，口感绵软滋味甘甜。

印度之西

白色浪漫 乌代普尔

→ 在夜里梦到自己身处 007 电影里的乌代普尔，不觉莞尔。

月色下急驶的夜班巴士，总在凌晨时分到达下一个城市。凌晨 3 点半，我们“照惯例”又开始带着指南针与地图，走在“应该正确”的路上试着找到旅馆。走在几近无人的街道小巷，搜集着城市的第一印象。我们总是喜欢那些还残留过往风华的旧城区，看着月光中墙壁上的有趣壁画与那些初次涉足的街道，每一步每一转角都是一次新鲜的体验。慢慢地，接近日出时分（走了两小时终于走到湖边），正好在湖边赶上了一天中的第一道曙光，放下长时间步行后越来越沉重的背包，安静地坐在湖边啃着作为早餐的饼干。那座伫立湖中的洁白旅馆，在月色与日光交替下闪闪发亮，如此美丽的乌代普尔（Udipur），无怪乎人称印度最浪漫的地方。

看过日出后扛起背包，再度开始敲门→询价→杀价→下一家的循环，确信在这座“浪漫要代价”的城市里一定能找到价格合理的旅馆点，而找寻的过程也是一种贴近、感受这座城市的方法吧！

↑ 湖滨旁的城市宫殿，一条河分割出富与贫。

要来个环城大暴走，平均约三小时，健身省钱之余同时探察地理环境，了解民情。

几经努力，终于找到了便宜的旅社，稍事休息出了门，又是一座仿佛未曾来过的地方，月色下的安静与皎洁只存在夜里，日出后又是另一种面貌和风格。但寻访旅社过程里的月光印象，那将醒未醒时湖边初现的光明，都已是深植心中的乌代普尔的体验。

湖边宫殿

乌代普尔地处印度拉贾斯坦省，因历史因素，拉贾斯坦省许多城市都建有城堡，大多数都随着时光流逝慢慢退去铅华，略显残破，除了焦特布尔的蕃王宫殿令人耳目一新外，乌代普尔这座号称拥有拉贾斯坦最大规模的城市宫殿，今日一见，光是门面就已不凡，“气势”是脑海里浮现的第一印象！

↓ 夕阳之时。

↑ 不可思议的城市宫殿。

该怎么形容这座活生生仍然呼吸使用的宫殿呢？这座极为华丽与保持完善的宫殿，虽仅划分三分之一古老城区作为博物馆展示，但光是三分之一的内容就花了将近一整天还无法看尽每个细节与房间。

论美景，这里可谓是湖光水色，不愧为印度最浪漫的城市；论壮阔，这里也有整个拉贾斯坦最大型的城堡；更别提城堡内让人目不暇接的各式壁画与建筑了，这座城市宫殿确实不可思议！

乌代普尔湖边提供游船服务，在人群聚集的一侧要价 300Rs，不过若走到城市宫殿外，可以用 50Rs 的价格享受一小时的船游。在黄昏时刻搭船绕湖而行，看着城市宫殿在湖中互相辉映的倒影。天色渐黑后，城堡像是换上了金黄色晚礼服，展现出它金碧辉煌的晚宴笑靥。随着船首破水前进，水波一环环往外荡开，引得水面上的野鸟水鸭们拍着翅膀迎着夕阳列队飞去，赋予了薄雾蒙蒙的湖光水色一丝热闹与情趣。晚风配合落日时分的凉意带走整天的燥热，看着倒映在湖水中的宫殿，仿佛过往的华丽从未随着时间褪色与改变。

↑ 宫殿里的彩绘。

↓ 夜里的民族表演。

漫步在街头，看到一张宣传播放免费电影的海报，在好奇心驱使下入店询问，原来 1983 年的 007 系列电影《八爪女》（Octopussy）是以这白色城市为主要拍摄场地，从此让乌代普尔名声大噪，因此这家位于顶楼的餐厅打着“入内消费即可免费观赏”的广告。抱着人总是要吃饭何不顺便看场电影的心态，当晚准时报到，看着电影里再现白天走过的场景，同时搭着搞笑且紧凑的情节，我不时转头看着现实中夜色下闪闪发亮的湖上皇宫。即使屏幕不大（就是一台电视放在那儿），录像带不时出状况（没日没夜一直放，也难怪），倒也真的领略了电影里邦德的翩翩风采。

浪漫里的真实

看到这座环绕着湖泊建成的城市，就想到台湾东部的鲤鱼潭与中部的日月潭，都拥有一条景色秀丽的环湖公路，无论是鲤鱼潭的轻松写意还是日月潭的景色万千，都让人想骑着自行车迎着湖面吹来的清风绕上几圈。到了印度的乌代普尔，不禁想感受在这里绕着湖区骑行的感觉。

认真查探后，发觉出租自行车的车行仅有两间，不但限制一次仅能租用一天，而且价格比起其他地方贵了一倍（印度式自行车 50Rs/day、抗震式自行车 100Rs/day）。在城市近郊找到一家自行车行，出租一天 30Rs 的定价，但自行车的状况只能说“七损九伤”，刹车皮仅剩薄皮一张，但还算有点刹力，但车轮钢丝已有一两条变形，轮胎也慢慢变成椭圆形，内胎上有小洞也不认真补好，有人租时打完气就了事，其他小零件就更不用说了，连踏板也只是挂着没有掉而已。想着“不就是环个湖”吗，能糟糕到哪里去？骑上车，开始幻想“湖光水色环湖行”。

才开始骑行不到十分钟，就发觉幻想果然难敌现实的考验，除了旧城区里道路狭窄、车辆行人多难以通行外，道路皆是 20 度左右的上下坡，没有变速系统的印度自行车只能靠脚力重踩上坡，而下坡又刹力微弱，令人冷汗直冒，心里想着“没关系，出旧城区就没问题了”，终于“挣脱”旧城区的小巷范围。才刚到新城区的边缘，路是变宽了没错，但旁边的车也变大变多了，情况没有好转反而更显恶劣。而湖边的安静道路呢？一栋栋濒湖而建的旅社让通往湖边的道路支离破碎，几乎所有湖边有景色的土地都盖了旅社，只能在湖外围打转。而上下坡的状况依旧充满挑战，努力在印度道路上前进，骑到了浪漫城市外围，发觉走出观光范围后就如同所有印度城市般“车多、人多、空气糟”。

这次的自行车“考验”终于在数小时“环湖”后回到租车处，认清了人为“保留”与“建设”而成的“浪漫”，与外围城市早已“印度都市化”的现实。在不出几条街的距离，就可以看到那巨大的差异，而这里的“环湖公路”适合以自行车的方式来体验吗？要不是租了一天不能以小时计费，不然一小时就把车牵去还给老板啦！

↑ 在城镇里四处乱骑，最后跑到一个不知名的小村镇。

↑ 似曾相识的场景，有看过电影《刺激 1995》吗？里面就有一堵很相像的石墙。

↑ 回程骑在干枯的河床上，有一朵在烈阳下骄傲的小黄花。

这是？
是热牛奶摊。
常见的煎蛋摊，经济实惠又营养。
现做好喝的优酪乳。

2009 Last Day

↑ 在城门口悠哉的牛儿。

旅途中总会认识各国的朋友与旅人，而最常聊的“话题”前三名就是：

1. 你从哪儿来？

2. 要到哪儿去？

3. 你最喜欢哪里？

总会在聊天时谈到心目中最喜欢的城市或是小镇，有一个名字总是出现在谈论的清单之中，谈到的旅人每每总是带着热切的眼神说不管建筑风景还是朴实的居民都让人再三回味。众人推荐、令人难以忽视的邦迪（Bundi）就这样排进旅行清单之中。那里真是个值得如此大力推荐的地方吗？

除了想亲眼见证传说外，也为了逃避跨年时各大旅游胜地的疯狂价格，我们坐上了号称3个小时就可以由焦特布尔抵达邦迪的国营巴士（最便宜所以也最不舒适），前往这一无所知的小镇。随着时间过去，原本3个小时的车程延长了时间，就在人挤人、空气沉闷的巴士里困守座位，半梦半醒地摇晃着，偶尔醒来望向窗外，这个小镇就是它吗？

昏沉间经过一个又一个小村镇，相似的面貌、无突出的特点与灰蒙蒙的景象重复出现，心里想着“不会这里就是吧”“这里好像没有住宿的地方吧”……

最后，6个小时过去了，昏沉间突然看到了邦迪，看到那在山顶上盘踞的雄伟城堡，那底下倒映着山影的小小湖泊，一栋栋蓝色民居，看过去真可称之为“蓝色城镇”，至少第一印象就让人心里舒了一口气啊！邦迪啊邦迪，究竟是什么原因让那么多人对你念念不忘呢？

漫骑印度乡旅

邦迪附近有些景点需要交通工具才能够到达，像山区中有座种满莲花的圣湖，一些仿佛保留着过去风情安静小村庄，更远一些还有坐落在山中的大小瀑布。租了台自行车看着地图，骑车四处探险，虽然瀑布因为今年少雨而干涸，但这趟自行车小旅行还是让人兴奋无比！

↓ 有看到那只跳跃的猴子吗？

↑ 热情大方的女人们。

其实在印度小城镇间的乡野道路上骑行自行车挺惬意的，离开热闹的城区，骑在安静的路上，几个起伏后到达圣湖。在炎热的拉贾斯坦旅行，一塘池水或是湖泊都让人身心瞬间放松许多，虽然 9 月盛开的莲花已枯谢，但安静的湖面上倒映着山色，掠过的水鸟偶尔由空中蹿入水里扬起一阵涟漪，或是一条小水蛇静溜溜地从水面滑过，只要凝视片刻就能发现许多在里头活动的生物。

走到濒湖神庙的祭坛边，看着在湖水里沐浴净身的人们，没有瓦拉那西那样的热闹蒸腾，浸在沉静湖水里的人们显得是那样的虔诚。骑过湖区，一转眼就到了小村庄，质朴的村民总用好奇的眼神看着我们，大胆些的就打起了招呼。转进宁静的乡间小路上，只有自行车的微微声响与起伏的呼吸声，风吹过树梢带来沙沙的声息，伴着我们乘风前行。刚好绕过了一座山，回头又看到了邦迪，在半山腰上正好俯瞰整座山与城堡交融的蓝色城镇，多么惊喜的视觉赠礼！

↑ 应该称作“蓝色城镇”。

居高临下，顶楼拼组而成万花镜，穿着鲜艳纱丽的妇女相对盘坐，婴儿在旁慵懒地打滚，男人晒着太阳，穿着黑色小皮衣的女孩追打着白帽男孩，一边笑闹着，在这还未被列为观光胜地的小城，生活显得简单却丰足宁静。

蓝色民宅上三三两两活动的居民正放着风筝，那似乎不受拘束、在天际飞翔的五彩缤纷的风筝让蓝底色里穿缀了色彩，我们不够过瘾地又骑回了湖区，随便找了个树荫，开始自制蔬菜三明治作为午餐，惬意又安详的午后时光啊。

除了环绕的湖光美景外，邦迪还有享负盛名、坐落在山顶的雄伟城堡，在看过那么多城堡后，这一座会带来不同的感受吗？

沿着慢慢上升的山路进了有两头大象雕塑的大门，只走了几层，心想这样子的收费（60Rs/人）与偏远的地点，里面会有什么精彩的玩意吗？走在略显陈旧的台阶上，看着并无特别出色的建筑，正想发表些不

↑ 悠闲的商家，最常做的就是聊天和看报纸。

满言论，第一个拥有壁画的房间就让我立刻闭上了嘴，一间跳舞室就绘满了全景式的壁画！

由屋顶到地板所有细节与角落皆绘满风格各异的画作，所有画作均由艳色的红组成，正巧夕阳西下，落日余晖将绘画的朦胧艳丽诠释得淋漓尽致，我们瞠目结舌，以朝圣的精神去细细感受精彩的艺术，而这仅是布满壁画的房间里最小的一间。随着脚步，一间间不同色调的房间彩绘让观者不禁屏息，到了最精彩的房间（皇室的卧房）时，人已臣服在感动之下。难以尽述此处壁画的有趣与细致，但确实是到目前为止所观赏的壁画拥有最多最棒的城堡。

岁月流转，山城的主人也从过往的豪门贵族换成今天的山野猴群，以脾气刚烈、性格火爆著称，因有袭击人类等不良前科，门口处有两三人专出租木棍给游客防身。

印度跨年 Party

在邦迪的最后一晚，正巧也是 2009 年的最后一天，在城里各个角落的旅馆，都能看到外国人四处奔走，筹办跨年 Party。到了黄昏，已有太多让人目不暇接的选择，想要一个邦迪的印度式跨年 Party 吗？就当是送给自己今年一路向西取经的新年礼物吧！基于才刚收 / 送过礼（别忘了沙漠里的金色圣诞），心虚钱虚之余，只好作罢。

我们决定用电炉煮一顿大餐，顺便买些甜点，兄妹俩自行庆祝。在菜市场准备新年大餐的材料时，认识了一位退休教师，言谈甚欢间，竟要带我们去参访他的“秘密地点”。我们试探性地询问是否要收费，这让老教师有点受伤，在跨年倒数时刻的冲动下，毫无计划与心理准备地跟着老教师走了几公里，走进郊区的无灯灰暗广场（开始担心了），不料走过了几个转角，远方竟矗立着一座在灯光照射下的白色大理石神庙，远远看去就像一座在夜里发光的小型美国白宫。这是座拥有圆形屋顶与 80 根白色大理石柱的三层楼建筑，在黑暗中显得特别耀眼。爬上庙顶与老教师闲聊家常，看着远处城堡与城市合奏的邦迪夜景，好一个

新年惊喜！除了对美景的感动外，更对人性多了一分信任，这难道不是2010年的极好开始与幸运征兆吗？

带着大包小包食材回到宿舍，还没开始煮食就被老板一家人“强力（强迫）邀请”参加了在顶楼的小小家庭式跨年Party，在微寒的夜里啜饮着啤酒，仿佛家人般互动聊天。在倒数时刻，城市里的各处Party不约而同地放起了烟火，不落人后的我们也加入了“让天空闪耀”的神圣队伍，在2010年来临前，夜空里尽闪耀着炫目的烟火，虽没有台北的华丽与热闹，但在印度的小乡镇里还是别有一番风味，我们不由地高喊：“Happy New Year!”

回到房间，2010年的第一件事是开始料理迟到的“新年大餐”，一边享受着食物，一边回想着“昨日”与过去的2009年，因为有那么多人的支持与鼓励、那么多的力量与期许，我们兄妹才走到了这里。这一刻，我们心里充满了感恩，诚心地在新年里祝福所有人。回想过去这一年，我抬起头来轻叹了口气，2009年真是充实、刺激而又幸福的一年啊！

Super Guest House

在印度住宿通常有两种选择：Hotel（旅社）与 Guest House（民宿）。印象中 Hotel 代表了高价钱与完善服务，而 Guest House 是便宜与贴近印度家庭生活的代名词。但随着服务业的进步，许多 Guest House 差不多成为较便宜的 Hotel，真正贴近生活的民宿反而成为少数，而这样的印象直到在邦迪住进了一间巷子内的 Guest House 后才发生改变。

住进去的第一印象是，“嗯，真是一间很有印度风味的房子”。放下行李开始研究房间，竟在房间角落里发现了一个大铁筒，盛着大米，难道这房间除了出租外还有储藏间的功能吗？经营民宿的老板一家四口，除了在焦尔布尔从事导游的先生与家庭主妇的太太，还有一个可爱卷发的儿子和一个可期漂亮未来的女儿。两层楼的房子没有太多客房，一家人同住在一间屋子里，在房间里不时可以听到一家人看电视时的大笑声或是高声聊天的声音。住在里头，真有在印度人家中做客的感觉。

除了住的很有感觉，用餐时间更是老板夫妇相偕在厨房做菜煮茶，给你一个“home made”的印度食物！虽是简单的家常菜，但吃起来就是有“家的感觉”，许久未曾吃到带有妈妈味道的温馨的餐点了。

入住那天，正巧是老板弟弟的生日 Party，而隔一天恰逢跨年，我们一口气与老板一家参与了两个印度式 Party。而所谓印度式宴会，其实就是一群印度人在广场上吃吃喝喝，随便聊，宴会高潮就是印度男人们拿起酒瓶灌酒。

带领我们参加宴会的老板最后喝多了（别倒啊，至少带我们回民宿后再倒），宴会结束后，领着我们在大街上大叫大闹，摇摇晃晃地走回家（真的以为老板会醉倒在路边啊）。回到民宿后还上演了“喝醉的爸爸与生气的妈妈”经典肥皂剧（弄到半夜 1 点多才慢慢平息），总而言之，真是无愧“民宿”之名，的的确确感受到居家的味道。

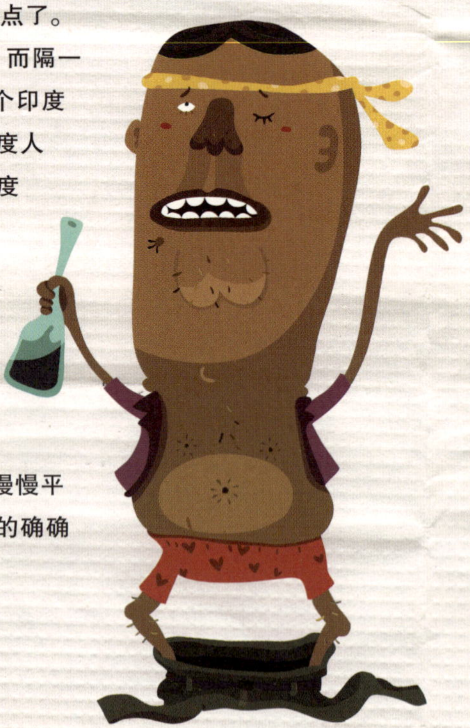

贵松松家庭式早餐。

Samosa，将蔬菜、马铃薯等当馅料，
捏入三角面饼后油炸，不可错过！

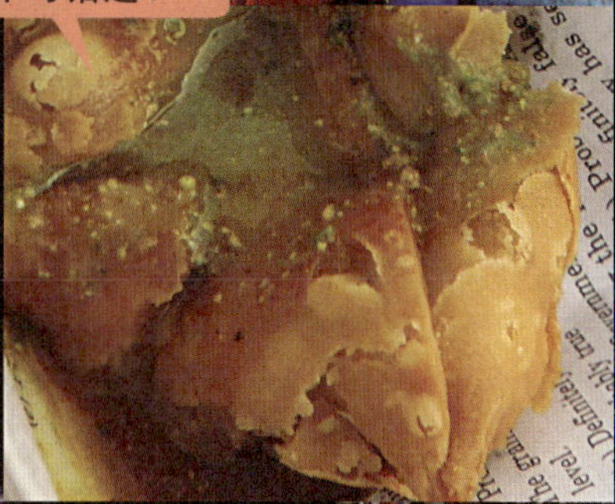

中印度

Rupal's Home Stay

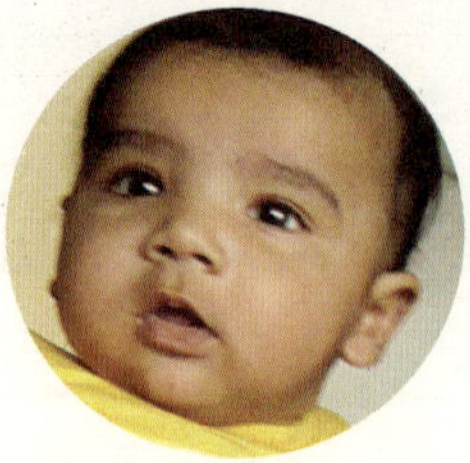

由东印度的加尔各答一路走到西边的贾沙梅尔（Jaisalmer），接下来就要往印度最南端前进了！随着一路往南，气温也随之升高，纬度与地形的不同让景色为之一变，不论是以经商闻名的古吉拉特邦（Gujarat）还是拥有数千年前石窟的中印度内陆，一个省份就是一个新世界。远离国外游客如织的北部各省份，中南印度的人们又是一套截然不同的相处方式，衣食住行各个方面都让人耳目一新，而街头上的英文也随着国外游客的人数递减而变化，虽然仍是难以辨别的文字，却也还能看出其中的不同。印度啊印度，果然是一个让人惊喜不断、惊吓不断的国家啊！

Rupal's home stay

在印度由北转南的过程中，妹妹的另一位印度朋友，刚好住在路途的中间省份古吉拉特（Gujarat），于是我们走到了 Rupal 居住的城市阿南达（Anand）。

阿南达位于商业快速发展中的印度西岸，在过去，古吉拉特就是一个以商业闻名的地区，虽然阿南达仅是大城市的卫星城，但在城市面貌上已经与前面我们所经过的印度城市大不相同。高耸的楼房拔地而起，新颖的各式建筑一栋栋比邻而立、连麦当劳 M 型标志都出现了（商业气息的标志？）。在火车站与鲁巴碰头后，找来接应我们的印度新朋友山迪夫，他就是一个标准的现代印度人，身着帅气新潮的西装，配合利落的发型兼能言善道，是个标准的生意人，开着崭新的 volvo 房车，嘴里说即将换第七台新车。坐在冷气车厢里，窗外的景色也脱离了过去在印度所认知的，有趣的是，街上印度老人赶的牛车与各式新颖进口车辆比

↓ 在这三天里，仿佛成为他们家里的一分子。

↑ 简直把我们看作他们的孩子一般照顾，临走前送了我一条领带。

邻而行。山迪夫特地带我们参观了他的邻居，一位自英国回印的印侨的房子。房子设计新潮，完美的庭院造景自不在话下。接着又带我们看了一座正在兴建中的新式住宅区。一栋占地近百坪，含车位、庭院的三层楼西式设计新楼房要多少钱？不到 700 万 Rs（约 69.5 万人民币）！真实的价格可能还要更低，但这样的价格对绝大多数的印度人来说，肯定已是令人窒息的天价（一公斤马铃薯只要 10Rs 就可以知道物价了）。

从事蔬果出口贸易的山迪夫让我见识到了融合过去与现代的发展的印度，而离古吉拉特不远，就是印度人所称的“梦之都市”——印度人所梦想的城市孟买。街上人人皆西装笔挺，开着舒适的车辆，干净的街道笔直便利，通往任何地方，看起来似乎和所有的大城市没有不同。当全世界的城市慢慢“规格化”之后，当世界变得又平又无趣时，旅行这件事会不会也变得没什么意思了呢？

在古吉拉特参观豪华住所时不禁感慨它的华丽与样式的繁复，虽然

↑ 四处拜访亲友，到处串门。这是鲁巴的大嫂。

新颖的楼房很炫目，但大空间里相隔甚远的房间似乎让人有种疏离感。那位印侨的老伴已去世，而小孩都出国了，独自守着庭院，感觉就是空旷与寂寞，所谓的“家”还是需要“人”啊！

Rupal 的家是一栋 30 多岁的老平房，不到 30 坪的空间，每个角落都井井有条，每一个房间都有门户相通，房间既是走道也是门廊这种方式让空间感扩大，但让人印象最深刻的还是厨房，盘子、餐具皆已传了三代，超过了 30 年的光阴，从房子建造之初就陪伴这家人共度每一次餐聚的时光，到了现在，它们仍顺序有致地在餐柜上闪着备受珍惜的光亮，相信再过 30 年，它们仍会忠实地陪伴着这家人。

从餐具与房间的设计的小细节就可感受到他们对“家庭”的重视，人们之间的互动与彼此联系让家庭关系就像历 30 年如新的餐具般恒久，让人对那温馨的气氛印象特别深刻。看了这栋 30 多年仍坚固干净的建筑，突然对“家”这个词有了一点感触，不由想起了在台湾的家。曾不明白“旅行为了回家”的说法，但在充满关爱的屋檐下，对有家人张开双臂欢迎的家感到格外珍惜，不愿住在看似舒适豪华的大房子里，也不愿待在设计新颖但无法真实互动的屋子里，只想有一个互相关怀、充满亲情的所在。家，原本就是让人与人相聚并互相照顾的啊！

原地休息一回合

玩“大富翁”游戏时，总讨厌抽到“原地休息一回合”的牌子，它意味着“晚别人一步”，当所有人都忙碌着买地建楼拓展事业时，抽到的人只能待着动弹不得。说来有趣，这趟长达5个月、横跨中国与印度的旅行，如同自行宣告“原地休息一回合”。看着昔日的同窗好友不断地拓展事业，买车买房，做到了这年纪应该要做的一切，而自己在这紧要当下却放下一切，告别工作，暂离台湾，放弃了工作两三年来积累的资金，为的是什么？当身边所有人持续掷骰子奋力向前时，自己为何在此停下了脚步？

想起了这趟旅行，因为时间不够而想去的点又太多，许多城市都像是玩跳棋一般仅过了三四天就快速移动到下一个地点，像是从不停止的电动兔，看似去过了许多地方但真实进入核心的又有多少？可以说旅行本就是不停歇的移动，但是在 Rupal 家待下来的三天，没有该去参访的世界遗产，没有华丽惊人的城堡或是美丽的自然景色，就是单纯作为

↑ 新生的孩子 总是家庭聚会的核心。

家里的一分子一起吃喝，到了晚上，拜访朋友或是亲人，一起吃些小东西，配着印度奶茶谈天。时间总是轻易过去，听起来没有什么特别，但当你持续移动、不断变换所在地，“居无定所”将近 4 个月后，一个能“原地休息一回合”的牌子让你从心里呼出一口气。在暂停的时间里，没有人逼迫你该去做什么或不该做什么，只有你自己决定接下来该怎么做，以及什么是你真正想做的。看着别人似乎依着再正确不过的方格往前跳去，你是否想过，那画得方方正正的一格格、理所当然的道路真是你想要的吗？当用尽全力跳至“终点”，你真的会感到快乐与满足吗？还是也许你根本就不想跳在方格子里，只想跳到那“未知的迷雾”里，去冒一场险，去做你一直想要尝试的事，抵达想要抵达的那个方向？你会输了什么？又有什么值得去放下赌注？

“原地休息一回合”不一定是个惩罚，也许是一个契机，让你蹲得更低，积累了足够的力量后，跳出自始至终根本不想参与的这场“大富翁”游戏。没有任何人为你设定好了方格，自己的路要靠自己开创，也许不那么轻易抵达“终点”，但这里拥有在方格世界里永远想象不到的景象，有着自己无法想象的可以抵达彼方的力量。“方格内的赛跑”或是“方格外的未知”，每个人心里都有自己的选择。抽起这张牌，试着走出去，也许我会失败，会失去过往积累的一切，但如今所发生的一切与这趟仍在进行中的旅途不正是我已拥有的“报酬”吗？也许这报酬不如车子、房子，但它实实在在地就在这里，就在我的心里，就刻印在我经历的每一天里。

→ 在别人家做客，总是受到如国王等级般的招待

依循传统，坐在地上吃。

牛奶甜粥。

Rupal 美食教学。

中印度

石窟传说

在印度走访了两个世界有名的“世界遗产”，其一是印度代言人泰姬陵，虽然在行前总认为那只是个“观光客盛地”，摆pose照相的所在，但被那阳光下的纯白无瑕震撼后，带着对“同是世界等级的尊重”，想去看看也富有盛名的世界遗产阿旃陀石窟（Ajanta Caves）、埃洛拉石窟（Ellora Caves）。

印度西部有1500个石窟，阿旃陀和埃洛拉石窟较为集中，也较值得一探。阿旃陀是印度文化黄金期笈多王朝的佛教遗迹，为印度最大的石窟遗址，共30窟。埃洛拉则是挖通全部石山建成的石窟寺院，和阿旃陀石窟的佛教文化不同，埃洛拉石窟内包含三种宗教，佛教12座、印度教17座、耆那教5座，总共34座石窟，依据教义的不同别具特色、各展千秋，非常雄伟壮观。

↓ 仅存的斑驳壁画。

Say hello to Ajanta

“Ajanta”在印度文里是“隐居之地”的意思，在深山丛林的峡谷里，一群隐世独立的僧人用了数百年光阴，顺着“老虎”河在岩山石壁上挖出一间间石窟，在当年印度佛教最鼎盛的时期，无数人用时光岁月雕刻出各式佛像与满天神佛，许多无名画师更在岩壁上留下了记录时代的巨作。这里的画作历史竟比敦煌的莫高窟年代更为久远。而这名为“隐居之地”的石窟群在佛教衰败后也随之野草蔓生，废弃多年，直到1918年，英国殖民统治时期一位到野外狩猎的英国军人，在追猎老虎的过程中无意间发现了这处河谷里隐藏的石窟群，才让这身处在悬崖峭壁上的艺术经典得以重见天日，阿旃陀也进入了它的下一个“观光”盛世。时至今日，在古迹维护并不特别用心的印度，画作与石雕能保存下来的已经不多，已保存下来的，却在观光人潮下逐渐破损凋零，印度随意式的保存风格令人不敢恭维，看着千古画作不只因时光更因观光人为

↑ 因地势较高……竟有抬轿服务哇。

破坏，不免心惊。虽然残留的遗迹与画作还是精彩，也能见证从印度传到中国的原始壁画艺术，遥想过去，也只有宗教的影响力能横跨千里无远弗近，也因为秉持宗教的热情，过去的人们才能完成一件件不可思议的艺术作品吧。

以欧朗嘉巴德（Aurangabad，距离阿旃陀 104 公里远，距离埃洛拉 28 公里远，有直达巴士前往两处石窟）为中转站，我们选择搭乘最便宜的 Local Bus 来到阿旃陀石窟。阿旃陀地形为一个弯曲河谷，中间夹着一个山丘台地，爬上山丘顶部，能看到远方老虎河的瀑布顺着阳光跌落，整座阿旃陀石窟仍如同过往时光般静静伫立，穿梭其间的人们，比照它的历史就像几滴水滴落入大海。但在保护措施未落实的情况下，每个到访的人都多少会留下伤害吧！

相比敦煌莫高窟的人群管控与保护遗迹的种种措施，阿旃陀就像赤身裸体般毫无保护。离开阿旃陀时心里感到遗憾与惆怅，遗憾的是我们错过她最美丽的时代，惆怅的是她在千年时光中保留下来的一切却在破坏中快速逝去。再过 10 年、20 年，她还能继续伫立在“隐居之地”保存其美好吗？真切地如此盼望啊。

Say amazing to Ellora

带着失落的心情离开阿旃陀，下一站是人们口中的 amazing Ellora，印度已经有太多不可思议的事了，有必要特别冠在它身上吗？

由欧朗嘉巴德乘公交车，不到两小时就抵达了埃洛拉石窟。在中印度的炎热天气里，转个弯就看到了其中一座最为醒目的神庙，又是一次让人瞠目结舌的艺术冲击啊！

可以想象将一座山当成雕刻材料的霸气吗？

可以想象将一座山“一体成型”挖空一半雕成的纯天然石头神庙吗？简单用一句话来形容，就是“把一座山由上而下雕空，再细细于各处刻出各式浮雕”。

果然是远超想象的雕刻规模与壮丽的设计，走进最具知名度的第 16 窟神庙——凯拉萨神庙（Kailasanath），高 33 米，长 50 米，动用 7000 多人力，费时 150 年建造，是祭拜印度教湿婆神的神庙，全世界最大的石刻神殿，从最底部抬头往上看着雕空的寺庙顶部，透过岩山的断层望去，庙顶像是直插入蓝天之中。将人 360 度包围的各式石雕诉说着一个个不同的故事，立佛、坐佛各式印度教神祇，超脱岁月与时光的限制，展现在人们眼前，好惊人。此地有 40 多座大小石窟，仅第一窟就让人打心底叹服。在久远的岁月里，究竟有多少石匠、艺术家在此付出了一生，成就了这壮丽的场景？

埃洛拉石窟群的规模大约是以第 16 号窟为中心往北延伸 3 公里，往南延伸 1 公里，将近 5 公里的山区间有许多座以岩石为材料、由外而内雕出的各式大小神庙，有的内部空间极为宽广，有的整座神庙布满极为细致精密的雕刻。整座庙宇大至主殿，小至各根柱子，其上均细细密密地镌刻各种作品，多余的空间满布壁画，虽然现在壁画已难以辨认，但整体和谐的设计、精密的细部雕刻、由远处看来与自然融为一体的景色，都让人难以形容，只能在口中喃喃地念着“amazing”……

走访的过程中，我们试着从高处的岩山攀爬而过。到了山顶，眼前展现的是一片绿色田野与蓝色河流交织而成的田野色彩。微风拂过带走燥热，可以在从旁边流过的小溪旁稍微梳洗一番。无人的小路边坐落着几个不知名的石窟，像是过去台湾山中的小土

地公庙一般引人遐想。有趣的是，山体的年龄高达 4 亿年，行走其中，竟可在路边“捡到”纯天然的水晶，虽然品相与色泽比不上商铺贩卖的商品，但简直是入宝山寻宝！惊人的艺术创作、心旷神怡的美景再配合上走路都可以踢到水晶，好吧，让我们一起说：“Ellora is so amazing !”

← 探寻过程中发觉的小小水塘。

↑ 整座山雕成，超有魄力。

18 小时 Rocking Local Bus

公共巴士是一种很有意思的交通工具，它拥有最便宜的价格、最意想不到的突发事件（好坏不定），再配合最长的通车时间与最不舒适的状态（班班都是爆满的沙丁鱼罐头），但也是与当地人互动的最好机会（几个小时坐在一起也算是缘分吧）。其实一般当地人对外国人基本上都是热情友善的，几个背包客朋友整理出一个有趣的原则：“一口流利英文的要小心，无法说好英文的都是好人。”

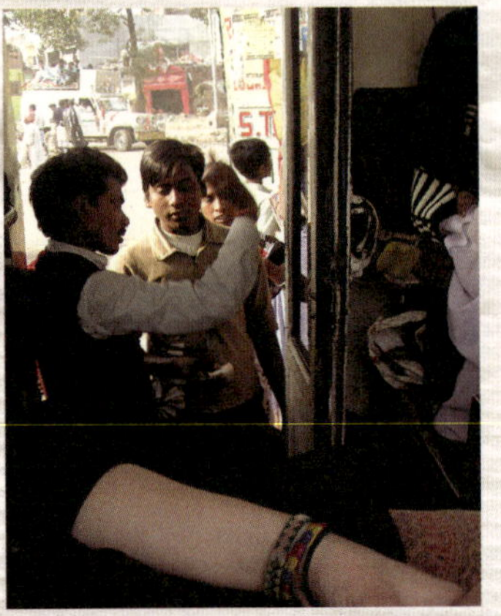

↑ 想上车？先把票交出来！印度最机车的车掌，最后乘客与司机把他围起来痛骂了一顿。

举例来说，我们曾与一群印度人一起挤上公交车，正思索如何在惨烈的环境中生存时，有一对“完全不会英文”的老夫妇使用眨眼、微笑及各种手势尝试告诉我们，他们即将下车，位子要留给我们。离别前我们还与他们可爱的孙子玩闹了一阵，虽然中间只能以微笑、肢体语言和简单的印度文沟通，但仍“聊”得非常开心。虽然公交车依然在颠簸的路面上跳动，松动的椅子唱着不和谐的乐曲，但是一点不觉得烦恼或疲惫。Local Bus，最刺激的印度当地交通选择！

是否曾有过贪小便宜反而吃大亏的经验？在印度旅行，购买任何东西，我们总是比价、再三杀价而不厌。这次购买由欧朗嘉巴德往亨比（Hampi）的车票，问了四五家皆开价 200Rs/ 座，我们硬是将价格杀到了 180Rs/ 座，老板自然不大开心，看其眼神也有点不自然，但想着票到手了应该没啥问题。不料在深夜 11 点开车前，老板竟将原先预订好的车票给改成了次一等的 Local Bus！我们想冲回去和老板理论，但车就要开了，你还有选择吗？坐在椅背坏了的座位上，看着整夜高声播放的印度电影，硬生生吃了一次闷亏啊！

转念一想，反正钱也省到了，慢到快到反正会到，还能顺便欣赏几场宝莱坞电影，心里对不舒适的环境也能释怀了。

离开寒冷的北印度，中南部的夜里，气温也较为舒服，虽然一路摇晃，但只要睡着就没感觉了。第二天一早，到了位于中间的中转站，原本预计的直达巴士出乎意料地没有开，只能走到当地巴士站，再度开始今日的无限移动。从中南部开始，气温一路陡升，路边的风景随着纬度一再变化，一望无际的各式农田蔓延至天边。在台湾，油菜花田只要有一整片就很美了，在印度的油菜花田则是以“海”为单位啊！一片又一片的金黄色油菜花由路的这一侧延伸到地平线的尽头，富饶与丰硕在农作物上尽显无遗。乘坐在巴士里，公路不停止地往前贯穿农田，风景随着作物不同而不停转换颜色，金黄色的油菜花田、绿油油的稻田、咖啡色的啤酒花田在眼前变换。时间慢慢到了中午，热浪也从窗口流溢到车厢内，长时间的夜车加上没有休息地乘坐巴士，让人在车上湿重的热意中昏昏沉沉，在道路摇晃间不时睡去又不时醒来，在半梦半醒之间看见窗外仍是一片农田，又在闷热中睡去，如此循环往复，这趟巴士旅程像是一场不会结束的梦境。

从欧朗嘉巴德到亨比总长 500 公里，中间转了一次又一次的车，一小时又一小时地在路面的震荡里流去，总共坐了几台巴士呢？ 6 台！带着大包小包行李，像是搬家般移动到一台又一台巴士上。而花了多少时间呢？由 1 月 13 日的深夜 11 点直到 14 日的下午 5 点，经历了 18 小时，才真正到达了亨比。

中印度

背包客的第一名

不巧，抵达日正好是印度大节庆之一，贵为宗教圣地的亨比，在公交车下车的区域也是一波一波挤得水泄不通的人潮！

车子还没停稳，人群已牢牢黏在公交车的出入口，我们双手双脚并用“游”出人海（逆水行舟不进则退啊，下不了车就要被载回去了），在18小时的磨练后终于踏上了实地。这个充满印度人的小城镇，真的就是人们说的“美好、宁静、印度最爱城市No.1”的亨比吗？人潮淹过全镇的下场就是住宿点难找，不是客满就是开天价。其中有家店的老板因房间客满，但又不忍心看我们处处碰壁，愿意提供露天庭院，价钱随意，也算是善心人士。问问正要离开的旅客，得知在河对岸可能还找得到住处，于是匆匆赶到河边，在天黑前坐上最后一班开往对岸的小船，对岸会有可以落脚的地方吗？

在试图阻止插队的印度人吵闹间挤上末班船，晃悠悠吃水极深的小船让人冷汗直冒（水线离船沿只有几厘米），幸运地在沉船前到达了彼岸。最后一班船走了，天也黑了，在这似乎仅有椰子树与农田的黑夜，要在全然的未知里找到可以安身的处所，难度可想而知。这大大违反了背包客的不成文原则——黄昏前找到落脚处。天色一昏黑，不止没了讲价的筹码，经济实惠的店家也早已没了空间。

一河一世界

在河的这一侧，水流隔开了文化遗产与人潮，只见一条泥巴路往前延伸，路旁是一间间南洋风味十足的旅社与餐厅，拖着疲累的身躯找住宿，只得到“满了满了还是满了”的回答。虽然过程既饿又累，但月色朦胧中，周围一座座山呈现出黑色剪影，夜风里似乎都带有椰子的气味，安静的乡间小路与对岸人潮形成强烈对比，一河竟是一世界！

最终有一间竹篱围成的餐厅愿意让我们在熄灯后睡在餐厅里（50Rs/夜）。放下沉重的背包，半躺在舒服的位子里点了食物与饮料，正用餐时碰上了大停电（印度乡下供电系统不稳，常常停电），店家点上了蜡烛，在昏黄的烛光里，食物的味道似乎更加美味了。烛光晚餐不就是这么一回事嘛。微微的南风让烛火忽明忽暗，意料之外的烛光晚餐洗去了长途旅行的疲惫。半夜熄灯后，在座位上摊开睡袋与餐厅伙计们

↓ 河边人生百态。

一起准备就寝，这可是住过的“最大的房间”啊！带着一丝笑意睡去，明天会带来什么惊喜？令人无限期待。

第二天，户外的田野被阳光揭示出昨晚隐藏在黑暗中的一切：像是巨人随意堆砌的石块岩山错落在田野，形状有趣的石块山上有几块“特别”的大石块巍颤颤地立在顶端，似乎只要轻轻使力，就会以千军万马之势落入地面。但它们已立在那儿千百年，一直维持着那看似危险的平衡。这吸引了世界各地热爱攀岩的好手，在日升之时看着他们以极佳的平衡与技巧往上爬，在每一刻的攀爬中，似乎都展现出了生命的某种力量。伫立在顶峰，被拉长的人影显得格外巨大，不禁幻想自己也能站在顶端感受畅快与惬意。

继续上路寻找落脚处，随着“客满”的回答，越走越荒凉。走在乡间小巷，路边净是随意奔跑的各类家禽与不穿裤子跑来跑去的活泼的印度小孩。穿过民宅往一座岩山走去，竟无意间找到了一个特别的地方—— 一座三层楼高有几间简单的客房的“印地安式帐篷”露营地，简易搭建的餐厅里聚起一群久居此地、看上去就像流浪者的外国嬉皮士。我们在里面认识了一位曾到台湾旅行会说中文的瑞士女孩。旅行久了，听到久违的中文特别悦耳，当即决定随着她的脚步在这隐秘的角落住下。现在回想起来，深感那是旅程中做过的最好的决定。

你总猜测不到在这里会发生什么惊喜，也许会碰上嬉皮士们即兴创作音乐，也许会看着已住了半年的艺术家一笔笔现场作画，就算只是懒洋洋地待在餐厅与来自各国的人们聊天也非常有趣，每每闹到凌晨时分，人们才渐渐散去。

还有户外电影院（某人的笔记本电脑），四五人随意躺着趴着，看鬼才库斯图里卡（Emir Kusturica）执导的《黑猫白猫》（Black Cat, White Cat）所建构的狂想世界，听着身后传来的即兴音乐。真是让人离

↓ 亨比著名的马车庙。

到处都是这种神奇的石头山。

↑充满音乐与欢笑的嬉皮餐厅。

↑古朴的小村落。

Hampi (Hampi Island) 2010、1、14、 RS50/人=100

Hotel? name: Laughing Budha Restaurant & Guest Ho

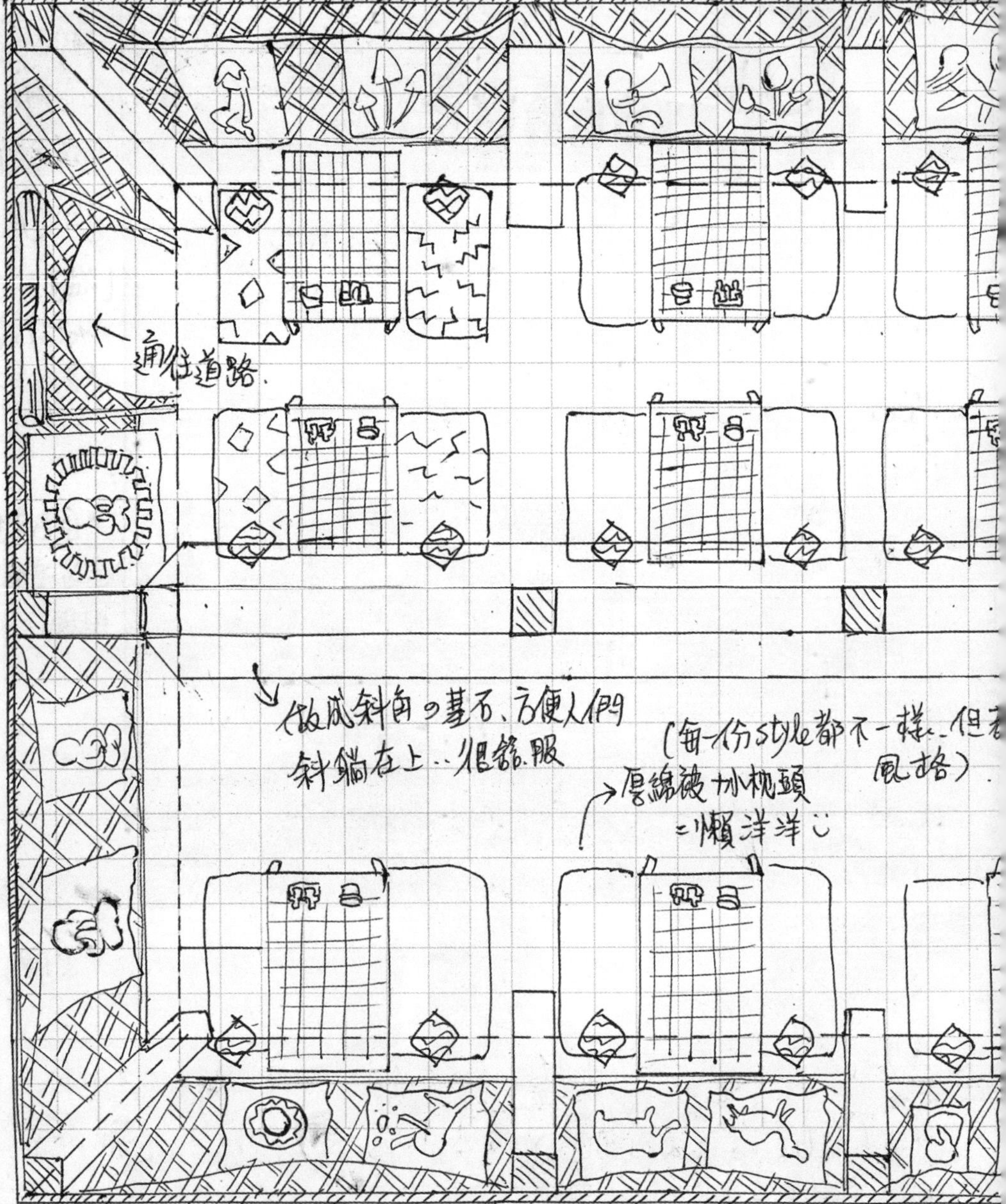

因Hampi這2天(14、15)正逢節日、、印度人塞爆全城、、房間全部吃滿、價格也上
番、、擠過渡河後在嬉皮風十足的對岸找到一間旅館願意給過夜、、有趣的

＊和歺廳伙計一起 在歺廳打地鋪…有史以來sleep過最大の房間…(笑)

歺廳除了柱子外，其餘皆用竹籬圍成牆面，很有特色在頗熱の夜裡也有通風降溫的效果…☺

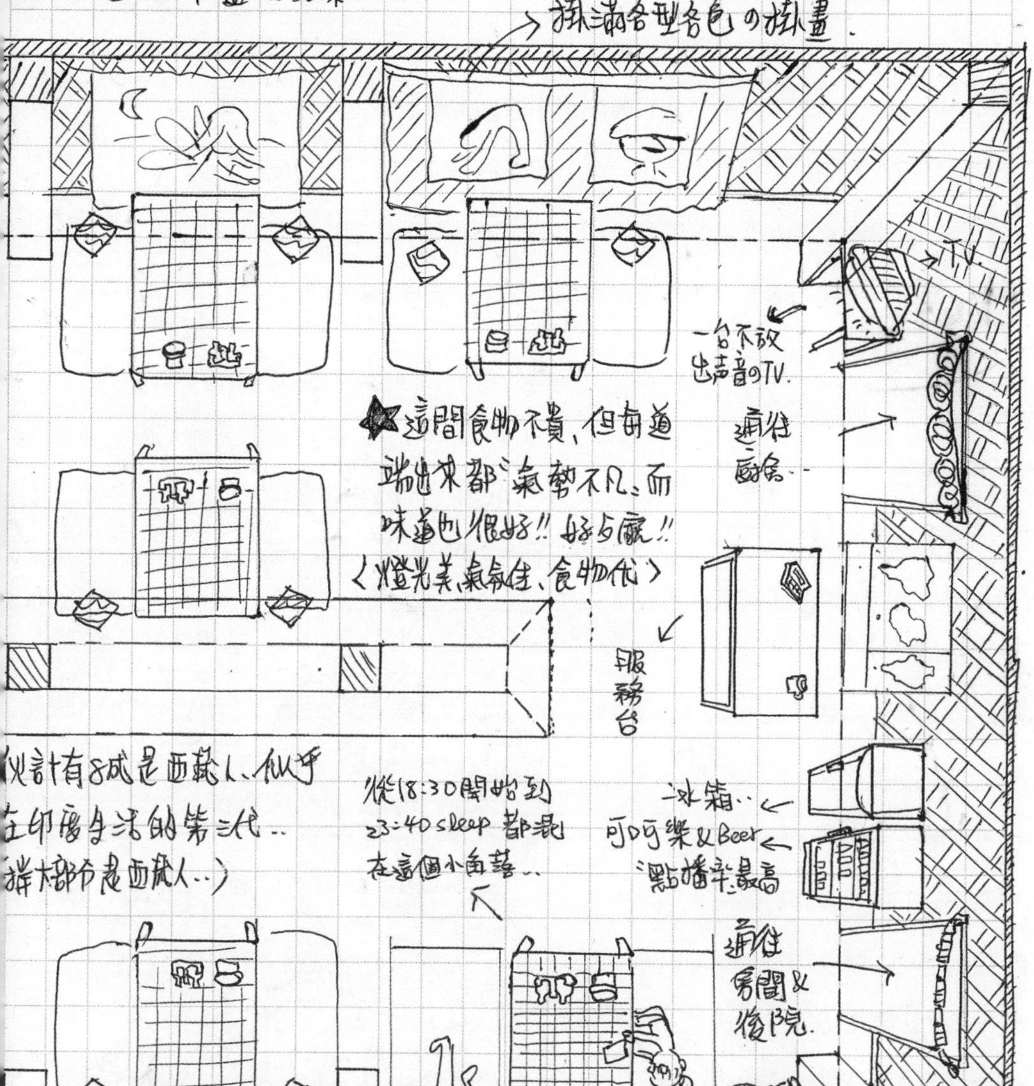

打開睡袋就在位子上Sleep. 一晚RS.50/1人.
23:00~7:00 為 Sleep Time ≠ 歺廳營業時間.

不开的夜。

几乎是每天晚餐后，带着各式乐器的嬉皮士们总会即兴玩起音乐，狂野的鼓声配合萧瑟的手风琴如何？高扬的笛声混合在嘟嘟作响的喇叭声里算是特殊的搭配，那么3个印度手鼓加上笛子与手风琴再配合喇叭声呢？自由拼凑而成的音乐就像交响乐般配合出奇妙乐章，突然一股磁性低沉的嗓音加入乐曲里，像是融入了什么，现场的一切完整了。夜风轻轻拂过椰子树的轻响融入在美好的音乐与歌唱中，将意识带到极为放松与满足的境地。轻轻地哼着节奏，享受着这充满生命力的愉快时光，这样的美好发生在每天夜里，你舍得睡去吗？

遇到的嬉皮士们个个身怀绝技，天赋异禀，时而吹笛时而击鼓，随口唱来都是优美旋律，相较之下，我光是试着让Didjeridoo（迪吉里杜管，长管乐器）发出声音就费了好大工夫。

当人群散去，总有人爬上岩山去找寻安身的角落，有备而来的不是挂起吊床，就是用蚊帐布置一个角落，更随意的只要一块平坦石头，盖上睡袋就过一晚。躺在留有阳光余温的石头上，睁开眼就是满满的星空，而且你绝不会错过每一个阳光洒落的日之初。

亨比十小时健走

在河的这一侧过了好几天乐不思蜀的日子，到了今天才猛然想起那一侧还有好多历史遗迹要看。亨比，一座过去古老王国的都城，随着外敌的攻击陷落而成为废墟，但腹地极广的范围内仍坐落着王城、各式神庙和种种历史建筑群。可以想象纵深十几公里，随意一个转角就是几千几百年的历史遗迹吗？走在河岸边都会无意间踩上古老的图腾刻印，亨比就是一个如此神奇的历史古城。

一条道路环绕着亨比古城，我们带上

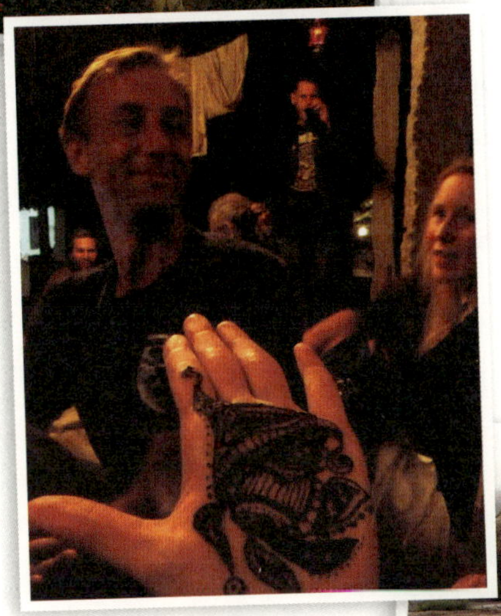

充足的粮食和饮水，开始了一个大胆的计划——徒步环绕亨比城。为了不错过任何一个小型但可能有趣的文化遗产，我们从早上 8 点就出发了，看过一间间神庙，继续探险式地发掘隐秘处的历史遗迹，慢慢就到了日中时刻，漫步在近似蛮荒的树林间几近无人的小道上，只有一条流浪犬与香蕉树在身边。逐渐西斜的阳光提醒了我们，此时已走了多久了呢？六七个小时吗？认真研究 10 年前出版的地图，发觉还没有走到周长的一半，距离与时间付出的努力不成正比。为避免天黑迷失在丛林中，我们加快了步伐，但是太阳西下的速度似乎越来越快，而行走的道路却越来越窄，此时连陪了我们大半段的流浪小黄狗都不知所踪了。在香蕉树的密林里碰上一位蕉农，才知道绕了大半天，已不在正确的路上。几经努力回到有车辆的路上，黄昏已然降临大地，带着不知身在何处与赶不上最后一班船的担心招了一台嘟嘟车，结束了几无停止的 walking day，坐在车上才发觉竟走了近 10 个小时！在车上看着晃眼即过的景色，想着未完成的遗迹探险，虽然疲劳但仍感可惜，无法完成环绕亨比 never stop walking 的有趣计划。

有兴趣的人，可安排和我们一样的“早上 8 点出发，傍晚 6 点结束的 10 小时步行，路上仅补充干粮与矿泉水”，肯定会瘦！

追风游湖夕阳景

电影里有一个画面总让我神往不已：“一台摩托车在阳光灿烂的午后如轻风驶过湖边，人车的倒影交融在山水景色里，就这样一直走，一直走，往前延伸的路似乎没有尽头。”

在亨比，租了一台极有型的印度小型摩托车，在壮丽与秀美并容的景色里敞开衣裳，任由风带起衣角扬起发丝，不去管阳光的灼热，风带走了午后的炎热与心里所有的烦忧。在乡间小道上随意骑乘，路过小村

小镇时总有热情的小孩跟我们打招呼，路边一棵棵枝丫满布的大树都像在诉说着极悠远的故事。我们在树荫下稍事歇息，远方田野里的农人们在弯腰插秧，隔壁田里的水牛在喷着鼻息拖着沉重的犁。这里的一切似乎仍保有乡间的原始生命力，40 年前的台湾是否也是如此美丽？

在水源充沛的南方，小河小溪总穿梭在路边桥下，我们找到了它们汇集的一个大湖，骑着车看着湖边倒影，仿佛驶入了电影的画面里。没有尽头的路上，湖水安静地在身边荡漾，吹过湖面的风带着清凉，平静无波的湖面似乎在向我们招手。找了个安静的角落，慢慢走进湖水里，任由水波带来的凉意从脚趾漫至全身。午后的阳光映在水面上，反光有些刺眼。我们缓缓地飘荡在水面上，看着几块白云陪衬出的完美蓝天，放松着身上每一寸神经，在湖里惬意地游来游去。游累了上岸，一个在水里浸了许久、凉透了的西瓜正等着我们，大口吃着西瓜，股股冰凉与甜意沁人心脾，有什么比得上此刻的快意？

黄昏时分，攀爬着岩山石阶，试着走到顶部的神庙。渐爬渐高，景色益加开阔，农田绿意，椰子树往远方延伸出去，如脐带般的河流在绿意间穿梭流动，让生命充满这块大地。略喘着气到了岩山顶上的神庙，大大小小的猴子家庭在岩石间跳跃活动，猴子也懂得选择景色壮丽的地方居住吗？

夕阳渐渐西沉，大地的色泽开始变化，坐在附近的人们吹奏起一种长筒状像是西藏大管的乐器，发出如同梵音般低沉缓慢但富有力量的声音，悠扬地融入日光渐暗的景色之中，乐音、夕景、风声、落日后的舒服凉意，让人直到天色渐暗才舍得离开。

天全黑了，一台小摩托车载着妹妹和新认识的朋友，在如牙儿新月的映照中大笑大闹地回到露营地，然后迎来一场即兴狂野的音乐飨宴。今天，欢乐仿佛没有止尽。

银月鹰翔

原本计划只待 3 天，但行程表被一次次延长，一个礼拜已无声无息地过去，亨比果然是一个让人不舍离去的桃花源啊！

在亨比的几天里，享受了自旅程开始以来最快乐惬意的时光，每天都试着发现新的惊奇与乐趣，白天骑着摩托车、自行车，或是步行在各个角落，有时回到湖边畅快地游上几个小时，有时找到一座岩山试着在黄昏前爬上顶端享受美景，而夜里回到露营地，又将会伴着音乐与欢乐度过一个又一个不眠之夜。不错过每晚璀璨的星空与每日清晨的日出，总有不间断的乐事发生在 24 小时里。时间在这样的步调里消失得异常迅速，就如同总会清醒的梦境般，又到了准备离开的时刻。

这一天早早租了自行车，开始绕行几个特别喜爱的地点，带着西瓜又回到了湖边，尽情在湖水里畅游感受清凉。黄昏时分攀爬上一座未曾到过的岩山，静静地坐着回想这一段由中国出发到现在的旅程。银钩般的月亮渐渐洒满一地皎洁的月光，一个黑影忽然由树梢盘旋而起，带着一种沉稳有力的节奏绕着飞翔。那是一只鹰。黑色的剪影乘着夜风稳稳地直上天际，风呼呼响着，老鹰的身影慢慢成了远方一个再也看不见的小点。它想要飞到哪里？为了什么要飞得那么高？难道是要飞向那夜色里的银钩，那闪耀白光的梦幻之地？

生活本不是件容易的事，因此我们总选择轻松的方式，不用飞得那么高那么累，只要一块安全熟悉的角落便已足够。就算向往天空，期盼飞得更远或更高，却总害怕跨出那一步，离开熟悉的角落。

生活本不容易，有时轻松的选择也许相对容易，但那真是你想要的生活吗？旅程中，这个问题一直在脑海里盘桓，什么是自己真正想要的？我有那个勇气与力量去追寻吗？愿意承担那不同的选择所带来的磨练吗？愿意燃烧热情，付出无止尽的努力去前进吗？

看着远方仿佛融化在月色里的老鹰身影，遥想着它所拥有的广阔世界，想起出发前放下的一切与现在所拥有的一切，轻轻问自己：“我能成为老鹰吗？可以用强健的翅膀迎击高空的强风吗？”看着宛如银钩的月亮，我沉默不语。

木瓜牛奶有两种做法（上：哥，下：妹）。

险遭牛吻。

中印度

一路往南

结束了在亨比乐不思蜀的日子，坐公交车到转接点哈沛（Hotpet），一个没有观光客的热闹小镇，打算乘坐傍晚6点到清晨5点的夜间Local Bus直达下一个目标迈索尔（Mysore），印度西南方卡纳塔克邦（Karnataka）的首都。也因此有了整个一下午的空闲时间。要想在车站附近找到安静的角落是困难的，但是背着包随意走着，竟找到了一个安静的区域，干净整齐的宅院坐落在九宫格般规划良好的空间里，走着走着竟有种似曾相识的感觉，那巷弄间玩闹的小孩，那种紧密又独特的聚落感又带着一丝军人般的不苟言笑。这里好像台湾的某个地方，找了一个有阴影的角落坐下，突然发觉这里简直就是台湾眷村的翻版嘛！

随后出现的严肃男人揭开了答案（来驱赶两个怪怪的外国人），原来这里是印度警察眷村，难道全世界的眷村都有这种味道吗？带着“保卫家园”般的严肃感，警察将我们“请”出了村落，这种独特的排外感也是其中一味哪！

在这安静的住宅区里，户户门前都用彩色粉笔在地上画着各式图腾避邪祈福，有的线条繁锁、结构复杂，有的用几何图形重叠组成，有的精简利落、小巧可爱，千变万化中不变的是鲜明色彩。

奇幻午后歌唱秀

炎热的午后，找了棵大树，靠着一堵矮墙试着写些明信片，邻近住家的家犬也许没看过台湾人，持续叫嚣却又不敢真的靠近。被人赶完被狗赶，正觉得今天下午注定奔波时，狗主人出现了，喝止了吠叫，然后开始一连串印度式问题大集："来自哪个国家？""叫什么名字？""在这里做什么？""喜欢印度吗？"

印度从北走到南，回答已经不需思考，正想着问完大概要走人时，一个邀请不期而至："要到我家来听我唱歌吗？"这个从未出现在大脑里的问题，让我们在午后阳光下愣了好几秒……烈日当头，在住宅区被人赶，在树下被狗吠，公交车还要等很久，这种情况下，实在没有理由拒绝这诱人又古怪的邀约。

10 分钟后，在印度人的客厅里看着他非常专业地打开电视，开启音响，准备麦克风（还有专用的设施啊），开始了卡拉 OK 现场秀……

虽然已经确信在印度想象不到下一刻会发生什么，但这次又加深了这样的想法。一个无聊的炎热午后，不知为何就坐在某个印度人家里客厅椅子上，听着印度男人用非常抒情、投入的歌喉唱着一首首歌曲，随着节奏

↑ 印度家庭式卡拉 OK。

摇摆身躯，由当地的语言唱到官方印度文版本，再热情地介绍他家里的情况、生活的哲理。等到了坐车时间，我们已经知道他家里有几个亲戚、养的小狗的名字、有什么爱好与兴趣（还非常骄傲地表示曾站在演唱会的舞台上……当主持人）。后来时间到了，我们背着包与他互道别离，直到坐在公交车上仍觉得像是在做梦。印度，永远让人猜不透啊。

■宫殿

在世界各地都能见到贫富差距，但在印度可以看到最极端的表现方式，数百年前定下的种姓制度让各种阶级几乎固定了他们一生的职业，也限制住他们的发展与收入。像最低阶级的“神之子”旧称的“贱民”睡觉就是围个破烂的毯子倒在街头，没有收入与尊严地靠乞讨维生，但最上级的“婆罗门”与“刹帝利”呢？

在迈索尔参观了在印度也是数一数二有钱的蕃王住所 Maharaja's Palace，除了占地大如台北故宫，精致豪华远超圆山饭店（想不出台湾其他的豪华建筑），雕梁画柱达到难以想象的繁复，建筑风格融合了印度教与伊斯兰教。这样的天花板需要花费多少人工？更别提在高达数层楼的地方仔细绘上巨型的天顶绘画，随便一扇门都需要花费半小时才能细数有多少细雕动物、花卉跃然其中，要花费多少的财力、人力与时间才能堆砌出这栋气势磅礴的闪亮宫殿？答案是，建造时间约 15 年，花费 4.2 亿印度卢比。

在印度各地都能看到衣不蔽体的神之子们居无定所地以乞讨为生，但不到一条街的距离就可以看到用天文数字打造的蕃王住所……越是华丽越是感到讽刺，现在仍存在这种结构性的社会问题，这些不平等的差距古今往来多少杰出之士试着弭平与修补，但有谁能真的完全打开这缠绕的死结呢？

在印度总能看到美丽与丑陋、宁静与喧嚣、诚实与欺骗、传统与蜕变，融合在每一天的所见所闻里，成就了它的丰富却也形成种种纠结不清的疯狂。总是猜想不到下一刻会带来什么，走在几近疯狂的豪华宫殿里远远望见倒在街头的贫民们，这栋挥霍金钱堆砌而成的宫殿突然让人有些不自在，这种极大的对比真可以视为一件“正常”的事吗？

南印水果蔬菜疯

自从在斋浦尔买了电热水壶，当地市场就是重要的食物来源。在印度旅行一个多月后，脚步踏进了土地肥沃、物产丰饶的南方。还记得在北方我们曾分享蔬菜水果的价钱吗？走进中部大城迈索尔的果菜市场，各种蔬菜水果五颜六色，让人目不暇接，开口一问，价格更是自出发以来最低的，随便举几个例子：

名称	北方价格 (Rs/kg)	南方价格 (Rs/kg)
马铃薯	10~20	5~10
洋葱	15~20	5~10
高丽菜	12~25	5~10
红萝卜	15~20	10~15
西红柿	15~20	5~10

低廉的价格配合卖相极佳的蔬菜水果，难怪到了南方，餐厅的价格开始下滑而食物的份量却上升了。北方口味较为浓重，到了南方开始清淡易于入口，米食料理压倒性地出现，在北方一小碗 plan rice（白米）要 20Rs，在这里只要 15Rs 就给你满满一盘！

也许南方物产相对富饶，吃的部分不虞匮乏，这里的人们的表情比北方平和许多。南方人住的很多都是有庭院的独栋住宅，城市的街景除了现代许多外，公交车等的公家设备也远比北方或是东方要先进（加尔各答的公交车还在用 30 年前木造的车身，而迈索尔的公交车和台北的已经一样了），乞丐的数量少了，吃饭的餐厅数量惊人且选择多样（北方除了给观光客吃的店，当地人吃的都很简单），店铺关门的时间延长……例子实在太多了，对于同一国家来说，南北城乡面貌差异如此大，深感不可思议。

大量的香蕉。

市场到处都是卖蔬菜水果的摊贩。

卖米的印度帅哥。

迈索尔的果菜市场。

中印度

天涯海角

↑ 印度人只要到圣地都要洗个澡。

离开中印度后一路往南前进，气温无休止地直线向上，随着温度与气候的不同，路上看到的一切都起了变化，比如招牌上的文字让人更难以理解（印度有 15 种官方语言），英文出现的频率不断下滑，居民的肤色在黑夜中越来越难发现，气候、风土皆大不相同。

印度南北大不同

南印度究竟是怎样的地方？和北印度又有什么差别？

1. 外国游客渐渐稀少，相应的观光业的产业变少。在观光业发达的北印度，随便一招手，嘟嘟车马上出现殷勤问候；南印度这里，你呼喊半天也不见得有车要停，就算停车，问了目的地后，若不想载，车子一声不吭开了就走，帅气！南印人较北印人富裕，常常看到嘟嘟车司机停在路边小憩，工作似乎只是点缀生活的一部分。

2. 南印度是重要的农产品生产地，因为风土不同，食物也呈现热带风情，像是椰浆做成的配菜，特有的喀拉拉胖胖米（北印度的米细长），各式各样的丰富食物让爱吃的我超爱南印度料理。在北部城镇，

一条街上可能只有一两家餐厅（专门开给外国旅客的不算），食物种类也少；在南印度，同样长度的街上可能就有五六间餐厅，除了种类多样，连分量都很惊人，盘子还是超酷的香蕉叶（部分店家已改用一般盘子），吃饱了若没将蕉叶对折，老板就会一直加菜一直加饭，直到吃饱，而且价格也非常实惠（不过南印度除了食物便宜外，其他什么都比北方贵）。

3. 宗教的版图也开始发生变化。东印度是佛教与印度教的大本营，北印度与西印度的伊斯兰教势力壮大，南印度则是百家争鸣，在这里除了印度教的势力如日中天不可动摇外，基督教与天主教的各式教堂比例也远高于北部各省，常常可以看到圣母的塑像立在交通最繁忙的市中心，但是旁边却正举行印度教的宗教庆典，宗教的活力已深深根植在这块土地上。犹记印度朋友得知我们没有宗教信仰时那惊诧的表情，接着牵住我们的手用力说道："愿你迷失的灵魂能找到归宿。"语气充满让人印象深刻的坚定。宗教，几乎就是他们的第二生命啊。北印度也对宗教很虔诚，但在南印度的宗教祭典里，我看到燃烧生命的狂热温度。嗯？

会不会与同样炽热的天候有关系？

4. 社会资源的贫富差异。还记得我曾提过东印度加尔各答那车身木造的老爷公交车吗？还记得那车顶都坐满了人、几乎要报废的公车吗？到了这里居然坐上了一台有空调的公交车，还有到站前的 LED 灯，崭新又舒适的座椅、大片的玻璃车窗，若不是坐在旁边身穿纱丽的老太太，几乎要以为正坐在台北的公共汽车上了！而最能代表生活水平的“住”呢？这样比较好了，北印度住的多是眷村般的村落，而南印度最常看到的是有前庭后院的单栋别墅！不夸张，每间都像出自天母住宅区，而这仅是一般人住的地方而已啊！当然还是有住在路旁的乞丐，但数量上远低于北方。

以上几点也只是略略提到这南北之间的不同与反差，种种经历的冲击，让人认清印度是个充满多样性的国家，而这气候热情如火的南印度，又会带来什么不一样的旅程印记呢？

↑ 在海边想要洗去罪孽的人们。

印度最南端的“黄金海岸”

旅程由 11 月开始，从渐冷的台湾抵达热带潮湿闷热的加尔各答，一路往西，时间到了 12 月，气温才像是心不甘情不愿般慢慢加入了秋天，在太阳未出之时略有寒意；而 12 月底才在白色城市乌代普尔碰上第一波象征入冬的寒流，瞬间带来浓浓冬意，清晨气温 5 摄氏度（在印度这气温可不得了啊）；此时月历翻过一页进入 1 月，气温应该更低，但我们随着火车的摇晃慢慢往南方走去，竟感受到了四季的倒退，由寒冷冬天回到了微凉秋天，最后竟倒回火热夏天。听着台湾传来寒流冻死人的消息，躺在南印度沙滩上感受炙热艳阳的我们产生了知觉上的错乱，原来南印度最冷的 1 月气温竟高过 7 月半的台湾夏天啊！

终于站在了印度次大陆的尽头——最南端的科摩林角（Cape Comarin），由此开始，每一步都是回头路，每一步都更靠近家乡。

带着浪漫想象来到印度最南端，一心想在海边找个僻静角落过夜，听着海潮声入睡，为的是醒来时第一眼看到最南端的第一道曙光。美好的画面在想象中如同一张构图完美的照片，就差真正实现它。

印度半岛最南端——肯亚库玛利（Kanyakumari），原意为“未开发的处女地”，在抵达前对它早已有了美丽的想象，想象着站在三洋交汇处（孟加拉国国湾、印度洋、阿拉伯海）看那美丽夕阳。

终于到了最南角，想不到下车后映入眼帘的是万头攒动的人潮，特殊的地理环境再加上海边的印度教神庙库玛丽庙（Kumari Bahal），此地成了印度人热门的朝圣地点。

带着行李直奔海边，离海岸越近越为那汹涌的人潮感到震惊……这地方人也太多了吧！原来这里因为三洋交汇，过去就被印度人视为圣地，如同恒河一般，认为只要在里面洗个澡就有洗去“业障”的神效，因此无论男女老少、富贫贵贱，心怀印度教宗旨的人们，通通聚集在这小小的海角南端。许多贫穷的印度人只有包车的钱，连窝居大通铺的旅费都没有，于是除了海边停满一辆辆满载朝圣的印度人的大客车外，入夜后，较为贫困、负担不起宿费的印度人，就在临海的马路两旁排开，裹着单薄的毛毯，头脚相依地躺在人行道上……那场面不能不说壮观，

长到看不见尽头的人行道上睡满一排排看不到尽头的人群！有人就会产生“废弃物”，而没钱睡在屋檐下的人们自然没闲钱上公厕（印度公厕大部分都收费），于是沿着海岸线，只要不是洗圣水澡的沙滩都满布着……怎么说呢，满满的“人造地雷”啊！密集的程度远超想象，只能称之为“黄金海岸”！我们非常自然地放弃在地雷区过夜的想法，只能说浪漫果然敌不过现实的考验。

日出嘉年华

隔天起了个大早，天还有些昏黑，半梦半醒间又回到了海边，在同样等待日出的人潮里静默等待。满布海岸的人潮里竟荡漾着一股微妙但神圣的张力，人们就像感受到了什么而静默不语，只有海潮声在哗啦作响。突然，在光华透出海面的一瞬间，从人群中传出一阵阵如海潮声般的祈祷声浪。随着海面上炸裂的金黄色光芒，身边祈祷的影子蒙上了一层橙光，张力得到舒展，大量的声音也呼地炸裂开来，一时间人潮声浪来来去去，此时反倒像是一场拥有神圣性质的嘉年华了。

过去在恒河边看过的祈祷到了海角南端仍是那么相似，不论是瘦骨

↓ 用非常自然的方式风干衣物。

伶仃的贫民还是丰腴的富人，一样向着阳光诚心祈祷，他们的影子拉得很长，光影间交融合并，再也分不清阶级或是出身，人人平等。

站在岩石上看着老妇顶着手杖颤颤巍巍地向大海走去，看着骨瘦如柴的老先生虔诚地净身祈祷，看着沙滩被五颜六色的纱丽点缀得缤纷莫名，我们深刻感受到了宗教对他们来说有多重要。

南印大神庙

进入南印度后，宗教的气氛就更加浓烈，常常可以在街上看到各种宗教活动或是塑像，而马杜赖（Madurai）就是南印度宗教代表性的地方之一。在这个印度教圣地，有一座巨大壮观的印度神庙——米娜克西神庙（Meenakshi Temple）。

还记得那天下了火车跟着人潮慢慢前行，越靠近神庙，朝圣的民众就越多（各朝圣团体会穿着不同颜色的“制服”，远远看去就像各种色块在人群中移动）。远远就可以看到高耸的、充满气魄的彩色门楼，那是高达五层楼、上面布满彩色印度神像雕塑的巨大庙门，东南西北竟有4座这样的庞然大物。神庙内部更是将印度特有的繁复与华美展现无遗。一路走来，我们对印度人在宗教艺术上的执着深感敬佩。今天也是一次令人惊叹的相遇，为何这个国家有着那么多让人着迷与敬佩神奇之处呢？

↑ 米娜克西神庙是印度最大的印度教寺庙。

↑ 象鼻会给你摸摸头（祝福）。

↑ 着统一制服的信徒。

↑ 庙大到逛完就饿了。

公厕旁人味十足小套餐……照吃（大无畏）。

顶上好功夫。

墙上的手绘地图。

南印度

科钦 Keroro

↑ 严重怀疑 Keroro 的创意是从这里来的。

在饱经战乱的年代，许多中国人背起行囊去往世界各个角落寻找生存喘息的机会，无论远至美国或近至东南亚，都能看到那一代中国人留下的痕迹。在印度西南角就有这么一处地方，那是离海岸有些许距离的几座小岛，过去的人们以中国东南沿海流传的捕鱼手法开始了新生活。时至今日，这种古老的捕鱼方法在中国已失传，只存在现今人们称为科钦堡（Kochi Fort）的地方，因而成为此地极富盛名的观光景点。

你可以在黄昏时分与当地渔民一起奋力操作渔网（当然，“体验”是有价码的），清理完网里的渔获后，挑选几只肥美好吃的海鲜到岸边小吃店现场制作料理。但美好想象的背后是近海边堆满了垃圾与杂物，饱受污染的海水里，进网的水族少得可怜，更别说什么肥美好吃的新鲜活鱼了。聪明的印度人早已想到了解决方法，撑天高的中国渔网不过是个“活招牌”，各式各样的水族海产早早就由渔船捕捞成箱地送到观光客前任你挑选。黄昏时分，中国渔网仍在渔夫的吆喝声中起起落落，只是每个起落间，网子里总是空空如也，看着倒像是一场现场实景表演的捕鱼秀了。

从艾纳库兰（Ernakulam）搭渡轮，晃晃悠悠之际看到那一排撑天的中国渔网，就知道科钦堡近了。传说当初由郑和引入捕鱼方式，如今

↑ 与其说捕鱼，不如说在“捕观光客”的渔夫们。

这些渔网更像是科钦的专属旗帜，在阿拉伯海上飘扬，引人入港。看着四五人合力将渔网拉起，不停摇头的样子，收获似乎不尽人意。沿岸的海鲜市场里，叫卖声把现场气氛炒得很热闹，此起彼伏拉高嗓子喊价的频率和手法像极了台北华中桥下的鱼市场，但没了刺鼻的鱼腥味，有的是漂浮在空气里的海风咸味。

看完因为殖民历史而留下的葡萄牙建筑和中国人传入的渔网后，到了喀拉拉邦（Kerala），坐着小舟到洄水（Backwater）走一遭，在水乡泽国顺着蜿蜒曲折的平静河流滑行，看着河中的椰林倒影、小平房里的人家顶着浓荫的绿傍水而居，听着竹篙划破水面的节奏，仿佛身在世外桃源。

经人介绍，坐着公交车找到小村落里的印度古舞蹈教室，有一位中年妇人正在房间后的仓库里传授着肢体游动的力感十足的美丽的古舞蹈。中午过后，没有冷气的仓房里十分燥热，房间里的孩子小的五六

岁，最大的十五六岁，正按着老师的节奏舞动。舞者舞动着肢体，在空气里洒落着汗水，阳光随着时间转动角度，光影透过窗户映照在整齐划一的动作里带着莫名的美感。身形旋转、眼波流转、手指不时幻化出或莲花或老虎的形象，咯咯的木板敲出节奏，整个下午，我们一直坐在角落里观看这一场如梦境般神奇的表演，屋内的燥热、汗水的气味、舞者的喘息都在单调的木板咯咯声中融为一体，也在我脑中烙下属于的科钦最深刻的记忆。

夜幕低垂时分，喀拉拉邦的传统舞蹈，卡拉卡利的舞剧（Kathakali，Katha 意为 story、kali 是指 play）开始上演百年的传说。舞者变换着复杂的手势，用丰富的肢体动作加上灵活转动的眼球，说着没有对白的故事。在台下看着舞者从使用天然颜料上妆、解说、示范、正式开演到结束差不多一个半小时，虽然外行人看戏有如雾里看花，不太明白，但很美。

在旅游化的科钦，人们过去的许多生活方式都成了表演内容，如一场要三天三夜的印度野台戏演出，或是搭着小船深入丛林间的小水沟，体验印度水边人家的生活。虽然随着时光的流逝，这些演出给人一种被“驯化”的感觉，但是留存下来的都是束束皆美丽的光影。

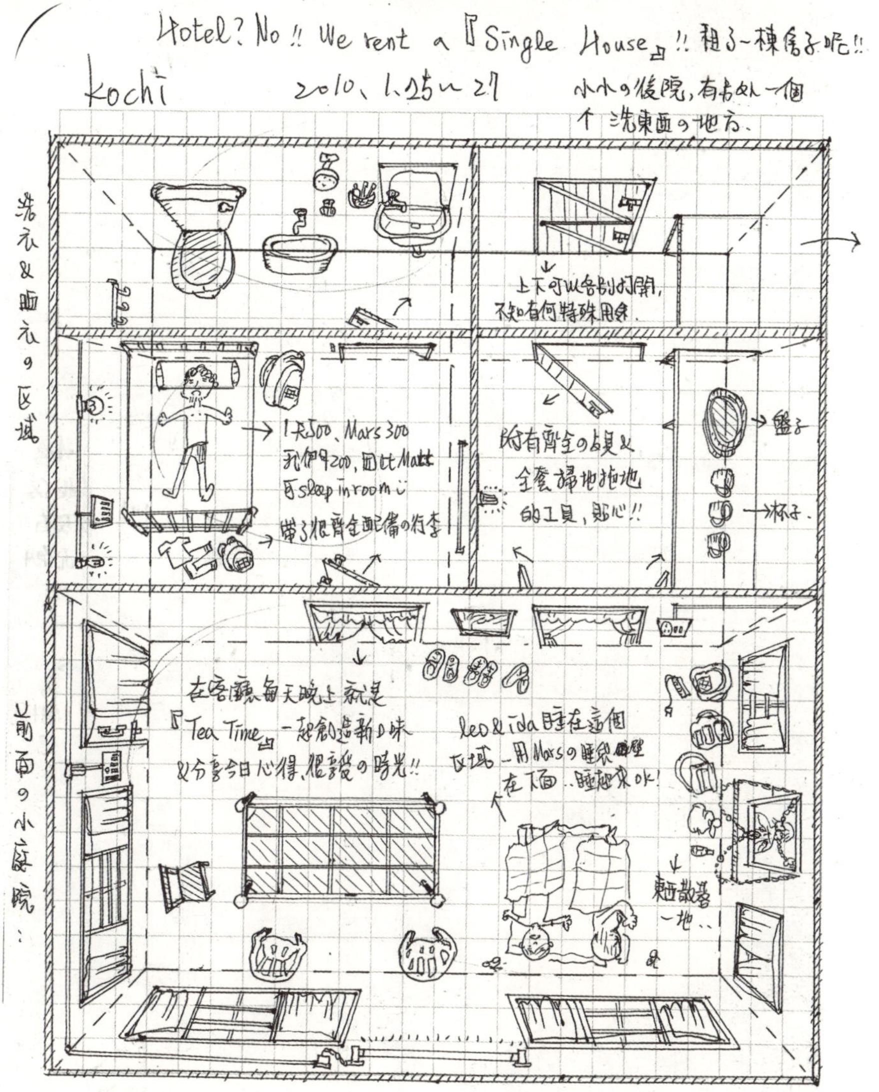
Hotel? No!! We rent a『Single House』!! 租了一棟房子呢!!
kochi
2010.1.25~27
小小の後院,有晒衣一個
个 洗東西の地方.
上下可以各別打開,
不知有何特殊用途.
洗衣&晒衣の区域
1天500、Mars 300
我們200,因此Matt
睡sleep in room
帶了很齊全配備の行李
附有齊全の器具&
全套掃地拖地
的工具,貼心!!
盤子
杯子.
在客廳每天晚上就是
『Tea Time』一起創造新口味
&分享今日心得,很享受の時光!!
leo&ida睡在這個
区域一用Mars の睡袋鋪
在下面..睡起來OK!
蚊香散落一地..
前面の小庭院.

↑ 在科钦住的房子。

科钦的中国渔网。

在科钦的船游。

南印喀拉拉邦的传统舞蹈卡拉卡利舞剧。

人人一手好功夫。
芭蕉叶装盘，环保又省事。

南印度

除了海滩还是海滩

如同过了青少年时期，光阴就像火箭般飞逝一样，漫长旅程里时间原本如静态，突然不知何时，时间每一刻的流逝都是显而易见地快速且惊人。最后半个月，短短的 15 天，每天都想抗拒时间流逝却徒劳无功，一天还是 24 小时，终点站的步步进逼让人难以喘息。在抓住旅程尾巴的想法下，放弃了圣地果阿（Goa），去寻找在某地听过某人（已忘了是谁，在哪里，只记得酒酣耳热的高谈阔论和那振振有辞的言语）说过的“印度最美丽的沙滩”。那是南印度一个再普通不过的小城——卡努儿（Kannur），一如其他的南印城市，最热闹的街道上满是盛产的各式热带水果与富饶的农产品，空气浓厚得就像能滴出蜜汁一样。我们背着包无头苍蝇般找寻传说中的绝美海滩，问了当地人却得不出什么答案，他们是这样说的：“往那儿走去是有海滩，不过没什么特别的啊！”这就样，得不到什么“绝世海滩”的评语，但人已经在这儿了，所以还是得往那里探一探！

几经找寻，在闯过闷热树丛后我们终于看到了！竟是一整片往远方不断延伸的金黄与靛蓝的交界，金黄色的细沙在炎热的下午让赤裸的双足火辣辣地烧，宝蓝色的海水却带来阵阵冰凉。在沙滩上不觉走得远了，令人惊喜的是，一路走来竟没有一丝垃圾堆在岸边，不可思议之余忆起当地印度人的另一句评语，“那儿没有旅社没有餐厅，就一片沙滩呀”。想到此不禁莞尔一笑，这不是旅人们朝思暮想的纯净之地吗？

走累了，离开海滩随意走进岸边的居民小巷，抱着姑且问问的想法，竟找到了间没有招牌的民宿（老板娘一直不敢相信我们是误打误撞找到的）！就在这离海岸不到5分钟的民宅中住下，几天的时间里，光阴的流动好似又再次缓慢下来。常常早上就赤着脚在沙滩上尽情奔跑玩闹，累了流汗了就跳入海里畅游一番，饿了回到住处，民宿老板娘正好端上南印度料理，好一个让人乐不思蜀的地方！

是的，这里除了海滩还是海滩，在南印的海滩边待了几天，好像洗去了长途旅行的所有疲累。

↓ 就是只有沙滩，没有多余的其它“休闲产业”。

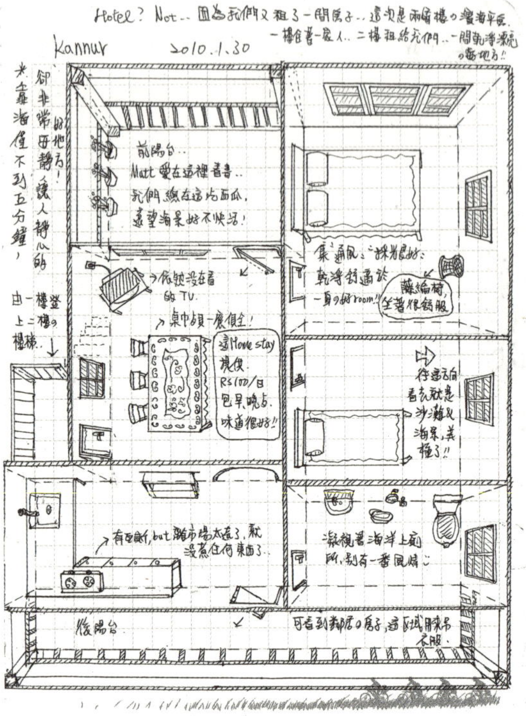
Hotel? Not.. 因為我們又租了一間房子.. 這次是兩層樓の靠海平房.
一樓住著一家人.. 二樓租給我們.. 一間乾淨漂亮の好地方!!
Kannur 2010.1.30
前陽台..
Matt 愛在這裡看書..
我們 總在這吃西瓜,
遠望海景好不快活!
由一樓登上二樓の樓梯..
的TV.
桌巾的一應俱全!
這Home stay
提供
RS100/日
包早、晚餐.
味道很好!!
乾淨舒適的
一間の好room!!
藤編椅,
坐著很舒服
海景,美極了!!
有廚房,but 離市場太遠了,就沒煮任何東西了.
凝視著海洋上廁所,別有一番風情
後陽台.
可看到鄰居の房子,這區域用來晒衣服.

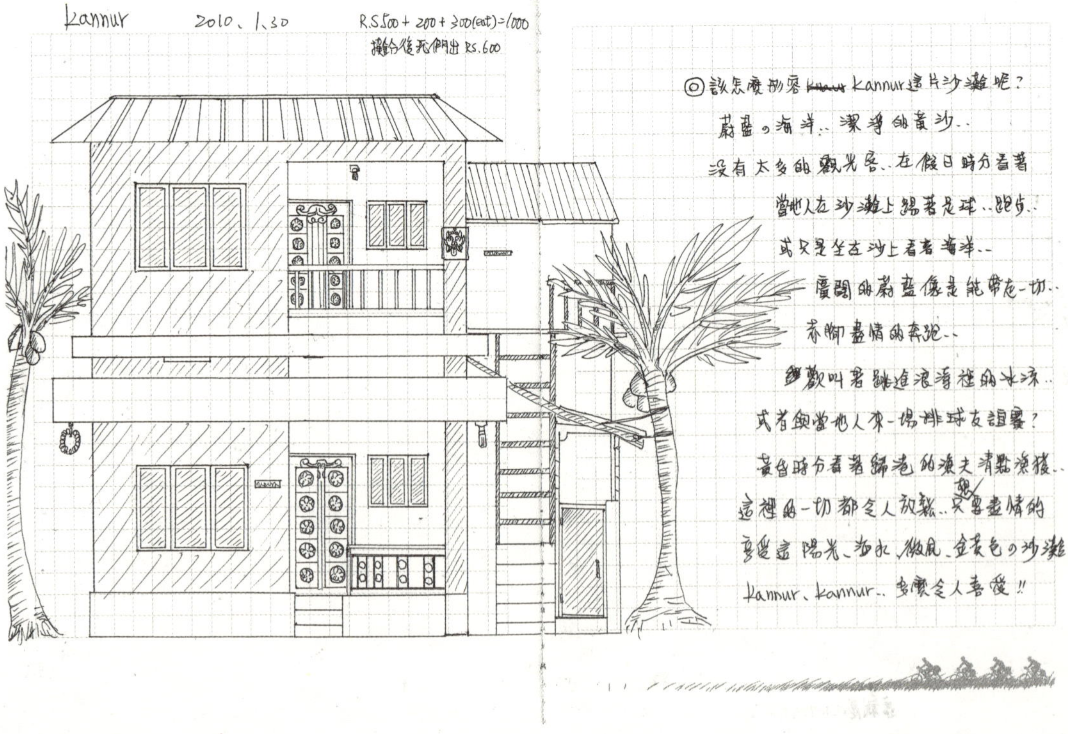
Kannur 2010、1.30
RS.500+200+300(eat)=1000
攤分後我們出 RS.600
◎該怎麼形容 Kannur這片沙灘呢?
蔚藍の海洋.. 潔淨的黃沙..
沒有太多的觀光客.. 在假日時分看著
當地人在沙灘上踢著足球..跑步..
或只是坐在沙上看著海洋..
廣闊的蔚藍像是能帶走一切..
赤腳盡情的奔跑..
歡叫著跳進浪濤裡的水沫..
或者與當地人來一場排球友誼賽?
黃昏時分看著歸港的漁夫清點漁獲..
這裡的一切都令人放鬆.. 只想盡情的
享受這陽光、海水、微風、金黃色の沙灘..
Kannur、Kannur.. 多麼令人喜愛!!

↑ 在卡努儿住的房子。

背包客的天堂

过太舒服的日子让人不禁盘算起能留在此地的价值，本欲离开，可后来无意间看到当地观光广告的景点简介，有个地方的介绍只印着短短的一句话：“背包客的天堂。”这句话就像一道绝美的诱饵，让我们这两条傻鱼情不自禁地又上钩了，明明快要天黑了，仍义无反顾地跳上那开往“天堂”的末班公交车……于是车子到站，在一片漆黑的村庄下了车，说好的天堂还没出现，倒是陷入让人很想噗哧一笑的窘境。在印度旅行也有几个月了，还是第一次到这么偏僻的小村落啊！从英语不好的村民口中得知这里真真正正地“没有旅社没有餐厅，就一片沙滩”，而最近的旅社就在我们坐末班车来的地方……

既来之则安之，以走一步算一步的心态往沙滩走去，越走路越暗，是一个不见月亮的夜啊，偶有路过的村民就站在远处睁着一双眼直盯着我们，一副“这两个家伙打哪儿来，想干什么”的标准神情。越往深处走越是荒凉也让人越心慌，夜风一阵阵吹过，而“天堂”的海浪声还没听见，是要硬着头皮继续往前还是回头再想办法？最后抱着准备睡沙滩的打算前进时，远方传来一阵杯盘交错的声响，循着声音找到了一处带着光亮与人影的小村落，温暖昏暗的灯光里有群人正吃喝谈笑。身陷黑

暗的乡间小路，此情此景马上让我们联想到“卖火柴的小女孩”那站在窗前看着别人欢乐的影像……

抱着最坏也不过如此的想法继续前进，两个落魄的外国人突然出现在快乐小聚落，马上引起一阵骚动。我们在混乱中努力询问：“这儿有住的地方吗？”也许是发音不正确或是看起来就很饿，不会说英文的印度老太太们径直送上看起来就很神奇的南印度料理。在不好意思拒绝也不想拒绝的情况下吃了几道，正闹腾腾之际，终于出现了一位村落代表，一位在中东迪拜工作的先生操着熟练的英语理清了所有事情，而这位正义感十足的家族代表一听到我们打算睡海滩，竟热情地邀约至家中住一晚。半小时后，我们在客厅依稀听到他与老婆的谈话，他老婆的意思是“白吃就算了，竟然还想白住”。我们赶紧在闹出家庭纠纷前主动要求

睡在门前走廊，一时间又是闹腾腾地一阵混乱。一切终于安顿好时已是深夜，这才意识到正躺在一户陌生人的家门口，此时月光正好透过云层洒在我们铺好睡袋的角落，旅行中千变万化的机遇还真是难以预期！

隔日一早，起床后发觉海滩就在附近不到500米的地方，两兄妹呆呆地走在海滩上，此时仅有早起的渔夫在海里撒网捕鱼。在这号称“背包客天堂”的无人（至少是没

↑ 一切都是为了这句话，Meenkunnu：The paradise for backpackers.

有观光客）海滩上所看到的绝美日出，是在印度看到的最后一个日出。接下来的几天，是持续了 34 小时火车加 18 小时公交车的长距离移动马拉松，于是这最美的海滩成了旅行中的最后记忆，虽不那么真实却在脑海里永葆它的美丽与感动，就如同这段旅行一样，永远都是我俩心里最动人的脚注与印记。

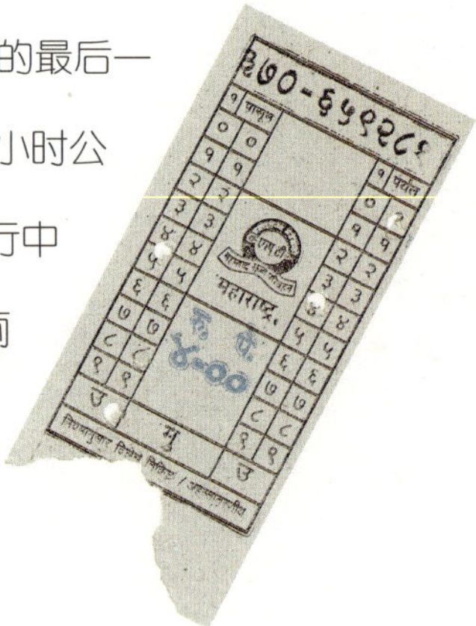

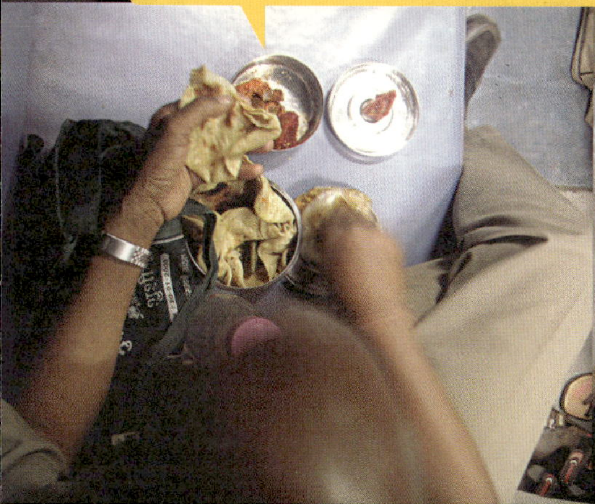

阿伯的火车便当（趴在行李架上偷拍）。

光是煮茶的香料就可以铺一地。

印度

使用手册

No1．小偷

小偷们无所不在，技艺高超，偷得无声无息，偷得不知不觉。如何走遍大江南北，防范措施有以下几招：

鸡蛋学着分开放，钱一定要分头藏：鞋底的钱踩久会烂掉，要用塑料前后包；肚前绑只旧丝袜，证件支票贴身藏；一只短袜配上安全别针即成随身暗袋。

随身锁链：火车上、巴士里、公共场合睡梦中总是让人有机可乘，进入梦乡前别忘了将背包开口处朝向内侧（下方），接着锁在位置上，然后用身体局部压于上方，不要怕麻烦，过程搞得越烦琐，小偷越没时间偷。

入境随俗：行李能省就省，越精简越好，服装越朴实低调越安全，手饰戒指项链耳环这些全都不必要，观光过程时用当地超市的提袋放置随身物品，掩人耳目外兼具一份轻松自在。

No2. 骗子

印度的骗子到处横行。如何在旅行中自保，全身而退？有人说，说着一口好英文的就是骗子。这说法或许太过武断但确实有其依据。不过，骗术纵有千百招，但总会绕着一些老手法转。常遇状况如下：

掮客：总是带着满脸笑意挨近，热情地嘘寒问暖后，贴心地引路，接着带你去与价钱明显不符的破旧旅馆，当您掏钱付费时，他也跟着分赃。

对策｜事前做功课，何去何从心里要有底，对于掮客千呼万唤百不理。

钱来钱往：从杂货小店到兑换中心，从买完水后找的小零钱到美金换印度卢比，钱来钱往总是有机会算错，但怎么全是有减无增？当众抓包后，对方若无其事地还钱，接着还笑笑说："若你没发现少了钱，你开心我开心大家都开心，不是很好吗？"如此理所当然的行骗也算一绝。

对策｜小店买卖时，钱不点清绝不离开；换钱时兑换收据、钞票一张都不可少，心算欠佳、粗心大意者，请随身携带小型计算器。

爱心诈骗：路上巧遇后随即掏心掏肺跟你做朋友，沿路耐心地介绍当地的历史背景、分享宗教神话小典故后，接着说对于印度贫富差距非常不忍，孩子何其无辜，他演唱俱佳、用情至深，令你感动，另外他还会拿出相片和捐赠者留言手册让你内心激起水花，钱也就这样心甘情愿地交出去了。

对策｜没照片没真相，有了照片也不见得是真相，不到正式慈善机构绝不掏钱。

除此之外，切记，绝不喝无缘由奉上的茶水，因为有可能随后被迷昏，旅游计划行程别到处讲，小心半路埋伏，路边搭讪不要理，被邀入室要三思。最重要的是小心之余也别紧张过度，错过印度的美好。

No3. 拉肚子

话说铁打的胃也难抵印度这一关，印度的食物既油腻又重口味，咖喱辣椒加香料，路边摊旁尘土飞扬，盘子过水后随即接着用，手里刚接过钞票搔完头上的痒接着抓饭入口，旧报纸包着小吃到处吃……一切的一切都引领着我们走向拉肚子这条不归路。漫漫旅途要如何自保？方法如下：

水要循序渐进地喝：初来乍到时，小店随餐附上的水不入口；短期旅行者，矿泉水请随身；长期抗战者，初期喝水小口微量混合矿泉水试，再依身体回报状况，适时加重当地饮用水量。

香蕉吐司和果酱：自备吐司一条，可将路边过度调味的小吃夹入其中，调和出人间美味；香蕉在腹泻时有止泻之效，同时还能补充病人所需的体力；早餐以吐司搭配果酱，可让肠胃在连串重口味的攻击下，有小小的休息空间。

移动式小厨房：每日三餐辛辣油腻也不是办法，汤匙、小刀、小便当，外加电热水壶就成了移动式小厨房，到菜市场讨价还价与人厮杀，不管煮面煮茶还是蔬菜汤，印度之旅也可以吃得很健康。

Ph. 2318636
(R)2469328
॥ श्री ॥

人
在印度

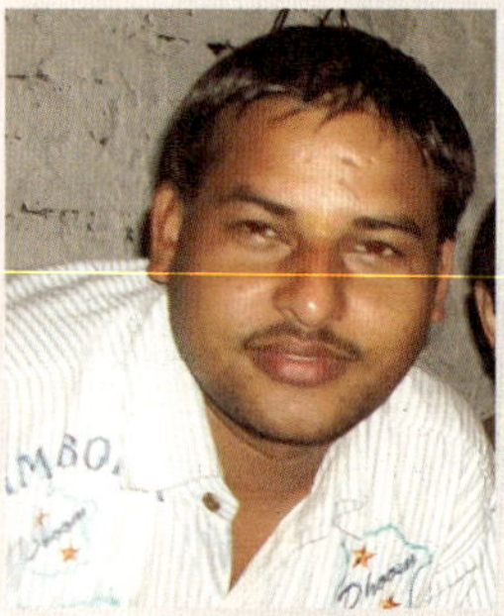

职业	职业骗子
相遇地点	克久拉霍的巷弄间
事件	

自称为大学毕业生刚返乡，喜好广结四海好友八方志士，生性热情好客信甘地，最爱请人入室喝奶茶，一杯过后，拿出相簿分享，出示贫童照片及其捐助证据，随而进行唱作俱佳的即兴演出，行爱心诈骗之实。

职业	医生
相遇地点	前往德里的火车上
事件	

从火车相遇后一路相伴愉快，下车后有如母鸡带小鸡般，连手（手牵手以防挤散）杀出重围逃离火车站，跳上嘟嘟车到达市中心地铁站，坚持付全额车资以示当地人欢迎之意，最后在人山人海的地铁里说再见，挥手离去。

职业	退休历史老师
相遇地点	邦迪 拱门旁的菜市场
事件	

在挑着哪个西红柿大哪个摊价钱低的同时，看上同家菜摊也看到对方，短暂寒暄后提供免费游城导览，虽兄妹疑遇诈骗，但为免遗珠之憾，加上老师英文不够好（辨别骗子方法：英文越溜越危险），提高戒心后仍跟他走，事实证明他除了是位好人，肯定也是位会说故事的好老师。

职业	商人
相遇地点	哈沛眷村旁的大树下
事件	

在烈日当头的无名小镇等着前往南方的公交车，坐在大树下的红砖上，写着给远方的明信片，听着激动的狗冲着人吠，他循声开门一探究竟，招呼问候后突然因不知名原因歌兴大发，我们成了他个人演唱会的VIP，台上时而深情时而轻快，台下不时鼓掌叫好，消磨了一段好时光。

职业	驻外职员
相遇地点	Meenkunnu 临海小镇寺庙广场前
事件	

冲动下失去理智在黑夜中抵达无名小镇，路上无人，前头是一片黑，心灰意冷之际忽见光明，是家族聚会。他见兄妹大吃大喝后依旧赖着不走，心生不忍好心收留，虽因亲戚来访导致已无空房，抱歉仅能提供门口庭院，但在光洁磁砖上以天为被，满天星光下入眠，再无所求。

交通无极限

No1. 人力车

穿着衬衫戴着金项链的乘客一脸不耐烦地坐在车上，艳阳下瘦弱的车夫身上套着湿透的汗衫，下摆包块布，穿着拖鞋的脚奋力踏开步伐拉着车向前跑。价钱不高，但速度有限，人力车夫多出身贫穷，白天在路上拉车载客，晚上在路旁车下蜷曲休息。有时车夫要价低廉，条件是带你参观纪念品商家或手艺工厂等，假如客人待超过一定时间或有消费行为，车夫可另外获利。

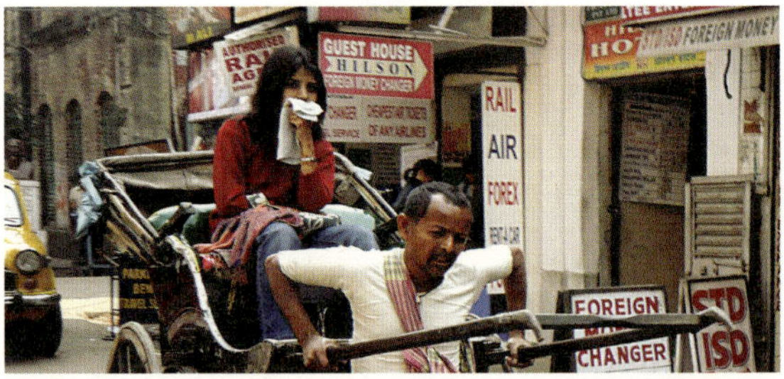

↑加尔各答的人力拉车。

↑人力脚踏车。

No2. 嘟嘟车

嘟、嘟、嘟……只闻其声，还没看到影就知道是嘟嘟车从远方驶来。嘟嘟车（auto rickshaw）是在印度各地绝不会错过的风景，不论在高楼林立的城市还是弥漫着绿树青草的乡间，都能看到邮差绿顶着一头鲜艳的黄，它们是最有当地特色的三轮出租车，由三轮摩托车改装而成的载客车。嘟嘟车主不是在车站前成群结队地守株待兔就是在街上疯狂乱窜，有的照表计费，更多的是漫天喊价，省钱方式除了货比三家外，还可以找同路人共乘，除分享保证刺激的乘车时光外，也分享费用。切记，上车前确认价钱、地点、时间，也别忘了确认共乘人数，否则有可能在人上车后，车夫仍原地打转不走，四处寻客。

由于仅有3个轮子又喜欢严重超载，常常有快要翻车的错觉。我曾试过含司机共8个人加一个小孩与众多行李同坐一车，30分钟的车程里有一半的身体就挂在车外（反正也没车门），碰到不平的路面还真是变成“跳跳车”。

↑被嘟嘟车四面埋伏的德里火车站。

No3. 公交车

南北公交车大不同。东印公交车充满民俗彩绘、花草鸟兽图腾，车内有木头座椅，南印公交车现代感十足，崭新的外壳上贴着时尚名牌的广告海报，车内是包着皮的软沙发，就连仪表板上头的天花板角落也由随车小神坛变成了预告下一站的电子灯。公交车形式不一但收费方式雷同，采取售票员随车收费制，价格低廉亲民。上车付费后会给予公车票根，多为棉纸材质，颜色有桃红、青黄、宝蓝或是葡萄紫等，极具特色。售票员如遇零钱不足会在票根后做标记，待凑足后还清。多数车长人品端正，但也遇过未归还零钱、到站后随即人间蒸发的状况。

↑城市新款。

↑乡间怀旧版。

↑神像贴的很满，
可惜还是抛锚。

↑黄蓝相配用色大胆，
彩绘连窗户都不放过。

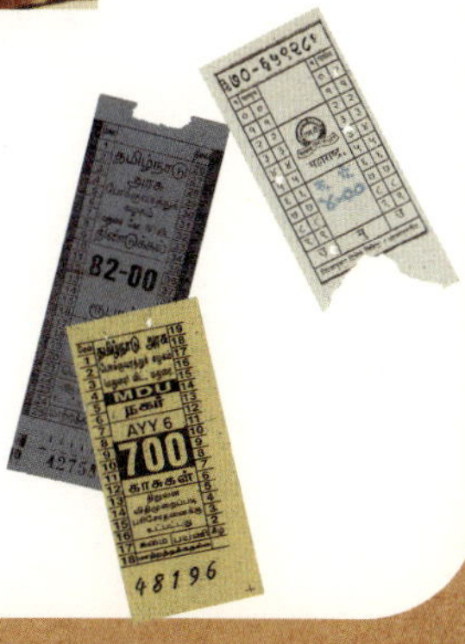

No4. 火车

印度地广人稠，火车成了上亿人口全民移动的最佳工具，火车从英国殖民时期开到印度独立，跑了超过 150 年，移动间点与点的距离动辄上百公里，有各式各样不同等级的车种，可依需求选择。

一条长长的列车可以看到各样的人生，站台上穿着红衣的行李搬运工忙碌地来回穿梭，头顶着硕大的行李箱，汗水沿着黝黑的脸庞滴下，肩上放着发黄的白毛巾但没有多余的手去擦；小贩声嘶力竭地叫卖，不放弃离站前的最后一笔生意；头缠鲜蓝色头巾、西装笔挺的锡克人（Sikh，锡克教信徒），反复看着手表，嘴里嘟囔着火车永远不准时。当列车终于进站时，人潮喧嚣，依着支付的不同票价分头进了各自的车厢，这头是豪华的空调包厢、对号卧铺附被单的头等车厢，另一头是万头乱钻、举步维艰、尿急了直接洒车上的二等车厢，想睡了直接爬上行李架或钻进座位下。

印度列车等级繁多，价钱也以倍数攀升，二等车厢价格最便宜，无须预约，不必划位，采取先抢先赢制；卧铺需要预约，没有空调但设有电风扇；3A 为卧铺升级空调版，价钱是一般卧铺的两三倍；紧接着 2A、CC，售价随等级依次升高，价格逐渐与飞机票价雷同。建议长途旅行的背包客选择卧铺，在夜里入眠时随火车行进，省时也省住宿费。搭乘夜车时，建议购买上铺（UB）或中铺（MB），下铺（LB）虽出入便利，但对“有心人”而言，相对成了“便利”的目标。假如路程短，也可以考虑二等车厢，车厢绝对很挤，背包肯定要抱紧，但价钱绝对包君满意。

火车内有时会见到变性人（hijra）穿着妖冶的纱丽，满脸涂上浓妆，一身挂饰叮当作响，沿着车厢帮人祈福对人乞讨，卖锁的勾着成串铁链不断地来回穿梭车厢间；卖茶郎扯着嗓子叫卖；坐在下铺的老人盘起腿，打开便当吃着咖喱撕着饼……火车里时时刻刻上演着一幕幕印度生活的场景，是旅人最不可错过的印度体验。

↑ 入夜后，二等车厢的置物架成了卧铺，采用“先抢先赢”制。

↑ 隔日清晨人去车空，只剩满地果壳垃圾（2nd Class）。

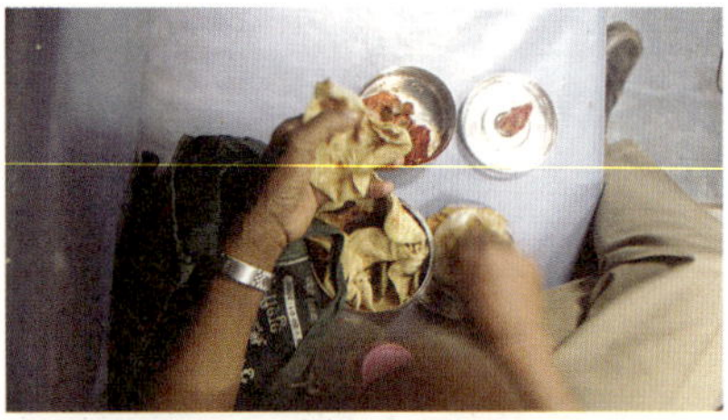

↑ 老人与便当（2nd Class）。

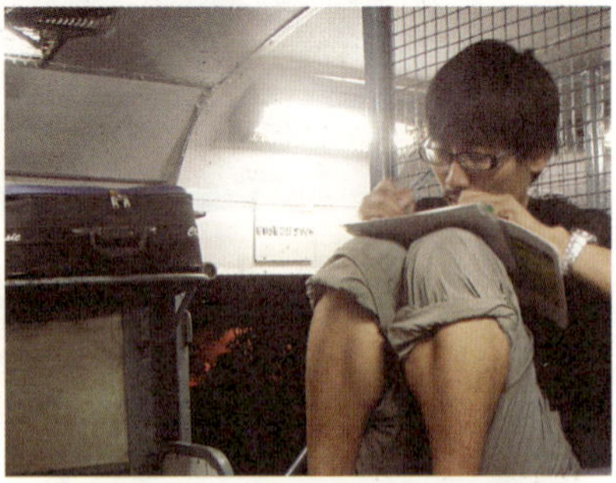

↑ 切记入夜前先爬上置物架占位置（2nd Class）。

No5. 船

这次在印度搭船的经验不太多，最初体验是在东印的加尔各答市胡格利河（Hooghly）上的渡船。胡格利河为恒河的支流，因而也被视为圣河，渡船上可见河岸两旁站着虔诚的印度教徒洗浴祈祷；剃头师傅为刚丧亲的儿子剃去发须，仅留脑勺后方的一小撮；河上飘浮着节庆过后破败毁损的神像……渡船上人们井然有序地坐着，行进四平八稳，价格则如公交车般实惠。另一次则是在喀拉拉邦的洄水泻湖之旅，坐上一叶扁舟，船夫撑着长竹竿穿梭在千回百转的水道上，河岸人家洗澡洗衣平静地生活着，两旁满溢的绿无限延伸，因为是观光行程，收的当然是观光客的价格，建议在街上转一圈，就可以知道公价。

↑ 印度教习俗之一，丧亲的儿子需剃去发须。

↑ 渡船上的百态人生。

↑ 水道上的船夫，眼神莫名地锐利（但其实人好又害羞）。

↑ 清晨时分的恒河渡船码头。

No6. 走路

地图、指南针外加两条腿，很多景点其实没有远到走不到。印度街头永远是车潮汹涌，有时步行也不见得比搭车慢多少，即使真的延长了行进时间，但也看清了过路风景。偶尔在茶摊停下脚步，喝杯茶后再转进巷弄间的无名小店，看铁匠认真地磨着刀，老先生在旁推着眼镜看着报，小孩好奇又害羞地冲着你笑又一溜烟转身跑掉……走路不只让你省了卢比也给予了惊喜发生的可能。但请随时提高警觉，注意安全，并只在白天走路，夜路毕竟危险啊！

138 天的片尾曲

坐在书桌前慢慢地回忆，随着这本书的写作，好似从头到尾将旅程重走了一趟。像持着筛子的淘金客拣选细沙里的流金一样，一寸寸光阴沙金在书写中从深层的记忆里被淘选出来，付诸书页里。一页页翻过，旅程的点点滴滴让眼睛微眯了起来，那是多么阳光灿烂的时光啊！

抬起头无意看到了日历上的日期，2010 年 9 月 16 日，思绪不禁翻腾不已，时间快速回转，转过印度翻过雪山来到广阔的祖国大陆，最后忽地定格在 2009 年 9 月 16 日，在机场大厅带着全副行囊等待搭机的两兄妹，那是一年前的事了吗？为何那时紧张期待的心情还是那么清晰？恍惚之间仿佛昨日，这将近半年的旅行，走过陕西，贯穿甘肃，将新疆画了个横线，又在印度由东到西、走南向北地流浪大半圈后回到台湾，回来后用了几个月重新整理了深埋在记忆里的点滴，而现在坐在书桌前，静静打下几个字，准备将这一趟重访“西游记”的旅程作个结尾。

多么巧合，2009 年的出发与 2010 年这本书的结尾竟是同一个日子。回想出发的初衷，我是否达成了心底最深切的心愿？想起出发前 9 月 15 日看的那部老片《刺激 1995》（The Shawshank Redemption）里主角说的那句话：“我想我只有一个选择，汲汲于生或是汲汲于死。”而我做出了选择。走过中国大陆与印度之后，在返回台湾前的最后一夜，印度德里破旧小旅社的电视里竟播出了《刺激 1995》这部电影，一瞬间如雾似电，好似一切早被注定。静静地看完电影，知道这如美梦一场的旅行走到了句号，脑海里仍不断回响着那句话“我想我只有一个选择，汲汲于生或是汲汲于死”……于是旅程的句号化成生命的引号，引向不确定与不可知的未来，但我确信，这一段由记忆沙金点缀而成的旅行将是我生命里一段极为光辉灿烂的脚注，当最后一段文字落下，它们将化为蓝天里鼓动的劲风，带着我盘旋往上，越飞越高，越飞越远……

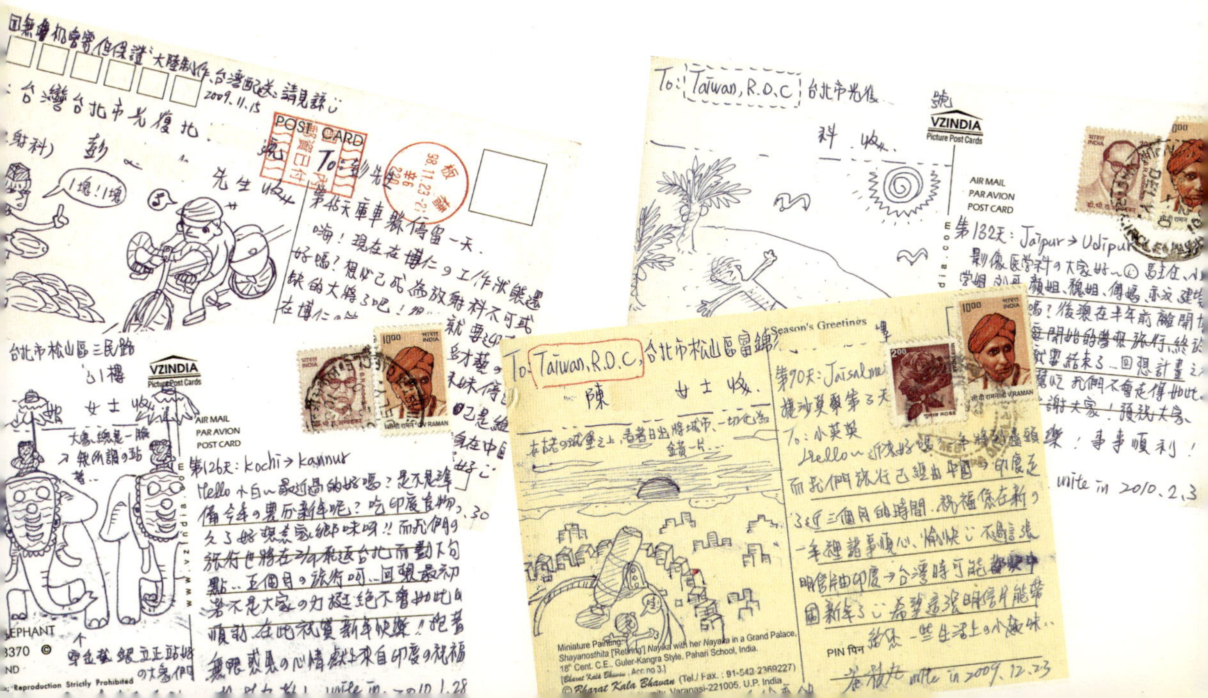